P9-CAL-617

Aislados

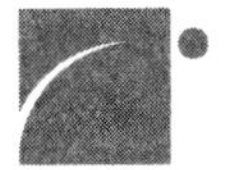

Aislados

Megan Crewe

Traducción de Carles Andreu

Rocaeditorial

Título original: *They Way We Fall*

Primera edición: octubre de 2012

Av. Marquès de l'Argentera, 17, pral.
08003 Barcelona
info@rocaeditorial.com
www.rocaeditorial.com

Impreso por Liberdúplex, S.L.U.
Crta. BV-2249, km 7,4, Pol. Ind. Torrentfondo
Sant Llorenç d'Hortons (Barcelona)

ISBN: 978-84-9918-522-4
Depósito legal: B. 22.640-2012
Código IBIC: YFCB

Para todos aquellos que han caído,
no importa cuán bajo.

SÍNTOMAS

2 de septiembre

Leo:

Hace unas seis horas que te has marchado de la isla. Teniendo en cuenta cómo han ido las cosas, sé que no esperabas que fuera a despedirte, pero no puedo dejar de pensar en cómo me decías adiós desde el muelle, con la mano, una y otra vez, cuando yo me fui a Toronto, hace cinco años.

Mientras el *ferry* te llevaba a tierra firme, yo estaba en West Beach con las chicas, Mackenzie y Rachel. Mackenzie decidió que debíamos ir a darnos un último chapuzón antes de que mañana empiecen las clases, pero soplaba una brisa tan fría que al final no nos hemos metido en el agua. Simplemente hemos paseado por la arena, hablando y especulando sobre cómo irá este tercer año en el instituto.

Los turistas que llegaron para pasar el verano ya se han ido, así que en la playa quedábamos tan solo nosotras y un puñado de familias haciendo barbacoas junto a las rocas. A medida que la silueta blanca del *ferry* cruzaba el estrecho y se iba haciendo cada vez más pequeña, el nudo de mi estómago se iba tensando más y más.

Mackenzie ha empezado a darnos la paliza con el verano «increíble» que ha pasado en Los Ángeles y todas las discotecas a las que ha ido, mientras Rachel y yo nos limitábamos a asentir cuando tocaba, como de costumbre. Aunque la verdad es que me da bastante igual. En un momento dado Mackenzie se ha vuelto hacia mí y me ha dicho:

—Porque las discos de las grandes ciudades son lo mejor, ¿verdad, Kaelyn?

Solo he podido responder:

—Pues sí, supongo.

Porque en realidad nunca fui a ninguna discoteca en Toronto.

Si hubiera sabido que mientras estaba en la ciudad había pasado la mayor parte del tiempo en el zoológico o en la clínica veterinaria de cerca de nuestra casa, y no yendo de compras o de discotecas, estoy segura de que no se me habría echado encima nada más volver a la isla la primavera pasada. Pero no he hecho nada para sacarla de su error. Está bien tener a gente con la que salir por ahí, aunque para ello haya que mentir un poco. La verdad es que estaba tan obsesionada con salir adelante a solas en la ciudad que no me di cuenta de lo mucho que echaba de menos estar con amigas.

Y hasta hoy tampoco me había dado cuenta de lo mucho que te he echado de menos a ti.

Cuando el *ferry* ya se había perdido de vista, estábamos las tres temblando por culpa de la humedad de las olas. Entonces hemos ido al prado que hay junto a la carretera y Mackenzie ha estado a punto de pisar un pájaro muerto. Ha soltado un grito y ha empezado a saltar de aquí para allá, agitando los pies como si intentara librarse de gérmenes. Rachel no podía parar de reírse.

El pájaro era un gavión y parecía sano; al margen de que estaba muerto, claro. Tenía las plumas brillantes y no me ha parecido que tuviera ninguna herida. Era muy extraño; parecía que hubiera caído del cielo, sin más. Me habría gustado coger un palo y moverlo un poco para echarle un vistazo, pero seguramente a Mackenzie le habría dado un ataque.

Sé que a ti no te habría importado, Leo. Si hubiera estado paseando por la playa contigo, como solíamos hacer, me habrías observado mientras le echaba un vistazo al gavión y habrías preguntado: «¿Puedes determinar de qué ha muerto?». Y la respuesta te hubiera importado de verdad.

Y allí, delante de aquel pájaro, mientras Mackenzie agitaba los pies y Rachel se reía, lo he visto más claro que nunca: qué tonta he sido dejando que todo se fuera a la mierda por una discusión de nada. Eres mi mejor amigo desde que tengo memoria y hace ya casi dos años que no hablo contigo.

Al cabo de un rato, Rachel ha dejado de reírse y ha dicho que tenía que marcharse. Desde que su padre se rompió la pierna la semana pasada, en la barca, su madre ha estado insistiendo para que pase más tiempo en casa. Hemos quedado mañana en la cafetería para comparar los horarios y luego hemos vuelto juntas a la ciudad.

No he ido directa a casa. Después de que Mackenzie y Rachel se marcharan, he pasado por las piscifactorías y luego he cogido el camino que cruza el pinar y lleva hasta el acantilado donde anidan los cormoranes. Ahí arriba reinaba un silencio absoluto. De pie en el filo, contemplando el océano, envuelta por la fría brisa y con las gaviotas deslizándose silenciosamente sobre mi cabeza, soy capaz de imaginarme lo que se siente al volar.

Aunque en realidad debería decir que casi siempre soy capaz; hoy, sin embargo, sentía como si tuviera un peso atado a la cintura, formado por todas las cosas que debería haberte dicho antes de que te marcharas.

La más importante es también la más difícil de admitir: tenías razón. Cuando nos mudamos, me sentí abrumada desde el momento en que el taxi nos llevó del aeropuerto a la ciudad. En cuanto entré en aquella escuela, llena de niños que habían pasado toda su vida entre rascacielos y metros, estuve convencida de que no iba a encajar. Por ello, en lugar de intentar hacer amigos me dediqué a observar a los chimpancés jugando en el zoológico, y a alimentar a los gatitos de la clínica veterinaria. Estoy segura de que si me hubiera esforzado un poco, no me habría costado adaptarme: Drew fue al mismo colegio que yo, solo que un curso por encima; al cabo de un mes estaba tan ocupado explorando las calles con sus compañeros de clase que casi ni aparecía por casa. Pero para mí era más fácil estar sola. Cuando entré en el instituto, en un centro aún mayor, el mero hecho de pensar en hacer otra cosa me asustaba.

Escuchaste pacientemente mis quejas sobre la ciudad y los chicos del colegio, una y otra vez, hasta que un día me dijiste que la mitad del problema era yo. No debería haberme enfadado, pero en aquel momento tuve la sensación de que me dabas la espalda. No me di cuenta de cuánta razón tenías hasta que nos mudamos de vuelta aquí.

Creía que volvería a adaptarme sin problemas a la misma gente con la que había crecido, pero de pronto todos me miraban como si fuera una extraña. Y aún estaba asustada. No sabía qué hacer ni qué decir, ni siquiera a ti. Sé que suena un tanto ridículo, pero he perdido la práctica.

Sin embargo, eso va a cambiar. A partir de mañana hablaré con la gente de la clase aunque nunca me hayan dirigido la palabra y saldré por la ciudad en lugar de ir a los acantilados a ver pájaros. Y seguiré siendo esa persona hasta que deje de tener miedo. Y llevaré un diario en esta libreta, para llevar la cuenta de mis progresos y también para practicar todas las cosas que tengo que decirte. Y la primera vez que vuelvas a visitar a tus padres, el día de Acción de Gracias, o por Navidades, me disculparé ante ti y te preguntaré si podemos seguir siendo amigos.

Te lo prometo.

4 de septiembre

Imagino que a estas alturas debes de haberte instalado ya en la nueva escuela, Leo. Seguramente ya habrás empezado a ir a clases de baile con los mejores profesores y saldrás por ahí con otras personas talentosas. Seguro que estás disfrutando de cada minuto.

He estado trabajando en la nueva Kaelyn. Ayer debí de saludar por lo menos a diez personas distintas en el instituto, mientras esperábamos a que nos pasaran los nuevos horarios. Pero todo el mundo se muestra distante conmigo, como si creyeran que la persona a la que conocieron hace cinco años fue reemplazada por un alienígena mientras vivía en Toronto. De momento no he logrado pasar de un «hola»; pero, oye, por algo se empieza.

Hoy, después del instituto, les he puesto la correa a mis hurones (*Mowat* y *Fossey*) y los he llevado a pasear por Thompson Park en lugar de hacerlo por el patio de casa. No sé si la gente de la isla ha visto un hurón de compañía antes; siempre me ha puesto algo nerviosa pensar que todo el mundo me está mirando. Sin embargo, al cabo de unos minutos se han acercado unos niños y han empezado a hacerme preguntas, como: «¿Saben nadar?» o «¿Y qué comen?». Ha sido divertido. Y, desde luego, *Mowat* y *Fossey* han disfrutado siendo el centro de atención.

En cuanto he llegado a casa, mi madre ha subido a mi cuarto.

—Hoy vamos a cenar un poco tarde —ha dicho—. En el hospital se les ha presentado un caso extraño y le han pedido a tu padre que fuera a echar un vistazo.

—¿Extraño? ¿Por qué? —he preguntado.

—No me lo ha contado —ha respondido mamá—. Ha llamado justo antes de salir del centro de investigaciones, pero ha dicho que llegaría a las siete como muy tarde.

Mi madre se ha quedado en la puerta mientras yo sacaba los libros de la mochila. Finalmente, cuando ya estaba a punto de decirle si quería algo, me ha preguntado:

—¿Cómo estás, Kaelyn?

—Bien —he respondido.

—Sé que mudarnos primero a Toronto y luego volver aquí no ha sido nada fácil para ti. Si necesitas hablar, sabes que estaré encantada de escucharte, ¿verdad? Para eso estoy aquí.

Se le han llenado los ojos de lágrimas, probablemente porque de pronto ha pensado en Nana y en que le dio el ataque al corazón justo cuando ella no estaba aquí.

Pero ¿qué podría haber hecho mi madre si le hubiera contado lo de la pelea contigo, lo sola que me había sentido en Toronto y lo fuera de lugar que me siento ahora aquí? No mucho; o sea, que le he contestado:

—Ya lo sé, mamá. No pasa nada, en serio.

—Vale —ha dicho ella. Entonces me ha mirado como si quisiera añadir algo más, pero al final se ha ido.

Espero que papá vuelva pronto. Son casi las siete y estoy muerta de hambre.

5 de septiembre

Qué día más raro.

La señora Harnett ya ha empezado a asignar las presentaciones en grupo para la clase de historia, pero por lo menos nos ha dejado elegir a nuestras parejas. Trabajaré con Rachel, ya que Mackenzie no va a nuestra clase. Y no me importa, la verdad, porque probablemente se habría pasado el rato hablando sobre estrellas de cine que ha visto y pintándose las uñas mientras yo hacía todo el trabajo. Rachel, en cambio, tiene interés en sacar buenas notas.

Hemos decidido que empezaríamos trabajando en casa de Rachel, pues está más cerca del instituto. Después de las clases he encontrado a Drew en el laboratorio de informática: les estaba enseñando a algunos de los alumnos mayores un sistema para colarse en las carpetas en red reservadas para los profesores, y le he pedido que le dijera a mamá dónde había ido. Rachel le ha dicho «hola» y ha empezado a sonreírle con timidez, pero Drew, naturalmente, ni se ha inmutado. Si el asunto fuera de mi incumbencia, le diría a Rachel que flirtear con él no le va a servir de nada, pero como no lo es, no he dicho nada.

Sin embargo, he empezado a preguntarme si debería darle una oportunidad a Rachel. Quiero decir, he estado saliendo con ella tan solo porque siempre está con Mackenzie, pero cuando esta pasó todo agosto en Los Ángeles no llamé a Rachel ni una vez. Ella tampoco me llamó a mí, que conste, pero, por lo que he visto, tengo más cosas en común con ella que con Mackenzie. Debería intentar ser más amable; sé que mi nuevo yo lo sería.

—¿Cómo está tu padre? —le he preguntado mientras íbamos a su casa.

—Bien, supongo —ha respondido ella—. Será mejor que elijamos el tema del trabajo.

—Hagamos algo interesante —he sugerido.

Hemos estudiado la historia marítima canadiense prácticamente en todos los cursos y lo último que quiero es vomitar los mismos datos mientras el resto de los alumnos se duermen.

—Deberíamos hacer los acadios —ha propuesto Rachel, pero yo he hecho una mueca.

—Todo el mundo va a elegir lo mismo —he protestado—. He oído a mucha gente hablando de los acadios.

—Sí —ha dicho Rachel—, porque hay más información que sobre cualquier otro tema. Y quiero sacar una buena nota.

—A lo mejor la señora Harnett prefiere algo más original —he señalado—. Podríamos investigar sobre los micmacs, o sobre la inmigración escocesa, o sobre la industria pesquera. Estoy segura de que encontraríamos mucho material sobre cualquiera de esos temas.

No quería discutir con ella, también yo quiero sacar una buena nota. Pero Rachel me ha dirigido una mirada glacial y me ha dicho:

—Los peces no le interesan a nadie. Si no quieres hacer el proyecto conmigo, te puedes buscar otra compañera.

¿Qué mosca le ha picado? He recordado la conversación una docena de veces y sigo pensando que no he dicho nada que la haya podido ofender. Ojalá entender a la gente costara tan poco como entender a los animales. Si a un perro le das una golosina, está contento. Si le tiras de la cola, se enfada. La relación de causa y efecto es evidente.

A lo mejor el problema es solo mío; tal vez tú habrías visto inmediatamente dónde me he equivocado, Leo. Aún me estremezco al recordar nuestra discusión, cuando dije que no podías saber lo que se siente al ser una marginada; quiero decir que tú eres adoptado y fuiste siempre el único niño asiático de la clase, y sé que las miradas y los comentarios deben de haberte herido, aunque nunca hayas dado muestra de ello… Pero tienes que admitir que a ti se te da bien la gente, lo mismo que a mí se me dan bien los animales. No creo que nunca hayas estado tan perdido como yo ahora intentando comprender por qué alguien ha hecho algo.

Pero tú no estabas ahí, la que estaba era yo, así que he dicho:

—Vale, si realmente quieres que hagamos los acadios, hagamos los acadios.

He pasado el resto del camino intentando pensar en algo más que decir.

Cuando llevábamos más o menos media hora en el cuarto de Rachel, investigando páginas web de historia, su padre ha subido tambaleándose con las muletas. También tosía mucho y ha estornudado un par de veces al llegar a la puerta; debe de haber pillado un resfriado después del accidente.

Se ha quedado junto a la puerta, sonriendo y rascándose el codo. Entonces ha entrado y ha abrazado a Rachel con un brazo.

—Mi niña —ha dicho—. Te he echado de menos. ¡Y has traído a una amiga a casa!

Rachel se ha puesto colorada y se lo ha sacado de encima.

—Sí, papá, yo también me alegro de verte —le ha respondido.

El padre de Rachel ha vuelto a toser y me ha mirado con una sonrisa en los labios.

—Eres Kayla, ¿verdad? La hija de Grace.

—Kaelyn —he contestado.

—Eso —ha dicho él, acercándose más. Tenía la cara colorada y no he podido evitar preguntarme si habría estado bebiendo, aunque el aliento no le olía a alcohol—. Me alegré mucho cuando volvisteis. Tu padre nunca debería haberos arrastrado con él, aunque ¿qué sabrá él? Siempre me entristece cuando alguien del continente se lleva a uno de los nuestros, y en especial a una mujer tan guapa como tu madre. Aunque sea negra es posible que le hubiera ido detrás si hubiera tenido alguna posibilidad. ¿Por qué...?

—Ya vale, papá —le ha cortado Rachel, nerviosa.

Me he quedado con la boca abierta, alucinando en colores. Pero ¿qué le pasaba a ese tío? ¿Acaso no oía lo que estaba diciendo?

El hombre se ha rascado el cogote y me ha dado una palmadita en el hombro. Me he encogido, pero, como con las protestas de Rachel, no ha parecido que se diera cuenta.

—La gente aún comenta qué debió de pasaros en la gran ciudad para que decidierais volver a casa —ha dicho, sin dejar de reír—. ¿A lo mejor tu padre hizo algo que no debía? No me extrañaría, tratándose de alguien de tierra firme. ¿O a lo mejor fuiste tu quien se metió en problemas?

—Mi madre echaba de menos la isla —he contestado; esa es una explicación realmente muy resumida, pero en ese momento no me ha apetecido darle una más larga. Entonces me he levantado—. Yo tendría que ir tirando. Seguimos trabajando en el proyecto mañana, ¿vale, Rachel?

Ni siquiera he esperado a que contestara.

—Oye, oye, espera —ha protestado su padre, que me ha seguido hasta el pasillo—. ¡Tienes que terminar la historia! La ciudad, con todas sus tentaciones. Espero que tu hermano no se enredara con asuntos de drogas y bandas… ¿Por qué no la invitas a cenar, Rachel? —ha preguntado, gritando por encima del hombro—. ¡Tu madre se muere de ganas por conocer los detalles!

—¡Ya basta, papá! —Rachel ha pasado corriendo junto a él y me ha alcanzado al pie de las escaleras. Su padre ha empezado a toser; tal vez por eso no ha seguido hablando—. Está enfermo —ha dicho, con la vista fija en las manos—. No entiendo a qué ha venido todo eso.

—Tranquila —he contestado—, no pasa nada. Pero de verdad que me tengo que ir.

Aunque sí pasaba. Durante todo el camino de vuelta a casa no he logrado sacarme sus palabras de la cabeza. Sé que circulan muchos cotilleos por la isla, sobre todo. También sé que hay mucha gente que está celosa de las personas del continente que se han instalado aquí, como papá. Y sé que hay gente que nos mira mal a mamá, a Drew y a mí, y a todos los que no somos tan pálidos de piel como ellos. Pero nadie me había hablado de ello de una forma tan descarada y «afable».

Aún siento escalofríos solo de pensarlo.

Debía de estar borracho. Y enfermo. Además, es posible que se suba por las paredes, tantas horas en casa, acostumbrado a pasarse el día en los muelles o en el mar.

Lo único que sé seguro es que, la próxima vez que trabajemos en el proyecto, Rachel vendrá a mi casa.

8 de septiembre

Creo que puede decirse que el día de hoy ha supuesto un paso hacia delante para la nueva Kaelyn y un paso hacia atrás en la relación con mi padre.

Papá ya me ha parecido estresado por la mañana, cuando iba de un lado a otro de la cocina, esperando a que el agua hirviera, pero no le he dado mayor importancia. Meredith ha llegado poco después del desayuno, como suele hacer los domingos. Se ha pasado la mañana haciendo pulseras de hilo con mamá, y la tarde conmigo.

No me importa estar con ella, es mucho menos revoltosa que la mayoría de los niños de siete años que he visto. Y desde que la tía Lillian se marchó, el año pasado, está aún más callada.

¿Te imaginas abandonar a tu marido y a tu hija sin dar la menor explicación? Para mí no tiene sentido, pero también es cierto que no conocía muy bien a la tía Lillian. El que siempre hablaba era el tío Emmett.

Sé que no puedo compensar la ausencia de la madre de Meredith, pero me siento como una superheroína cada vez que consigo hacerla reír con algún vídeo tonto que encuentro en Internet, o enseñándole cómo se persiguen los hurones.

Estábamos sentadas en mi habitación, y *Fossey* y *Mowat* saltaban de aquí para allá, como de costumbre, cuando de pronto *Fossey* ha golpeado mi libreta de los coyotes, que ha caído al suelo. Meredith la ha recogido y la ha empezado a hojear.

—¡Qué guay! —ha dicho al ver mis esbozos—. ¿Escribes sobre perros?

—Hay una familia de coyotes que vive en una zona boscosa al norte del puerto —le he explicado—. He estado observándolos y tomando nota de todo lo que hacen.

—¿Y son peligrosos? —ha preguntado.

—No, qué va. Si quiero observarlos tengo que andarme con mucho ojo, porque yo les doy mucho miedo.

Meredith me ha mirado con ojos como platos.

—¿Puedo verlos yo también? —ha preguntado—. ¿Me llevas contigo?

La verdad es que siempre he ido sola, pero a lo mejor iba siendo hora de que compartiera las cosas que me importan con otras personas. Meredith estaba tan excitada como si nos fuéramos a ir de expedición. ¿Cómo podía decirle que no?

Al final todo ha salido perfecto. Hemos ido hasta el bosque y le he enseñado el lugar de la colina desde donde suelo observar a los coyotes, entre dos abetos, porque desde allí la brisa se lleva mi olor lejos de la guarida. Hacía un sol radiante y la hierba olía a verde y a calor, como si aún faltara mucho para el otoño. Nos hemos tendido boca abajo, en el suelo, y después de hacer unas cuantas preguntas, Meredith se ha quedado tan callada que habría podido olvidarme de que estaba ahí.

Durante un momento he temido que no viéramos nada, pero entonces los coyotes y sus cachorros, que ya son casi adultos, han regresado trotando a la guarida, tras pasar el día cazando y revolviendo basuras. Los cachorros han empezado a pelearse jugando. He visto más cosas de las que suelo ver cuando voy sola. Me he maldecido por no haber cogido el bloc de notas, pero lo cierto es que no estábamos ahí por mí.

Mientras volvíamos a casa le he hablado a Meredith de la primera vez que vi un coyote. Supongo que te acordarás, Leo. Fue un día en que tú, Drew y yo fuimos con mamá a buscar arándanos; nosotros teníamos cinco años, y mi hermano, seis. De pronto levanté la vista y vi un coyote a unos pocos metros de nosotros, mirándome. Aún me acuerdo de aquellos ojos de color amarillo oscuro.

Con el tiempo se ha convertido en un buen recuerdo, pero en su momento me morí de miedo. Pensé que el coyote se me iba a comer. Me volví hacia mi madre y el coyote dio un respingo y salió corriendo.

—Pero ¿por qué va a tener miedo un coyote? —ha preguntado Meredith.

—Porque los seres humanos les hacemos daño mucho más a menudo que ellos a nosotros —le he respondido—. Asumimos que lo sabemos todo sobre los animales, por ejemplo que hay algunos que son malos, pero basta con prestar un poco de atención para comprender que solo cuidan de los suyos, lo mismo que hacemos nosotros.

Al llegar a casa, Meredith no podía dejar de hablar de coyotes, como si verlos hubiera sido la cosa más increíble que le hubiera pasado en la vida. No me he dado cuenta de que papá estaba enfadado hasta que el tío Emmett la ha pasado a recoger. Entonces me ha llamado al salón, donde lo he encontrado con la expresión seria que Drew y yo hemos bautizado como su «cara de científico».

—Creo que no deberías volver a llevar a Meredith a la guarida de los coyotes —me ha dicho.

—¿Qué? —he preguntado. Después de ver lo contenta que se había puesto, no me podía creer lo que estaba oyendo.

—Tiene nueve años menos que tú. Aún no puede comprender que uno debe andarse con cuidado cuando está cerca de animales salvajes. Ya sabes que ha habido coyotes que han atacado a niños en otras partes.

—Pero eran niños mucho más pequeños que Meredith —he protestado—. Además, ya le he enseñado que debe tener cuidado. Es una...

Pero mi padre me ha cortado.

—No hay nada más que debatir —ha dicho, como si aquello en algún momento hubiera sido un debate—. Podéis hacer muchas otras cosas juntas.

Y entonces se ha encerrado en su despacho.

Ya conoces a mi padre: siempre que he querido estudiar animales me ha apoyado. Además, cuando empecé a observar coyotes sola no era mucho mayor que Meredith. No entiendo qué mosca le ha picado de repente.

Pero a lo mejor no tiene nada que ver con los coyotes. A lo mejor sigue estresado por lo mismo que esta mañana. Tendré que hablar con él más tarde, cuando esté de mejor humor.

9 de septiembre

Anoche se llevaron al padre de Rachel de urgencias al hospital.

Me he enterado esta mañana, al llegar al instituto. Un montón de gente estaba ya hablando del tema entre susurros, aunque he oído a Shauna, que se sienta detrás de mí en clase, pronunciar las palabras «psicópata» y «ambulancia» después del nombre de Rachel.

En condiciones normales habría esperado a que llegara Mackenzie y me lo contara todo. Ya de niñas, Shauna solía arrugar la nariz si yo llevaba renacuajos a clase para enseñárselos a los demás y se burlaba cada vez que aparecía en clase con manchas de hierba en la ropa, algo que sucedía bastante a menudo. Sin embargo, me ha parecido que la nueva Kaelyn no podía permitir que algo que había sucedido hace tantos años me impidiera enterarme de lo que pasaba, así que he dado media vuelta en la silla y he preguntado:

—¿De qué estáis hablando?

Shauna ha parpadeado varias veces, como si no pudiera creerse que acabara de dirigirle la palabra. Sus cejas se han convertido en dos arcos perfectos.

—¿En serio que no te has enterado? —ha dicho.

Supongo que ha asumido que como voy por ahí con Rachel debía de estar al tanto de la situación. He abierto la boca, pero no me ha salido nada y las amigas de Shauna se han reído. No me ha importado, pues en aquel momento Mackenzie se ha sentado en el pupitre de al lado. Me he vuelto hacia ella rezando para que no se me notara que me había sonrojado.

—Qué mal rollo, ¿no? —ha preguntado Mackenzie.

—¿Qué mal rollo qué? —he contestado—. No me he enterado de nada.

—El padre de Rachel —ha dicho, bajando la voz—. Se ve que por la noche se ha vuelto completamente loco y ha despertado a toda la calle a las dos de la madrugada, dando golpes en la puerta trasera y gritando.

—¿Gritando qué? —le he preguntado. De pronto me he acordado de cómo se comportó la semana pasada y he notado un escalofrío. Así pues, resulta que no estaba borracho, sino que tenía algún problema.

—¡No lo sabe nadie! —ha contestado Mackenzie—. Se ve que repetía una y otra vez que tenía que detenerlos, ¡pero ahí no había nadie! Por lo menos eso es lo que me han contado. Alguien ha llamado a la policía y han avisado a un médico para que le diera un sedante. Se ve que pilló la gripe después de romperse la pierna. Mi madre estudió para enfermera, ¿sabes?, y dice que si la temperatura sube demasiado pueden darte delirios; a lo mejor fue eso lo que pasó. Si no, ¿por qué habría actuado de forma tan rara?

Podría haberle contado las cosas que dijo el jueves pasado, pero Mackenzie tiene bastante tendencia a irse de la lengua. Además, bastante nerviosa debe de estar ya la madre de Rachel sin que yo vaya por ahí cotilleando.

—¿Y cómo lo lleva Rachel? —le he preguntado—. Aún no la he visto hoy.

—Yo tampoco —dijo Mackenzie—. Parece que se ha quedado en casa, o a lo mejor está en el hospital. No la culpo por ello: yo aprovecharía cualquier excusa para no venir a clase.

Espero que Rachel esté bien. Llevo todo el día pensando en ella y en su padre, pero no he querido llamar por si la cogía en mal momento. Al llegar a casa se me ha ocurrido que tal vez papá había oído algo. Aunque ahora está en el nuevo centro de investigaciones oceanográficas, aún mantiene contacto con la gente con la que solía trabajar en el hospital.

Después de cenar se ha sentado en la sala de estar con uno de sus libros de sudokus. Al notar que me acercaba, ha levantado la cabeza y ha dicho:

—Kae, ¿cómo te sientes?

Lleva diciendo eso en vez de «¿Cómo estás?» desde nuestra visita del verano pasado, cuando me dio una fiebre alta y tuve que pasar dos días ingresada en el hospital. Durante la primera semana, más o menos, lo entendí, pero a estas alturas me resulta un poco molesto. Es como si pensara que tal vez aún no haya superado una pequeña intoxicación alimenticia.

—Bien, bien —he respondido—. Quería preguntarte algo.

—Dime.

Pero antes de que pudiera decir nada, Drew ha entrado y ha cogido el mando del televisor. Tenía la mirada que pone siempre cuando está decidido a salirse con la suya cueste lo que cueste. Papá también se ha dado cuenta, porque de pronto se ha puesto tenso.

—Esta noche repiten un capitulo genial de *Queer as folk* —ha anunciado Drew al tiempo que encendía el televisor—. ¡Qué ganas de que empiece ya!

Papá ha clavado la vista en su libro.

—A lo mejor a tu hermana le apetece ver otra cosa —ha dicho, como si yo tuviera algún interés en verme arrastrada a su disputa de agresividad latente.

—Pues que hubiera piado antes —ha respondido Drew—. Eh, ¿os acordáis de que ayudé a crear una página web para exigir la legalización de los matrimonios entre personas del mismo sexo en América del Norte? Pues ya tenemos más de mil nombres. Mola, ¿eh?

—Ah —ha dicho papá, levantando el lápiz de la página del libro—, el siete va aquí.

Entonces ha empezado la serie y Drew se ha hundido en el sofá.

—Es increíble cómo han logrado reunir a tantos tíos buenos en una misma serie —ha exclamado, al tiempo que subía el volumen.

Papá se ha hartado antes que de costumbre, se ha levantado y ha salido de la sala. Drew ha puesto los ojos en blanco.

Teniendo en cuenta lo listo que es papá en todo lo relacionado con la ciencia y la medicina, resulta bastante chocante lo estúpido que puede llegar a ser en lo tocante al hecho de que Drew sea gay. En cualquier caso, actúa como si tener un hijo que se siente atraído por los hombres fuera algo tan inconcebible que ni siquiera puede admitirlo. Dudo mucho que hubiera accedido a aceptar un trabajo en la isla tan rápido cuando mamá sugirió mudarnos de nuevo aquí si unos meses antes no hubiera pillado a Drew enrollándose con su mejor «amigo» gay. Y Drew, naturalmente, está dispuesto a restregárselo por las narices hasta... ¿qué? ¿Provocar un cataclismo con papá? La verdad es que no sé qué espera que suceda.

Soy consciente de que Drew lleva toda la razón, pero a veces me dan ganas de gritarles a los dos.

Sea como sea, si papá había logrado sobreponerse a su mal humor de ayer, me ha dado la sensación de que su «conversación» con Drew lo había vuelto a poner de malas; no me ha parecido el mejor momento para avasallarlo a preguntas. Por lo menos ahora el padre de Rachel está en buenas manos. Es posible que mañana en el instituto me entere de que ya se ha recuperado.

10 de septiembre

Rachel ha vuelto a faltar al instituto. Ni una palabra sobre su padre.

Mackenzie no cree que su ausencia sea nada del otro mundo, pero no me imagino a Rachel faltando dos días seguidos al instituto si no es que su padre está poco menos que muriéndose. Sin embargo, si su estado fuera crítico supongo que alguien habría comentado algo al respecto. Al fin y al cabo, estamos hablando de la misma chica que, después de vomitar hasta el primer biberón durante el examen de lengua del año pasado, insistió en que no quería irse a su casa.

Rachel nunca ha hablado del tema, pero sospecho que en su casa no tienen mucho dinero y que no podrá ir a la universidad a menos que consiga una buena beca. Su padre solo tiene la pesca, que últimamente no le va nada bien a nadie, y su madre no trabaja. Debe de ser duro.

Así pues, después de las clases la he llamado para ver qué tal le iba.

—¡Kaelyn! —ha exclamado nada más descolgar—. Cómo me alegro de que llames. ¡Te he echado de menos!

La verdad, no me esperaba una respuesta tan entusiasta.

—¿Cómo estás?

—Bueno, he pillado un puñetero resfriado y mamá insiste en que tengo que quedarme en casa y descansar —ha dicho, y ha estornudado—. Dios, me aburro como una ostra. ¿Por qué no te pasas por aquí? Seguramente a mi madre no le haría ninguna gracia, pero ha salido a comprar comida. Ojos que no ven, corazón que no siente, ¿no?

—Claro.

A lo mejor sí actuaba de forma un poco rara, pero quiero que seamos amigas y aquel me ha parecido un buen momento para intentarlo.

He llamado a la puerta, Rachel la ha abierto y se me ha lanzado a los brazos. Solo me ha soltado cuando le ha dado un ataque de tos, que ha intentado sofocar hundiendo la cara en la parte interior del codo, y para rascarse el cuello. Tenía la nariz roja. Los síntomas se parecían mucho a los de su padre: mocos, tos y picor.

He empezado a ponerme nerviosa, pero Rachel parecía muy excitada por verme, y una verdadera amiga no se larga así como así. Solo tenía un resfriado. A su padre le había dado muy fuerte, pero a ella ni siquiera la han ingresado en el hospital.

Así pues, cuando me ha cogido por la muñeca la he seguido a la sala de estar.

En la tele, un VJ estaba entrevistando a un cantante de *hip-hop*. Nos hemos sentado en el sofá y Rachel me ha pasado el brazo por los hombros.

—Habla —ha dicho—. Quiero saber todo lo que me he perdido. Llevo demasiado tiempo aquí encerrada, aburriéndome.

No tenía demasiadas cosas que contarle. Dudaba mucho que quisiera saber que en el instituto no se hablaba de otra cosa que de su padre. Le he dicho que habían anunciado que el equipo de natación empezará a entrenar pronto; entonces le he contado que he decidido apuntarme y le he preguntado si le gustaría hacer lo mismo. En ese momento me he acordado de la historia que Mackenzie ha contado durante la comida: uno de sus rollos habituales sobre «no sé qué famoso que mis padres conocen», solo que esta vez ha sido realmente divertida. Sin embargo, apenas he empezado a contarla, Rachel ha esbozado una mueca.

—Es una plasta, ¿no crees? —ha preguntado.

Me he callado de golpe y me la he quedado mirando.

—Mackenzie, quiero decir —ha añadido, y ha puesto los ojos en blanco—. Se cree muy especial porque nació en Los Ángeles. Siempre está vacilando. Dios, a veces me dan ganas de partirle la cara, ¿a ti no?

Sí, a veces, pero ¿Rachel pensaba lo mismo? ¡Y a mí que siempre me había parecido que seguía a Mackenzie de forma incondicional! Al ver que no respondía, Rachel ha seguido hablando:

—Además, es una mandona; ¡me pone de los nervios! Durante una época me cabreé un poco contigo, ¿sabes?, porque ella es mi mejor amiga y tú..., en fin, parecía como si quisieras robármela. Pero en realidad tú molas mucho más que ella. ¡Me alegro tanto de tenerte! Seremos colegas, tú y yo, ¿vale?

El peso de su brazo sobre mis hombros resultaba cada vez más incómodo.

—Sí —he dicho—, claro.

Sin embargo, la verdad era que lo último que quería era quedarme allí. Y no se trataba solo de la tos y los estornudos: era que Rachel hablaba igual que su padre la semana pasada, vomitando todas las ideas desagradables y embarazosas que se le pasaban por la cabeza.

Me he apartado un poco y ella ha empezado otra vez a rascarse el cuello, con tanta fuerza que el cuello de la camisa se le ha desplazado a un lado. Debía de llevar horas rascándose en el mismo sitio, pues tenía la piel irritada; esta no tenía un tono sonrosado, sino mucho más oscuro, casi granate, como si estuviera a punto de sangrar. Aquella imagen me ha revuelto el estómago.

Rachel solo dejaba de rascarse cuando le venía un estornudo. Ha apartado el brazo un momento y he aprovechado para levantarme de un brinco. Pero en ese preciso instante ha empezado un vídeo musical y Rachel ha soltado un grito.

—¡Me encanta esta canción! —ha exclamado. Entonces se ha levantado del sofá y me ha cogido de las manos—. ¡Es genial!

Me he limitado a menearme un poco mientras ella bailaba: no podía dejar de pensar en cómo iba a largarme de allí. Rachel ha levantado los brazos, contoneándose.

—¿Qué te parece? —ha gritado, aunque la música tampoco estaba tan alta—. He estado practicando en mi cuarto. ¡A veces incluso hago *striptease*! Para cuando tenga novio y todo eso. ¡El mundo será mío!

Ha empezado a girar, riendo. Entonces se ha abierto la

puerta de casa con un chirrido que me ha parecido el sonido más hermoso que jamás hubiera oído.

—¿Rachel? —ha preguntado su madre—. Cariño te he dicho que no...

Al vernos se le han atragantado las palabras. Rachel ha seguido bailando, agitando la melena de aquí para allá. No sé qué la ha disgustado más: o bien que yo estuviera allí, o bien que su hija se comportara como una lunática. Pero desde luego estaba disgustada.

—Kaelyn —ha dicho, con un leve temblor en la voz—. No me parece el momento más apropiado para que Rachel tenga visitas.

—Lo siento muchísimo —he contestado, con sinceridad—. No sabía que se iba a... alterar tanto.

Rachel me ha seguido hasta la puerta.

—Mi madre es una aguafiestas —ha susurrado nada discretamente—. Cree que el resto de los padres de la isla dejan que sus hijos se desmadren demasiado. ¡Pero desmadrarse mola mucho!

Ha empezado a rascarse el cuello otra vez, mientras me decía adiós con la mano. Al llegar casi al final del bloque me he dado la vuelta y aún estaba ahí, agitando una mano y rascándose con la otra.

Y ahora no estoy simplemente nerviosa: estoy asustada. No puedo convencerme de que Rachel estaba borracha, ni de ninguna de las otras excusas a las que recurrí cuando lo de su padre. Rachel parecía una persona distinta.

¿Qué demonios está pasando?

11 de septiembre

Leo:

Es la una de la madrugada y no consigo dormirme. Ojalá pudiera llamarte. Antes, pasara lo que pasara, por muy angustiada que estuviera, siempre encontrabas la forma de hacerme sentir mejor. Cuando aún éramos amigos.

Pero no tengo tu número de Nueva York y, aunque lo tuviera, dudo que te hiciera mucha gracia que rompiera mis dos años de silencio para despertarte en plena noche. La culpa es solo mía, por no haber hablado antes contigo. Por eso ahora estoy acurrucada en mi cama, con la lámpara de noche encendida, escribiendo este diario: no se me ocurre qué más podría hacer.

Esta tarde, al llegar a casa, era incapaz de dejar de preocuparme por lo que le pasa a Rachel. He intentado pensar en alguna enfermedad que provoque una actitud tan extraña en quien la sufre, pero las bacterias y los virus son la especialidad de papá, no la mía.

Por eso, mientras lavábamos platos juntos, he empezado a hablarle del asunto. Al final se lo he terminado contando todo, también lo del padre de Rachel la semana pasada. Mientras hablaba con él no lo miraba y mantenía los ojos fijos en el plato que tenía en las manos, pues he pensado que a lo mejor estaba atormentándome por nada. En cualquier caso, desembuchar el asunto ha sido un verdadero alivio para mí. Ya empezaba a tener la sensación de que no pasaba nada cuando he levantado los ojos y he visto la expresión de mi padre. Se había puesto muy pálido y aún tenía las manos dentro del fregadero.

—¿El padre de Rachel te tocó? —ha preguntado; parecía que estaba haciendo un esfuerzo por no levantar la voz.

—Solo en el hombro —he contestado—. Nada inapropiado...

—¿Y Rachel, hoy? —ha añadido—. ¿Te ha abrazado? ¿Has estado llevando la misma ropa todo el día?

—No —he dicho—. Me he cambiado al llegar a casa. Y también me he duchado. —Al decir eso me he sonrojado porque, incluso mientras hacía todas esas cosas, me he sentido como una estúpida—. No podía dejar de pensar: «¿Y si es contagioso? No quiero pillarlo...».

Mi padre se ha relajado un poco y entonces he sido yo quien se ha puesto tensa.

—¿Crees que lo es? —le he preguntado—. Contagioso, quiero decir...

—Nunca está de más actuar con precaución, Kae. Deberías lavar toda la ropa que has llevado hoy esta misma noche. Rachel fue al instituto la semana pasada, ¿verdad? Después de que vieras a su padre.

He asentido con la cabeza.

—Pues en ese caso deberías quedarte en casa —ha añadido—. Por lo menos hasta el fin de semana.

—¿Qué? —he exclamado. En buena medida, lo que me preocupa de ponerme enferma es tener que perderme clases. A lo mejor yo no necesito una beca, pero, aun así, tengo que sacar buenas notas si quiero que me acepten en las mejores universidades de ciencias. Además, quedarme en casa choca frontalmente con mi proyecto de convertirme en una nueva Kaelyn—. Las pruebas del equipo de natación son este fin de semana. La señora Reese nos dijo que solo quienes demuestren estar comprometidos desde buen principio formarán parte del equipo.

—Le pediré a algún médico del hospital que te escriba una nota —ha respondido mi padre—. Debemos tener cuidado, Kae.

—¿Cuidado de qué? ¡Pero si ni siquiera sabemos lo que pasa! —he protestado.

Entonces, aunque estaba de espaldas a la puerta, he oído que mamá entraba en la cocina. Me ha puesto una mano en la espalda.

—Gordon, a lo mejor deberías contárselo.

—¿Contarme qué? —he preguntado, y me he vuelto a mirarla; entonces me he girado de nuevo hacia mi padre, pero este no me miraba a mí, sino a mi madre.

A mamá no le gusta discutir y siempre dice que prefiere defender su postura de forma sutil pero firme. Sin embargo, si un asunto le parece lo bastante importante, no le da ningún miedo plantarse. Después de pillar a Drew enrollándose con un chico, papá quiso dejarlo sin Internet ni teléfono, pero mi madre le dijo que ni hablar, que aquello era ridículo.

«Solo tiene dieciséis años —dijo papá, lo que de paso me convertía a mí en una niña.»

«Sí —respondió mamá—. Y como cualquier chico normal de dieciséis años solo va a escuchar si le das un buen motivo para hacerlo.»

Papá ha sacado las manos del fregadero, se las ha secado y se ha pasado los dedos por el pelo.

—¿Qué pasa? —he preguntado.

Si me hubiera contado antes todo lo que sabía, a lo mejor no habría ido a casa de Rachel. ¿En serio creía que ocultándome cosas me estaba protegiendo?

—El padre de Rachel está muy enfermo —ha dicho—. No sabemos qué le pasa.

—¿Sabemos? —he repetido—. ¿Lo has visitado?

Mi padre ha esbozado una sonrisa forzada.

—Soy el único microbiólogo de la isla. Los médicos del hospital se han dado cuenta de que no lograban identificar la enfermedad que pretendían tratar, de modo que han decidido llamarme. Teníamos la esperanza de que la causa pudiera ser ambiental. Dos trabajadores de la empresa pesquera ingresaron en el hospital la semana pasada, y otro más esta mañana, todos ellos con síntomas muy similares: tos, estornudos, picores persistentes y fiebre, todo ello seguido por un descenso agudo de las inhibiciones sociales. Y, finalmente, ataques de pánico provocados por la confusión mental.

—¿Es posible que sean alucinaciones? —he preguntado, al acordarme de la teoría de Mackenzie—. ¿Por culpa de la fiebre?

—No lo sabemos —ha respondido mi padre.

Así pues, y resumiendo, una enfermedad rara se está cargando el cerebro de la gente y nadie tiene ni idea de qué se trata ni qué la provoca. ¿De qué sirve tener médicos si no son capaces de resolver cosas como esta?

Mi madre me ha pasado un brazo por la espalda y me ha acariciado el hombro.

—¿Le pasará lo mismo a Rachel? —he logrado preguntar.

«Cuando la he visto presentaba ya todos los síntomas. ¿Se volverá loca en su patio mañana? ¿Cómo van a ayudarla?», he pensado.

—No lo sé —ha respondido mi padre—. Tendré que hablar con su madre mañana por la mañana para que la lleve al hospital y podamos ponerla bajo observación. Pero lo que más me preocupa es que, por lo que acabas de contarme, parece que nos enfrentamos a un agente infeccioso. Es más que probable que Rachel haya pillado la enfermedad de su padre.

Me he acordado de lo que había dicho papá hacía un momento y se me ha acelerado el corazón.

—¿Crees que Rachel puede habérmelo pasado a mí? —he preguntado—. ¿Por eso no quieres que vaya al instituto?

—Existe una pequeña posibilidad —ha contestado—. Muy pequeña, porque has actuado con precaución y porque el agente contagioso no parece propagarse con facilidad. Rachel es el único caso que conocemos en el que la enfermedad ha pasado de un individuo a otro. Pero no podemos estar seguros al cien por cien. También existe la posibilidad de que Rachel infectara a otros alumnos del instituto. También le voy a pedir a Drew que se quede en casa.

—Pero Rachel no ha ido al instituto desde que se puso enferma.

—Eso no lo sabemos con seguridad —ha respondido mi padre—. Desconocemos el tiempo de incubación. Es posible que las bacterias o los virus ya estuvieran en su organismo la semana pasada, antes de que se manifestaran los síntomas.

He reflexionado sobre el asunto con toda la calma de la que he sido capaz. Si Rachel le hubiera pegado la enfermedad misteriosa a alguien el viernes, el último día que esta fue al instituto, la persona en cuestión ya habría enfermado a estas alturas, ¿no? Y no he visto a nadie en casa tosiendo o estornudando. Papá había dicho que seguramente yo estaba bien. Además, Rachel vivía con su padre; eso supone un contacto mucho más cercano del que yo he tenido con ella.

Al mismo tiempo, me imaginaba encerrada en casa durante los próximos tres días, sola. En el instituto no me va mal, pero aún me pongo nerviosa cuando tengo que hablar en clase y, si te soy sincera, estoy bastante asustada por las pruebas de natación del jueves. Me ha parecido que acceder a lo que me pedía mi padre sería como coger la salida más fácil. Y precisamente por eso no pensaba hacerlo.

—¿Y si deseo seguir yendo al instituto? —he preguntado—. Quiero decir: una cosa es la precaución, y otra, la paranoia, ¿no? Solo hay cinco personas enfermas. Además, ¿quién dice que no van a mejorar mañana?

Papá ha mirado a mamá y se le han tensado los labios, pero finalmente ha asentido con la cabeza.

—De acuerdo —ha dicho—. Pero si observas alguno de los síntomas que he mencionado, o si te sientes mal...

He levantado las manos.

—Me quedaré en casa sin protestar. Lo prometo.

Sin embargo, y aunque sé que si se tratara de una verdadera emergencia papá no habría accedido a dejarme ir al instituto, al llegar a mi habitación he sido incapaz de apagar la luz. Es como si no pudiera dejar de preguntarme: ¿y si los enfermos no mejoran? ¿Y si pillo la enfermedad, sea lo que sea?

Espero que duermas bien en Nueva York, Leo. Así, por lo menos, uno de los dos lo hará.

11 de septiembre (más tarde)

Rachel ya debe de estar en el hospital para que los médicos puedan echarle un vistazo. Espero que esté bien.

Nadie habla de la enfermedad misteriosa en el instituto. La gente sigue quejándose de los profesores y de los deberes, y cotilleando sobre quién sale con quién. Es imposible que yo sea la única que sabe lo que pasa; los médicos y las enfermeras del hospital también lo saben, seguro que hablan del asunto en casa, y algunos tienen hijos que van a mi instituto.

Es como si intentásemos llenar cada segundo de silencio con palabras inocuas para no tener que decir nada real, que pueda asustarnos.

Cada vez que alguien se aclara la voz, doy un respingo. He visto a Quentin rascándose el brazo durante la clase de Lengua y me he quedado helada hasta que me he dado cuenta de que tenía una picadura de mosquito. Y luego, en la cafetería, el humo de la parrilla me ha hecho estornudar y he notado como la gente que tenía a mi alrededor se apartaba.

Y, sin embargo, no he visto a nadie que pareciera resfriado. Por si acaso, me he lavado las manos entre clases y he intentado no acercarme demasiado a nadie. Es raro, me pasé la semana pasada intentando ser Kaelyn la Superamiga y ahora, en cambio, me preocupa poner en peligro a la gente si respiro siquiera en su dirección.

He estado pensando que tal vez sea mejor que no salga con Meredith, solo por este fin de semana. Y luego me he preguntado si alguno de los trabajadores de la empresa pesquera que están en el hospital, enfermos, tendrá un hijo que vaya a la escuela con ella. ¿Habrá alguien que los controle, que se asegure de que no están infectados? A lo mejor Meredith debería quedarse en casa hasta que los médicos sepan con seguridad qué está pasando.

En todo caso, pienso ir a las pruebas de natación mañana, y lo cierto es que no he vuelto a adoptar mis hábitos solitarios del pasado. Tessa ha llegado tarde a la clase de Biología y me he dado cuenta de que se quedaba plantada en la puerta, mirando el sitio donde suele sentarse, cerca de Shauna. Sin embargo, esta les había pedido a sus amigas que se acercaran para poder cuchichear sobre chicos y fiestas, o lo que sea, así que el sitio habitual de Tessa estaba ocupado. La única silla libre era la que había a mi lado, en primera fila.

—Eh —le he dicho, señalando el pupitre contiguo—. Puedes sentarte aquí si quieres.

No conozco demasiado a Tessa; por supuesto, ya que se mudó aquí cuando nosotros vivíamos aún en Toronto, pero se nota que no le preocupa demasiado impresionar a los demás. Nunca se tiñe el pelo para darle un tono «castaño rojizo» en lugar de «pajizo», ni se maquilla las pecas como hace Mackenzie. Además, nunca habla demasiado con Shauna y solo le sonríe educadamente si esta intenta entablar conversación con ella. De verdad que tengo la impresión de que los demás le damos igual. Bueno, casi todos los demás: es evidente que tú no le dabas igual, Leo.

O sea, que no tengo ni idea de por qué hoy me ha mirado a mí, se ha fijado en el pupitre vacío y al final ha soltado:

—No, tranquila.

Y entonces se ha acercado al grupo de Shauna y ha dicho algo que no he logrado oír. Melissa, que normalmente se sienta a mi lado, le ha cedido su asiento a Tessa y ha regresado a la primera fila.

Me he sonrojado y me he pasado el resto de la clase con la vista fija en el libro de texto. Supongo que, aunque tu novia pase bastante de Shauna, aún prefiere sentarse con ella que conmigo.

A lo mejor se ha enterado de que la gente se está poniendo enferma y sabe que pasé mucho tiempo con Rachel. No es importante, lo sé, pero escribiendo lo que ha pasado me siento incómoda, como si hubiera hecho algo mal.

12 de septiembre

Cada vez que voy a clase de Historia no puedo dejar de mirar la silla vacía de Rachel. Cuanto más tiempo paso en el aula, más mal rollo me da, sobre todo porque todo el mundo parece haberse olvidado de ella. Mackenzie ni siquiera la mencionó hoy.

Pero por lo menos la señora Harnett sí se acuerda de ella. Al terminar la clase, se me llevado a un lado y me ha dicho:

—He oído que es posible que Rachel tarde un tiempo en volver al instituto. Si quieres, puedes terminar la presentación sola, o unirte a otra pareja y formar un grupo de tres.

Hablaba de la situación de forma tan calmada que de repente me han empezado a picar los ojos y me he sentido como si fuera a llorar. No sé por qué. No es más que un proyecto y Rachel podrá recuperar la nota más adelante.

—Seguiré yo sola —he dicho—. Hasta que se recupere.

He preferido creer que es posible que vuelva al instituto incluso antes de la fecha de entrega.

Cuando papá ha llegado finalmente a casa, por la noche, le he preguntado cómo le iba a Rachel y a los demás enfermos, y él ha fruncido el ceño. Resulta que los médicos sí han estado realizando un seguimiento a las familias del resto de los pacientes y que hay muchas personas con los síntomas.

—Pero estáis trabajando en ello, ¿no? —le he preguntado—. Van a mejorar, ¿verdad?

Mi padre ha dudado un momento.

—¡Tengo que saberlo, papá! —he exclamado—. No puedes seguir ocultándome cosas.

—No es fácil decirlo en este momento, Kae —ha contestado—. Hemos logrado aliviar los síntomas a corto plazo, pero aún no sabemos cómo eliminarlos por completo. Y todo parece indicar que el agente contagioso no es una bacteria, sino un virus.

—Pero eso es bueno, ¿no? —le he preguntado—. Quiere decir que cada vez estáis más cerca de descubrir de qué se trata.

—En cierto modo sí —ha dicho—. Pero al mismo tiempo los virus son más difíciles de combatir y las opciones de tratamiento son mucho más limitadas. Sea como sea, debes saber que estamos haciendo todo lo que podemos.

Lo sé, sí, pero eso no hace que me sienta mejor. Casi preferiría no habérselo preguntado.

14 de septiembre

Ayer la vida casi pareció otra vez normal. Papá volvió a trabajar hasta muy tarde, pero en el instituto todo fue casi como de costumbre. Shanua intentó convencer a Tessa de que organizara una fiesta en su casa, porque según parece sus padres se han ido de viaje a no sé dónde. Yo superé las pruebas del jueves y también las del viernes y, cuando me iba, la señora Reese me levantó el pulgar, o sea, que creo que estoy en el equipo. Y anoche Mackenzie y yo fuimos al continente para ver la nueva película de Christopher Nolan en el cine.

El chico de la taquilla era mono. Hablé con él después de la peli, pero Mackenzie se puso nerviosa y dijo que nos teníamos que ir.

No pude dejar de sonreír durante todo el camino de vuelta. No porque esté loca por él: casi no lo conozco. Pero estaría bien colarme por alguien. Por alguien que también se colara por mí.

Sin embargo, esta mañana (a las cinco de la madrugada de un sábado), papá ha recibido una llamada urgente y ha salido corriendo. He intentado no ponerme nerviosa, pero al final me he despertado igual. En cuanto nos hemos dado cuenta de que se había marchado, todos hemos sido incapaces de volver a conciliar el sueño. Así pues, Drew y yo nos hemos sentado a la mesa de la cocina, aún medio dormidos, mientras mamá preparaba unas croquetas de patata y cebolla.

Es un plato que solo cocina en ocasiones especiales, o cuando quiere hacernos sentir mejor, pues dice que es mucho trabajo para una comida que, además, no le gusta. La última vez que había preparado croquetas de patata fue cuando ella y papá nos anunciaron que nos mudábamos, así que he supuesto que esperaba malas noticias.

—A lo mejor le han llamado porque alguien ha mejorado en plena noche —he dicho, como si por decirlo fuera más fácil creerlo.

—Esperemos que sea eso —ha contestado mamá.

Aunque el exterior crujiente de las croquetas combina a la perfección con la masa tierna del interior, no es fácil tragar cuando estás desayunando dos horas antes de la hora a la que sueles despertarte y encima tienes un nudo en el estómago. Yo solo he logrado comerme unas pocas. Drew se ha terminado el plato, pero antes de tragarse la última croqueta se ha pasado un minuto entero masticando. Mamá no ha comido ni una. Al final se ha encogido de hombros y ha guardado el resto en una fiambrera, para más tarde.

Nos hemos quedado en la mesa hasta que ha salido el sol, sin perder el teléfono de vista. Entonces Drew ha exclamado:

—Vamos, que es sábado por la mañana. A ver que dan por la tele.

Mamá ha dicho que prefería intentar dormir un poco más. Los sábados alternos mamá hace un turno extra en la cafetería de la gasolinera, aunque dudo mucho que hoy vaya a trabajar.

Drew y yo hemos ido a la sala de estar. Ha empezado a pasar canales. Solo daban dibujos animados. Al final ha dejado un capítulo de Looney Tunes y hemos pasado un rato viendo como Bugs Bunny se burlaba de Elmer Fudd.

A veces ese tipo de dibujos me hacen gracia, pero hoy los chistes me parecían estúpidos. Además, no lograba quitarle el ojo de encima al reloj. ¿El hecho de que papá tardara tanto en llamar era una buena señal, porque quería decir que no regresaba corriendo para salvarnos de alguna catástrofe? ¿O significaba que había pasado algo muy grave y por eso le llevaba tanto tiempo resolverlo?

Debía de haber digerido las cuatro croquetas que me he comido ya hacía rato, pero aun así no paraba de roncarme el estómago. Drew estaba tirado en el sofá, con los pies encima de la otomana, como si no hubiera nada más importante en el mundo que un conejo parlanchín. Al cabo de un rato no he podido aguantarme más.

—¿No estás preocupado? —le he preguntado.

—Sí, claro —ha contestado él, sin apartar los ojos de la tele.

—Pues nadie lo diría —le he espetado.

Entonces ha cogido el mando a distancia, ha bajado el volumen y se ha vuelto hacia mí.

—Creo que en mi clase hay un par de chicas enfermas —ha dicho en voz baja, supongo que para que mamá no lo oyera si aún estaba despierta. Si lo hubiera oído, seguramente habría reaccionado peor aún que yo.

—¿Que qué? —he exclamado; he tenido que hacer un esfuerzo por no levantar la voz—. ¿Estás seguro? ¿Qué ha pasado?

—No ha pasado nada. Pero ayer, en la clase de Física, había una chica que no paraba de estornudar. Y en mitad de la clase de Derecho, Amy ha tenido que salir durante diez minutos porque le ha dado un ataque de tos. Lo más probable es que sean resfriados comunes; siempre hay alguien que pilla uno en esta época del año.

—¿Se lo has contado a papá?

Drew ha puesto los ojos en blanco.

—Pues claro que no. Nos encerraría en casa. ¿De qué serviría?

—Serviría para que no estuviéramos expuestos a la enfermedad —le he contestado—. ¿De verdad quieres ponerte enfermo? También se habría asegurado de que ingresaran a esas chicas en el hospital, por si acaso.

—Si vamos a ponernos enfermos —ha dicho Drew—, quedarnos en casa no nos va a servir de nada. Lo pillaremos de papá, que es quien se pasa doce horas al día con personas que sabemos positivamente que están enfermas. Conozco a un tío del equipo de fútbol cuya tía es enfermera... Pues bien, el otro día me contó que su tía ha tenido que ingresar en el hospital porque ayudó a tratar a los pacientes y ahora tiene los síntomas.

Soy consciente de que no le falta razón, pero no sé por qué eso me ha hecho enfadar aún más. Para él es muy fácil decir que la reacción de papá es exagerada. Él no vio a Rachel ni a su padre, no tiene ni idea de lo grave que es esta enfermedad y de cómo puede convertirte en una persona completamente distinta. Da mucho miedo que cada vez haya más gente afectada y que los médicos aún no hayan encontrado ningún tratamiento.

—Pues por lo menos me lo podrías haber contado a mí —he dicho.

—Porque tú habrías actuado de forma distinta, ¿no? —ha preguntado Drew—. Además, ¿es así cómo quieres afrontar la situación? ¿Escondiéndote en casa?

—¡No lo sé! —he gritado—. ¡Pero por lo menos podría haber tomado la decisión yo misma!

He logrado contenerme antes de seguir gritando; entonces nos hemos quedado en silencio y hemos aguzado el oído. Por suerte no hemos despertado a mamá.

—Lo siento —ha dicho Drew al cabo de un rato—. Tendría que habértelo contado. Es que detesto la forma que tiene papá de enfrentarse a los problemas, construyendo una pared aun sin saber de qué intenta «protegernos». Además…

Al ver que no seguía hablando, he intentado incitarlo a hablar.

—¿Además qué?

—Además, últimamente estoy aún más cabreado con papá de lo habitual, por otros motivos —ha soltado, frunciendo el ceño—. Hace unas semanas, Aaron dijo que no tenía ningún sentido que siguiéramos juntos, porque papá no parece estar más cerca de aceptar el hecho de que yo tenga novio. Supongo que a Aaron no le gusta el «drama», ni siquiera a larga distancia. Aunque en realidad quien tiene que lidiar con papá soy yo…

—Bueno… —No se me ha ocurrido cómo seguir. Mi hermano y yo nunca hemos hablado de nuestras relaciones, porque yo nunca he tenido nada serio y porque Drew siempre ha sido reservado con su vida privada—. Lo siento. Es un rollo.

—Pues sí. Estoy bastante harto, la verdad.

Entonces se ha levantado y se ha marchado. A mí no me apetecía mirar la tele sola, o sea, que me he ido a mi cuarto. Estaba muy cansada, pero, en cuanto me he echado en la cama y he intentado dormir, no podía parar de pensar. Entonces me he puesto a escribir, a ver si así me lo quitaba todo de la cabeza.

Pero no, cada vez pienso más en ello. Pienso demasiado.

Hace unos minutos he oído a mamá en el baño, o sea, que supongo que ya estará despierta. A lo mejor le pregunto si

Papá ha llamado. Ella aún está al teléfono con él, o sea, que aún no he podido escucharlo todo, pero no hay buenas noticias: el padre de Rachel acaba de morir.

15 de septiembre

Hoy hemos ido a casa del tío Emmett para que papá pudiera contarle lo que sabe sobre la misteriosa enfermedad. Yo tenía intención de salir un rato por ahí con Meredith, pero el tío Emmett ha insistido en que quería que se quedara y se enterara también de lo que está pasando, así que nos hemos sentado todos juntos en la sala de estar. Le he pasado el brazo por la espalda a Meredith, que ha empezado a morderse la uña del pulgar mientras papá exponía la situación. Por si ya desde que su madre desapareció no tuviera más preocupaciones que el resto de las niñas de siete años, ahora encima tiene que escuchar historias sobre personas que se mueren y teorías sobre los peores escenarios posibles. ¿Cuántas cosas va a entender, más allá de las partes que dan miedo?

Después de oírlo todo, el tío Emmett ha sacudido la cabeza.

—No está nada mal la de ventajas que ese centro de investigación tan moderno ha tenido para la isla, ¿no? —le ha dicho a mi padre—. Cómo me alegro de que mientras la enfermedad se iba extendiendo tú estuvieras estudiando algas.

—¡Emmett! —ha exclamado mi madre, que le ha dirigido una mirada furiosa.

Yo le habría pegado una coz, pero papá no ha parecido ofenderse. Supongo que ya se ha acostumbrado a las pullas de Emmett.

—Pues te llevarías una sorpresa —ha respondido papá—. Nuestras máquinas están resultando muy útiles.

Entonces el tío Emmett se ha levantado y ha anunciado:

—Bueno, pues empezaré a hacer las maletas.

—¿Cómo? —ha preguntado mamá—. ¿Y adónde vas a ir?

—¿Y eso qué importa? —le ha soltado él, subiendo la voz. Meredith ha dado un respingo y la he acercado aún más a mí—. ¿Qué quieres? ¿Que me quede aquí hasta que el virus nos ataque a mí o a Meredith? Si la situación es tan grave como dice Gordon, no pienso quedarme aquí ni loco.

—No se trata solo de ti y de Meredith —ha dicho papá—. Se trata de todo el mundo. Por lo que sabemos, cualquiera de vosotros dos podría estar infectado por el virus. Si abandonáis la isla, este podría expandirse aún más. Hemos hablado con el Departamento de Sanidad. Se están planteando la posibilidad de establecer una zona de seguridad en el continente para que los habitantes de la isla puedan abandonarla sin poner en peligro la vida de los demás. Tendrás que quedarte bajo su supervisión durante el tiempo que decidan, pero en cuanto estén seguros de que no estás infectado, podrás ir adónde quieras. Solo tienes que esperar unos días a que lo hayan organizado todo.

—¡¿Unos días?! —ha gritado el tío Emmett—. ¿Cómo es posible que no tengan ya un lugar para nosotros? ¡A mí el resto del mundo me importa un huevo! ¡Tengo derecho a proteger a mi familia!

Ha seguido en ese plan un rato más. Entonces mamá me ha lanzado una mirada y yo he obedecido con mucho gusto. He cogido a Meredith de la mano y me la he llevado a su cuarto, donde la voz de su padre casi no se oía. Meredith tenía el pelo enredado, así que he cogido un peine del tocador y me he sentado con ella junto a la ventana.

La Tía Lillian solía peinar a Meredith con un montón de trencitas. Siempre se las envidié, pues sabía que en mi pelo no quedaría bien: aunque lo tengo negro como mamá, también es fino como el de papá. He intentado imitar la técnica en el cabello de Meredith, pero me salían unas trenzas lacias e hinchadas, y no tensas como se supone que tienen que ser, de modo que al final le he hecho dos coletas. Meredith se ha mirado en el espejo y me ha sonreído, aunque las coletas estaban torcidas. Pero su sonrisa pronto se ha desvanecido.

—¿Es verdad lo que ha dicho el tío Gordon? —ha preguntado—. ¿Es posible que esté enferma?

Se me ha hecho un nudo en la garganta.

—Lo más probable es que no lo estés —le he respondido—. Hay muy poca gente enferma. Y aunque te pusieras mala, pronto encontrarán la forma de curar la enfermedad. Tú no te preocupes, ¿vale?

Me la he puesto encima de la falda y se ha ido relajando mientras mirábamos juntas por la ventana. Su casa está junto a la orilla del mar. Un grupo de marsopas flotaban en el agua del estrecho. A lo lejos brillaban las luces del continente, como si no hubiera ningún problema en el mundo.

Nos hemos quedado así hasta que papá se ha asomado por la puerta para decirnos que bajáramos a ver una peli.

—Mamá ha logrado que el tío Emmet prometa que va a esperar a que el Departamento de Sanidad haya organizado algo —me ha susurrado mientras bajábamos por las escaleras, detrás de Meredith.

Sé que es lo correcto, pero también entiendo perfectamente cómo se siente el tío Emmet. Una parte de mí quiere que falte a su promesa y se lleve a Meredith de aquí, por si acaso.

17 de septiembre

Esta mañana, antes de que se marchara corriendo, le he preguntado a mi padre cuántas personas hay ingresadas en el hospital.

—Más de las que querríamos —ha respondido; no he podido sacarle nada más.

Aún no han logrado aislar el virus. Y ha muerto otro paciente. Además, no sé cómo está Rachel. Ayer se me ocurrió mencionar que a lo mejor iba a visitarla, pero mi padre reaccionó como si acabara de darle una ráfaga de viento helado y contestó que no era el momento.

Espero que encuentren la cura que le prometí a Meredith. Por Rachel y por todos los demás.

Mi padre llamó ayer a la abuela y al abuelo a Ottawa para decirles que estén al tanto, por si acaso. Naturalmente, nos ha prohibido a mí y a Drew que vayamos al instituto; de hecho, nos ha prohibido que salgamos de casa. Pero después de pasar casi todo el fin de semana y todo el día de ayer aquí encerrada, esta tarde estaba ya que me subía por las paredes. No podía dejar de pensar en lo que dijo Drew sobre escondernos de los problemas en lugar de afrontarlos. Mi nuevo yo, he pensado, nunca tendría miedo de salir a echar un vistazo.

Me he dicho a mí misma que mientras me mantuviera a distancia de la gente estaría tan segura como en casa, pero a medida que iba acercándome al instituto he empezado a notar cómo se me revolvía el estómago. Me he detenido debajo del roble que hay al otro lado de las ventanas del aula de ciencias. El señor Grant estaba escribiendo en la pizarra con su letra temblorosa y todos los demás leían el libro de texto. Parecía un día totalmente normal.

Sin embargo, de pronto me he dado cuenta de que un chico de la primera fila se rascaba el hombro. Se ha pasado por lo menos diez segundo rascándose, ha parado un momento y ha vuelto a empezar.

Un par de filas más atrás, una chica se ha puesto a toser tan fuerte que la he oído incluso a través de la ventana. Otra alumna ha estornudado y un chico ha soltado una risa histérica.

He dado media vuelta y me he alejado de allí con paso tembloroso. Ni siquiera mi nuevo yo lo ha soportado más tiempo.

Al llegar al aparcamiento he oído como alguien me llamaba. Me he asustado tanto que a punto he estado de echarme a correr, como si temiera que fuera a perseguirme una persona enferma.

Una mujer ha salido de un coche, cerca de donde yo estaba. He tardado un rato en reconocerla; era una amiga de papá, del hospital, la doctora Nosequé, aunque yo siempre la he llamado Nell.

—Kaelyn —ha repetido. Entonces ha sacado una caja de cartón del maletero y se ha acercado hasta donde termina el aparcamiento, con ella a cuestas—. Creía que tu padre te había dicho que te quedaras en casa.

—No he ido al instituto —he respondido apresuradamente—. Es solo que tenía que salir un rato de casa, para estirar un poco las piernas.

Como le cuente que me ha visto, a papá le da un ataque.

—Mientras tengas cuidado… —ha dicho Nell, que se ha cambiado la caja de brazo.

—¿Quieres que te eche una mano? —le he preguntado.

—No, Gordon me mataría si te dejara echar un vistazo a lo que llevo aquí dentro —ha contestado con una sonrisa—. Ya me apaño, tranquila; es solo papel. Hemos mandado imprimir unos cuantos folletos informativos sobre medidas de seguridad en caso de epidemia. Me han encargado la tarea de informar a los chicos —ha dicho haciendo un gesto con la cabeza, señalando el instituto.

Probablemente se trate del mismo tipo de consejos que ya he leído en Internet: que te laves las manos a menudo, te quedes en casa si te encuentras mal y evites los espacios públicos abarrotados.

—¿Tú crees que vamos a salir de esta? —le he preguntado. Hasta el momento en que he pronunciado esas palabras ni siquiera sabía qué tenía intención de preguntarle. Pero creo que quería conocer otra opinión además de la de papá.

—Creo que tenemos que concentrarnos en informar a la población sin provocar el pánico —ha contestado—. A menudo las emergencias se producen más por culpa de la gente que teme ponerse enferma que por la gente que realmente lo está.

Imagino que por eso papá fue tan duro con el tío Emmett. He asentido con la cabeza.

—Bueno —ha dicho Nell—, cuídate mucho, Kaelyn.

Entonces se ha dirigido hacia el instituto. He decidido que ya tenía bastante, así que vuelvo a estar en casa.

He evitado pasar por lugares abarrotados. Al llegar aquí, en lugar de lavarme las manos me he vuelto a duchar. Pero la verdad es que no me siento más segura.

18 de septiembre

Anoche Mackenzie llamó mientras estábamos cenando. Las ranas deben de haber criado pelo, porque mamá dejó que me pusiera al teléfono mientras ellos seguían comiendo.

—Temía que no fueras a estar —dijo Mackenzie—. En el instituto todo el mundo habla de que cada día hay más gente enferma y no te he visto desde la semana pasada... —Entonces hizo una pausa para coger aire—. ¿Estás bien? —preguntó por fin.

—Sí —contesté; y es verdad, siempre y cuando definamos «estoy bien» como «aún no he sucumbido a ninguna enfermedad mortal»—. Mi padre está bastante preocupado —añadí— y le ha parecido mejor que me quede en casa hasta que estén seguros de qué pasa.

—Pues yo te puedo asegurar que el colegio es aún más insoportable de lo habitual —se quejó Mackenzie—. A lo mejor logro convencer a mis padres de que me dejen quedarme en casa. ¿Cuánto tiempo va a durar esto? ¿Tiene tu padre información confidencial?

—Ha estado echando una mano en el hospital —le expliqué—, pero aún andan un poco perdidos. Están experimentando con diferentes tratamientos. Ayer los visitaron varios miembros del Departamento de Sanidad, y los expertos son ellos.

—Eso está bien —dijo Mackenzie—. Entonces, ¿podemos quedar mañana después de las clases? Llevo días haciendo deberes y aguantando las paranoias de la gente, nada más.

Le prometí que lo intentaría. Ayer logré salir clandestinamente porque no había nadie más en casa, pero hoy mamá no trabaja. Como ya sabía lo que diría papá, he esperado a que se marchara esta mañana a trabajar antes de hablar con mi madre.

—No nos acercaremos a nadie —le he prometido—. Además, Mackenzie sonaba totalmente sana por teléfono.

Mamá ha fruncido al ceño, pero por suerte confía más que papá en que sabré cuidar de mí misma.

—Pero prométeme que volverás antes de que llegue tu padre —ha dicho—. Bastantes quebraderos de cabeza tiene ya como para tener que preocuparse también por ti.

Hace un par de horas me he encontrado con Mackenzie en Thompson Park. Nos hemos sentado en uno de los parques que hay frente al estanque y ella ha empezado a tirarles pan a los patos. La brisa empieza a estar ya teñida de un frío otoñal.

—Pronto empezarán a emigrar hacia el sur —he afirmado, en referencia a los patos.

Mackenzie ha asentido en silencio y ha dudado un momento antes de hablar.

—Creo que nosotros también —ha contestado.

—¿Qué quieres decir?

—A mis padres, que se les va la pinza. Mamá quiere que nos instalemos en el piso de Los Ángeles hasta que todo esto haya pasado. De todos modos, aquí tampoco hay mucho que hacer. Hoy nos han mandado a casa a la hora de comer y han cerrado el instituto.

No lo sabía. Así pues, lo de la epidemia va en serio. He notado cómo un escalofrío me bajaba por el cuello de la cazadora.

—¿Tú sabes si Rachel ha pillado este virus tan raro? —ha preguntado Mackenzie—. La gente dice que sí. El último día que vino al instituto parecía bastante enferma.

En aquel momento no he sabido si Rachel habría querido que se lo contara a Mackenzie o no, así que me he limitado a decir:

—Ah, ¿sí? Pues no me di cuenta.

—Seguramente no la viste. No se le notó hasta después de la comida, pero a última hora le dio un ataque de tos que tela. Aunque tampoco debía de sentirse muy mal, porque luego fue al ensayo del coro. Pensé que habría pillado un resfriado.

El ensayo del coro. Me acordé de lo que dijo Drew sobre que algunas chicas de su clase parecían enfermas. ¿Cantarían también en el coro? Tal vez les había tocado ponerse junto a Rachel, esta había tosido y lo habían pillado.

A lo mejor tuve una suerte increíble de no contagiarme cuando fui a visitarla el martes pasado.

—Pero, bueno —ha dicho Mackenzie con un gesto de impaciencia—, si está enferma tampoco podemos hacer nada por ayudarla. Cualquiera que pudiendo marcharse de aquí decida quedarse es que es idiota. No me refiero a ti, claro: necesitan a tu padre en el hospital y todo eso. Además, seguro que él se encarga de que no te pase nada. Quiero decir alguien que no esté ayudando...

Me he preguntado si debía contarle la teoría de mi padre de que nadie debe salir de la isla sin adoptar antes las precauciones necesarias, pero entonces he pensado que, teniendo en cuenta lo mucho que le gusta a Mackenzie infringir las normas, eso equivaldría a darle una razón más para dejarnos aquí tirados.

En cualquier caso, antes de que tuviera tiempo de decir nada, Mackenzie ha girado la cabeza y se le han iluminado los ojos:

—Mira —ha dicho—. ¡Son ellos!

Me he vuelto hacia donde señalaba: al otro lado del estanque había un grupo de chicos del instituto. Había unos pocos de nuestro curso y del curso inferior, pero los demás eran todos mayores. No les he visto nada especial.

—¿Y qué? —he preguntado.

—¿Conoces a Gav? —ha preguntado ella—. ¿El de la camiseta roja?

No conozco a los chicos del último curso por su nombre, pero el de la camiseta roja me sonaba, sobre todo su pelo castaño rizado. Creo que lo he visto en el campo que hay junto al instituto más de una vez.

—Shauna me contó que Anne le había contado que su hermano le había contado que el tal Gav ha empezado su propio «club de la lucha» —me ha contado Mackenzie precipitadamente—. Se ve que se reúnen y montan peleas. ¡Tienen que ser ellos! ¿Qué hacen, si no, aquí, en el parque?

—Pues no parece la mejor forma de mantener un club de lucha en secreto —he señalado.

—Es verdad. Pero ¿te imaginas montar algo así aquí, en la isla? Qué pasada, ¿no?

Como si la gente solo hiciera cosas raras en sitios como Los Ángeles. Lo que me sorprende es que Drew no esté al tanto. O a lo mejor sí lo está pero no ha comentado nada.

—Supongo que es lo que les gusta hacer a los tíos —he respondido, en un intento por darle un enfoque racional a la idea—. Soltar la agresividad y eso, ¿no? Por eso juegan a fútbol y practican la lucha libre.

Mackenzie se ha reído.

—¡Pues está claro que a estos no les basta con el fútbol! —Entonces ha mirado el reloj—. ¡Mierda! Le he dicho a mamá que estaría en casa a las cinco. Tengo que irme ya, o le dará un ataque.

Nos hemos despedido con un abrazo, como de costumbre. Entonces me he acordado del fuerte abrazo que Rachel me dio la última vez y se me ha ocurrido la horrible idea de que a lo mejor era la última vez que veía a Mackenzie.

Mientras se marchaba, me he dado cuenta de que se rascaba la nuca. Entonces se ha frotado la muñeca. No sé muy bien por qué, pero me han entrado unas ganas terribles de llamarla y decirle que dejara de rascarse.

Pero a veces la gente se rasca porque sí. Sin ir más lejos, hace cinco minutos yo misma me he rascado la barbilla y eso no significa nada.

Y aunque signifique algo, ¿qué otra cosa habría podido hacer?

20 de septiembre

Han muerto seis personas más. Los del Departamento de Sanidad han prohibido las visitas al hospital y también la admisión de pacientes que no se encuentren en situación crítica, a menos que presenten síntomas del virus misterioso. Papá dice que, de todos modos, el edificio está casi a tope. Y encima uno de los médicos ha pillado la enfermedad.

Ayer papá nos trajo una caja de mascarillas.

—Si tenéis que salir necesariamente de casa —nos dijo—, aseguraos de que os ponéis una de estas. Estamos casi seguros de que el virus se transmite por vía respiratoria.

—Entonces, estáis más cerca de descubrir cómo tratarlo, ¿no? —pregunté.

—No sé qué decirte, ahora que el Departamento de Sanidad se ocupa de todo —respondió mi padre—. Redactan historiales, pero no nos pasan copia; realizan pruebas, pero no comparten los resultados. No sé cómo esperan que trabajemos los demás… —Entonces soltó un suspiro—. La Organización Mundial de la Salud también ha empezado a tomar cartas en el asunto —añadió—. Solo espero que nos ayuden en lugar de crear aún más confusión.

Le he preguntado por la zona de contención que se suponía que tenían que montar en tierra firme, para que gente como el tío Emmett y Meredith pudieran marcharse, pero me ha dicho que aún no estaba a punto. Espero que no tarden mucho.

Mamá aún echa una mano en la cafetería, pero va a trabajar con mascarilla. Dice que hay mucha más gente de lo normal que va a llenar el depósito del coche.

—Creo que les da miedo que podamos cerrar pronto —dijo, aunque me temo que lo que hacen es coger el *ferry* y largarse tan lejos de la isla como pueden. Anoche recibí un *e-mail* de Mackenzie desde Los Ángeles. Al parecer cogieron el primer *ferry* por la mañana y se fueron directamente al aeropuerto.

Y esta mañana, justo cuando mamá iba a salir hacia el trabajo, una furgoneta blanca con el logo de Halifax TV ha cruzado nuestra calle y ha aparcado en la acera de enfrente. De dentro han salido dos tipos, uno con un micro y el otro con una cámara.

—Estos buitres de la prensa —ha murmurado mamá, mirando por la ventana de la sala—. Pretenden sacar una noticia del dolor de la gente.

Cuando han llamado a la puerta, nos hemos ido al comedor y hemos pasado de ellos. Mamá ha esperado quince minutos más antes de marcharse. Según dijo papá, tanto el Ayuntamiento como el Departamento de Sanidad prefieren que los medios no se hagan eco de la epidemia para evitar una situación de pánico total. Por lo que he podido ver, de momento las noticias tan solo han hablado de «problemas sanitarios» en la isla y han emitido breves entrevistas con habitantes locales que no sabían demasiado del tema. No sé si las emisoras estadounidenses están cubriendo la noticia.

Me pregunto si tus padres te habrán contado algo, Leo. Supongo que no querrán que te preocupes, más aún teniendo en cuenta que es tu primer mes en una nueva ciudad y en una nueva escuela. Probablemente no tengas idea de nada; eso hace que me sienta como si estuvieras todavía más lejos. Aunque, ahora mismo la verdad es que me alegro mucho de que estés lejos de aquí, a salvo.

21 de septiembre

Durante los últimos días he sido muy prudente. Pasarse el día en casa es un palo, pero ahora que sé lo a punto que estuve de contagiarme cuando fui a ver a Rachel siento que no quiero tentar más a la suerte. Lo más lejos que he llegado desde que vi a Mackenzie el miércoles pasado es el patio de casa. El instituto está cerrado y no tengo forma de ver a las dos únicas personas a las que puedo llamar amigas, o sea, que tampoco hay muchos motivos para salir. Mamá y Drew suelen estar ahí si realmente necesito hablar con alguien, y ayer el tío Emmett trajo un rato a Meredith.

Pero hoy me he quedado sola. Mamá y papá estaban trabajando y esta mañana Drew se ha largado no sé adónde. La casa estaba vacía y de pronto he empezado a ponerme histérica y a pensar que iba a ser siempre así. Que no iba a volver nadie.

Y entonces he pensado en ti en Nueva York, Leo, y me he dicho que es muy posible que no sepas nada de nada. Ni siquiera sabía cómo están tus padres. Cuando éramos niños los veía casi a diario.

De pronto he empezado a temer que pudieran haber cogido el virus, que estuvieran ya en el hospital y que ni tú ni yo lo supiéramos. A lo mejor tan solo buscaba una excusa para salir de casa, pero en cualquier caso ha funcionado. Me he puesto una de las mascarillas y he salido.

Fuera, había dos herrerillos encima del cable del teléfono, como si fuera un día como otro cualquiera. Me he relajado un poco y he empezado a respirar mejor. Al llegar a tu calle he visto a tu madre en el jardín de vuestra casa, podando el seto.

Me he quedado en la esquina, observando. Al cabo de unos minutos ha salido tu padre con un vaso de agua y han hablado un rato. Ninguno de los dos se ha rascado, ni ha estornudado, ni ha tosido. Están bien.

No me he acercado más porque tampoco habría sabido qué decirles. Eso puede esperar hasta que haya arreglado las cosas contigo. Luego se han metido en casa y yo me he ido.

Durante el camino de regreso me he vuelto a poner un poco tensa. Casi no había nadie por la calle, pero no hacía nada de frío y había muchas ventanas abiertas, y yo no paraba de oír toses y estornudos. He empezado a caminar más rápido y he decidido coger Main Street en lugar de dar la vuelta. Me ha parecido que acortar camino compensaba el riesgo de toparse con alguien.

Al pasar frente al viejo teatro, he visto a Tessa, que doblaba la esquina, unos metros más adelante.

Iba paseando, como si nada. Ni siquiera llevaba mascarilla. He estado a punto de pasar de largo sin detenerme, pero entonces me he acordado de que la semana pasada sus padres se habían ido de viaje. No sabía si habrían vuelto ya. ¿Estaría muy sola? A lo mejor no se daba cuenta de lo peligroso que es salir a la calle.

Además, ¿qué tipo de persona habría sido yo si hubiera pasado junto a ella sin decirle nada porque una vez no quiso sentarse a mi lado?

Así pues, me he acercado a ella con paso ligero.

—Hola, Tessa —la he saludado.

Se ha parado y ha echado un vistazo alrededor. En ese momento he tenido un *flashback* del día que pasó junto a mí en clase de Biología, pero al final ha levantado la cabeza y ha dicho:

—Hola, Kaelyn.

—¿Estás bien? —le he preguntado—. Casi nadie sale de casa últimamente…

—Sí, estoy bien —ha contestado—. Solo voy a hacer un par de recados.

Ha hablado con voz tan calmada que me he sentido incómoda, como si la estuviera molestando, aunque yo solo intentaba ayudarla. Ha empezado a trabárseme la lengua.

—Porque, eh... No es muy recomendable salir si no llevas un esto... Podrías toparte con alguien que esté enfermo.

Entonces me he dado cuenta de que yo tampoco estaba dando muy buen ejemplo, o sea, que me he llevado la mano a la mascarilla y he añadido:

—Aunque llevo esto, ya me voy a casa.

—Yo no tardaré mucho —ha respondido ella.

—Vale —le he dicho—. Ten cuidado.

Ella me ha saludado con la cabeza y ha seguido su camino. Al cabo de poco la he visto cruzar la calle y meterse en una tienda de plantas.

En fin, lo he intentado. Si tu novia quiere arriesgar la vida por comprar fertilizante, o una pala, o lo que sea, es problema suyo.

22 de septiembre

Últimamente he estado pensando mucho en ti, Leo. Cuando me siento sola, encerrada en casa, o cuando me entra la paranoia pensando en lo que pasará si no encuentran la cura para el virus, regreso mentalmente a antes de que todo se fuera a la mierda. Y como fuimos «los mejores amigos» durante diez años, supongo que es normal que aparezcas un montón en mis recuerdos.

Lo que más he rememorado es cuando cumplí nueve años. ¿Te acuerdas?

Unos meses antes me habías preguntado si quería aprender a bailar el vals contigo, porque en la clase de la señorita Wilce no había ninguna otra alumna con la que pudieras ensayar y te preocupaba que pudieran echarte si no aprendías los pasos lo bastante rápido. Iba dando bandazos de aquí para allá con mis zapatillas de lona, pero a ti te gustaba tanto bailar que me contagiaste parte de tu entusiasmo.

Y entonces llegó mi fiesta y Shauna se presentó con su nuevo cachorro. Todo el mundo lo estaba acariciando y hablando de él en lugar de participar en la búsqueda del tesoro que mamá se había pasado el día organizando.

Ya por aquel entonces, Shauna era una de esas niñas que, hagan lo que hagan, siempre brillan, y por eso le gusta a la gente. Por eso la había invitado a mi cumpleaños. Yo, en cambio, no brillaba. Yo era la niña rara, con padres de diferentes colores, que podía pasarse el recreo estudiando los hormigueros lo mismo que jugando al pilla-pilla. La familia de mamá lleva en la isla tanto tiempo como la que más, por lo que, en general, el resto de las niñas me aceptaban en sus juegos, y si no lo hacían a mí me daba igual. Pero al verlas todas arremolinadas alrededor de Shauna me dieron ganas de que se me tragara la tierra.

—Eh, vamos a demostrarles de qué somos capaces —dijiste entonces, señalando el ordenador que habías traído, con la canción que habíamos estado ensayando.

Pensé que iba a tropezarme y que entonces todo el mundo se reiría de mí. Eso habría sido aún peor que el hecho de que me ignoraran, pero te vi tan convencido que te cogí de la mano.

Y no tropecé. Tuve la sensación de que flotaba, que patinaba sobre el suelo. Todos los demás dejaron de hacer lo que hacían y se nos quedaron mirando. Alguien exclamó: «¡Uau!», y dejé de sentirme nerviosa. Todos me miraban, deseando poder hacer lo mismo que yo. Durante unos minutos brillé, gracias a ti.

Si pudiera recuperar aquella sensación y aplicarla al presente, lo haría. No me vendría nada mal.

Anoche pasó una cosa horrible. De repente, después de cenar, se oyó un ruido fuera de la casa. En un primer momento pensé que era un mapache (el sonido que hacen cuando están enfadados se parece mucho a un chillido), pero entonces me di cuenta de que entre los chillidos podía reconocer palabras sueltas.

Me abalancé hacia la puerta de casa sin pensar. Mamá asegura que me llamó, pero yo no la oí. Salí al porche y ahí estaba la señora Campbell, la anciana que vive en nuestra calle, tres puertas más abajo. Estaba en nuestro jardín y con las manos arrancaba terrones de tierra y césped que lanzaba contra la casa. Llevaba tan solo el camisón y, como iba descalza, tenía los pies marrones de la tierra que había revuelto.

Los chillidos eran suyos y gritaba cosas como: «¡No podréis conmigo!» o «¡Fuera de aquí, largaos!».

Me quedé petrificada. Era incapaz de moverme o de hablar. Tengo la sensación de que me pasé varias horas allí, observándola, pero en realidad no debió de pasar ni un minuto antes de que papá saliera y me cogiera del brazo.

—Vamos, entra en casa, Kae —dijo.

Mamá ya estaba llamando a una ambulancia, pero en el hospital debían de estar saturados. Tuvo que llamar cinco veces antes de que le cogieran el teléfono, y la señora Campbell se pasó una hora ahí fuera, gritando, antes de que llegaran a por ella.

—¿No puedes hacer nada? —le pregunté a papá, pero ya mientras pronunciaba aquellas palabras me di cuenta de que no estaba siendo justa con él. Tampoco es que él tenga un alijo de medicamentos en casa.

—Creo que lo mejor que podemos hacer es guardar las distancias —contestó.

—Claro —intervino Drew—. Porque no hay otra forma de ayudarla, ¿no?

Mamá empezó a llorar porque la señora Campbell la había llamado para que fuera a visitarla hacía un par de días.

—Pensé que estaría sola y asustada, con todo lo que debe de haber oído —dijo mamá—. Además, como ha tenido tos desde siempre, ni siquiera se me ocurrió que pudiera estar enferma. De haberlo sabido…

A mí se me revolvió el estómago y dije:

—Pero ¿llevabas la mascarilla?

Mamá parpadeó un momento, como si hasta aquel momento no se hubiera planteado su propia seguridad. Cuando finalmente respondió, la voz le tembló un poco:

—Sí, sí la llevaba.

—En el hospital tampoco habríamos podido hacer gran cosa por ella aunque te hubieras dado cuenta a tiempo —afirmó papá.

—¿Por qué no? —preguntó ella de forma algo brusca.

Se disculpó inmediatamente por el tono de su pregunta, pero todos estuvimos con los nervios a flor de piel durante el resto de la noche.

Sin embargo, eso no es nada comparado con lo que ha pasado hoy. Aunque es domingo, papá ha ido otra vez al hospital. Hace una media hora ha llamado y me ha dicho que quería hablar con mamá. La podría haber ido a buscar (estaba en el patio, cortando el césped), pero por el tono de voz de mi padre me he dado cuenta de que se trataba de algo importante. Y estoy harta de ser siempre la última en enterarse de todo.

—Ha salido un momento —he contestado—. ¿Qué sucede?

Papá ha suspirado y por un segundo he pensado que no iba

a contármelo. Se oía un murmullo de voces de fondo, pero no lograba distinguir qué decían.

—Papá... —empecé a protestar.

Pero entonces, hablando rápido y en voz baja, ha dicho:

—Aún no sé todos los detalles y todo el mundo quiere utilizar el teléfono, o sea, que de momento solo puedo deciros esto: el Gobierno cree que la zona supone un riesgo demasiado grande. Han decidido cerrar la isla.

CUARENTENA

22 de septiembre (más tarde)

Leo:

Cuando empecé a escribir este diario lo hice para mí, pero ahora siento que también lo escribo para ti. Para que quede constancia de lo que está pasando. No vas a poder regresar, por lo menos hasta dentro de un tiempo, pero cuando lo hagas querrás saberlo todo. A lo mejor un día podré enseñarte esto.

Espero.

Cuando mamá ha terminado con el césped y ha vuelto a meterse en casa le he contado lo que acababa de decirme papá de que van a cerrar la isla, hemos llamado a Drew y hemos puesto la tele. La noticia ha abierto el telediario de las seis. La cámara ha hecho un *zoom* del puerto, lleno de soldados con máscaras: parecían buzos montando guardia en los muelles.

Un reportero ha dicho: «Fuentes del Gobierno no han querido confirmar el motivo de esta operación militar, pero parece claro que su presencia está relacionada con la emergencia médica que se ha producido recientemente en la isla».

Ni siquiera entonces lo que me había dicho papá me ha parecido real. El puerto que han enseñado en las noticias se parecía al nuestro, sí, pero todo esto tiene que estar pasando en otra parte. O a lo mejor eran imágenes de una peli que alguien rodó aquí. En cualquier caso, es imposible que esto esté sucediendo de verdad.

Papá ha llegado a casa justo antes de la medianoche, nos ha reunido a todos en la sala y ha ido directo al grano:

—El Departamento de Sanidad ha decidido poner la isla en cuarentena —ha dicho con voz apagada—. Por lo menos hasta que logremos aislar el virus y hayamos desarrollado un tratamiento efectivo.

—¿Qué implica realmente una cuarentena? —ha preguntado Drew—. ¿Tenemos que quedarnos encerrados en casa?

Papá ha negado con la cabeza.

—Significa que, por el momento, nadie excepto el personal médico y militar del Gobierno puede acceder a la isla o abandonarla. El *ferry* quedará varado hasta que se decrete el fin de la cuarentena y los militares patrullarán por los puertos para asegurarse de que nadie intenta largarse en un bote particular.

O sea, que estamos atrapados aquí. El desasosiego que hacía rato que notaba en el estómago ha adquirido la consistencia de una bola de goma. Entonces he pensado en el tío Emmett y en Meredith.

—¿Y qué ha pasado con la idea de crear una zona de contención en tierra firme para que las personas que no están enfermas puedan marcharse? —he preguntado.

—Han decidido que es demasiado arriesgado que la gente se desplace —ha contestado mi padre—. Lo siento.

Los centros educativos permanecerán cerrados. En la medida de lo posible, se supone que debemos seguir trabajando con los libros de texto, pero el curso se retomará donde lo dejamos; es posible que las clases se solapen un poco con las vacaciones de verano. El Gobierno recomienda mantener cerrados los negocios no esenciales. Mamá ha accedido a no ir a trabajar hasta que la epidemia haya terminado.

—Han prometido que se asegurarán de que no nos falte de nada —ha dicho papá; a mí me daba vueltas la cabeza—. Cada semana mandarán un barco lleno de alimentos y medicamentos.

—¿Creen que la cuarentena durará más de una semana? —ha preguntado mamá, que tenía las manos crispadas encima de la mesa.

—Aún tenemos que hacer muchos progresos —ha respondido papá; obviamente aquello era un sí.

He tardado un momento en asimilar la noticia. Faltan apenas tres semanas para el día de Acción de Gracias. Lo tenía todo preparado y pensaba ir a hablar contigo entonces, Leo, en cuanto regresaras a casa. Ahora no sé si volveré a verte.

Podríamos morir todos. Si nadie encuentra el remedio, el Gobierno nos tendrá aquí hasta que el virus haya infectado a todos los habitantes de la isla. Hasta que salgamos todos gritando a la calle, como el padre de Rachel y la señora Campbell.

—Pero ¿cómo pueden hacer eso? —he preguntado—. ¿Todo esto porque ha muerto un puñado de gente? ¿Y qué pasa con los que estamos sanos?

Papá parecía más cansado aún que un minuto antes.

—Hemos perdido a doce pacientes más en las últimas veinticuatro horas —ha respondido. Entonces ha hecho una pausa—. Uno de ellos era Rachel.

Me he quedado petrificada, incapaz de reaccionar. No tiene ningún sentido. ¿Rachel ha muerto? ¿Rachel, que estaba perfectamente sana antes de que empezara todo esto? Aún no me lo creo, me parece imposible.

De pronto he sentido una gran rabia: contra el Gobierno por habernos impuesto la cuarentena; contra mi padre por no haber encontrado un remedio a tiempo; contra mamá por hacer que nos mudáramos aquí de nuevo; contra todo el mundo. Me he levantado y me he marchado de la sala, pues sabía que si me quedaba allí, o rompía algo, o me echaba a llorar.

He logrado contener las lágrimas hasta llegar al dormitorio.

¿Cómo puede ser que Rachel haya muerto? Hace unas semanas estaba riendo, bailando. ¿Y ahora esa chica ya no existe?

Tendríamos que habernos marchado. No me importa lo que diga papá. Tendríamos que haber seguido a la familia de Mackenzie y largarnos de aquí cuando aún estábamos a tiempo. Pero ahora ya es demasiado tarde.

23 de septiembre

Siento mi ataque de histeria de anoche, Leo. En realidad no creo que vayamos a morir todos. Naturalmente que podemos superar esto; ni que fuera la primera enfermedad a la que debemos enfrentarnos. Hay tres grupos de expertos ayudándonos, pero de momento ninguno de ellos ha encontrado el remedio. Y tengo que repetirme una y otra vez que la cuarentena responde a un buen motivo: asegurar que la enfermedad no te contagie a ti, en Nueva York, ni a la abuela ni al abuelo, en Ottawa, ni a ninguna otra persona de fuera de la isla.

Esta mañana, al despertar, he tenido la tentación de cubrirme la cabeza con las sábanas y no volver a salir hasta que sea seguro hacerlo. Pero cuando empecé a escribir estas páginas sentí que no quería ser una de esas personas que se esconden, y sigo sin querer serlo. Y sí, es cierto, ahora hay muchas más cosas de las que tener miedo, pero a lo mejor si hago algo para intentar que nuestra situación mejore no me sentiré tan desesperada.

Así pues, me he levantado justo antes de que papá se marchara.

—Quiero echar una mano en el hospital —le he dicho—. Seguro que puedo hacer algo útil. Podría hacer recados, o podrías enseñarme a trabajar en el laboratorio.

Pero mi padre ha negado con la cabeza.

—No te quiero ver cerca del hospital, ni tampoco del centro de investigaciones —ha respondido—. Ahora mismo esos son los dos lugares más peligrosos de la isla.

Ya me imaginaba que diría algo así.

—¿Y fuera del hospital, entonces? —he preguntado—. Todo el mundo está muy ocupado intentando combatir el virus, pero alguien tiene que encargarse de notificar lo de la cuarentena al resto de la isla, ¿no? ¿No hay que repartir notas informativas por los buzones, o algo así? Yo podría encargarme de ello.

—Kae... —ha empezado a decir mi padre, pero no ha terminado la frase—. En realidad existe un plan para notificar la situación a cada hogar de la isla telefónicamente, pero no sé ni si han empezado a aplicarlo. Supongo que podrías hacerlo tú, sí. Hablaré con los representantes del Departamento de Sanidad; sé que han preparado una declaración oficial y que quieren utilizarla.

Eso significaba que debía esperar hasta que regresara esta noche, de modo que tenía que buscarme otra forma de mantenerme ocupada. Cuando he bajado a desayunar, en la planta baja de la casa flotaba un olor a vainilla y mantequilla tan delicioso que he cerrado los ojos y me he impregnado de él durante unos segundos. Mamá estaba en la cocina preparando galletitas de chocolate.

—Es una cosita especial, a ver si nos animamos un poco —ha dicho. Tiene unas ojeras el doble de pronunciadas que hace unos días.

De pronto me he preguntado cómo se lo montarían en el hospital para preparar comida para todas las personas que han contraído el virus: seguro que están igual de superados por las circunstancias que los médicos. Dudo que tengan mucho tiempo para hornear galletitas.

—¿Tenemos ingredientes para preparar más? —he preguntado—. A lo mejor podríamos animar también a unos cuantos pacientes...

Al final hemos preparado seis hornadas más. Cuando papá ha llegado a casa, teníamos ya todas las galletas guardadas en las latas que sobraron de las Navidades pasadas. Yo temía que se le hubiera podido olvidar nuestra conversación de por la mañana, pero mientras se quitaba los zapatos me ha entregado un montón de papeles.

—Toma, es una copia de la lista telefónica con la que estamos trabajando —ha dicho—. Las personas a las que ya hemos avisado están marcadas. Y esto es un guion con lo que tienes que decir. Hay una sección extra para las personas que parezcan estar enfermas: queremos que les pidas que no salgan de casa y que avises a alguien del hospital para que los vaya a buscar.

—Muy bien —he contestado.

—Si quieres puedo crear una base de datos —ha intervenido Drew—. Te permitirá realizar un seguimiento de las personas con las que ya has contactado y generar informes sobre las personas que presenten síntomas.

—Y ya que te has ofrecido voluntaria —ha añadido papá, que se ha sacado un paquete del bolsillo de la chaqueta—, tengo otro trabajo para ti, si lo quieres. El virus parece atacar las células nerviosas, pero los medicamentos estándar apenas logran ralentizarlo. Antes de que anunciaran la cuarentena estudié tratamientos experimentales y encontré un producto químico que se utiliza en algunas partes de Asia. El compuesto aún no está aprobado aquí, pero encargué semillas de la planta que lo produce. Hemos estado todo el rato intentando aislar el agente contagioso, así que nadie ha tenido tiempo de cultivarlas. ¿Qué me dices?

—Lo intentaré —he contestado.

—¿Te suenan los Freedman? —me ha preguntado mi madre—. Son una familia que se mudó a la isla hace unos años. He oído que construyeron un invernadero en el jardín de su casa. Deben de estar interesados en la jardinería, es probable que pudieran echarte una mano.

La sugerencia me ha parecido genial durante cinco segundos, hasta que he recordado que Freedman es el apellido de Tessa. Pero naturalmente mamá tenía razón sobre lo de su familia: hace un par de días la vi entrar en la tienda de plantas, ¿no? Aunque Tessa no me considere digna de su tiempo, me he dicho, seguro que sus padres me ayudarían. Así pues, después de cenar he buscado su número.

Se ha puesto Tessa, he reconocido inmediatamente su voz plana.

—Llamo de parte del doctor Weber y del Saint Andrews Hospital —he anunciado, pues me ha parecido que era mejor si sonaba oficial—. ¿Puedo hablar con uno de tus padres?

—No, lo siento —ha contestado Tessa—. Ahora mismo no se pueden poner.

Me ha dado un vuelco el corazón: estaba tan concentrada en el trabajo que ni siquiera se me había ocurrido que pudieran no estar bien.

—¿Están enfermos? —he preguntado.

—No —ha contestado Tessa con firmeza, y, pese a que creo que no reconocería a sus padres aunque los viera, he sentido tal alivio que me ha faltado poco para echarme a reír—. Pero ahora no se pueden poner —ha añadido—. Están ocupados. Ya estamos al corriente de lo de la cuarentena y de todas las precauciones que debemos adoptar. No hace falta que vuelva a llamar.

Me he dado cuenta de que estaba a punto de colgarme.

—Oye, Tessa —he dicho, precipitadamente—. Soy Kaelyn Weber, del instituto. No llamo para transmitiros el mensaje estándar. Necesito hablar con tus padres sobre algo importante.

—¿De qué se trata?

—Es complicado. ¿En serio no puedo hablar con ellos?

Tessa ha dudado un momento y al final ha respondido:

—No, no puedes. No lograron volver a casa.

—¿Cómo?

—Tenían que regresar el sábado —me ha explicado Tessa—, pero hubo una tormenta y su vuelo se retrasó. Cuando aterrizaron, el *ferry* ya había dejado de funcionar.

—Ostras.

De pronto me he acordado del otro día, cuando me quedé sola en casa y pensé que mi familia no iba a volver nunca más, de aquella soledad abismal. Tessa lleva más de una semana sola y quién sabe cuánto tiempo más va a durar la cuarentena. Tiene que ser aterrador.

—¿Qué es esa cosa tan importante de la que querías hablar con mis padres? —ha preguntado Tessa, que está claro que es una chica nada miedosa.

Le he explicado lo que ha dicho papá sobre las plantas. Tessa ha hecho unas cuantas preguntas.

—No es recomendable improvisar —ha contestado finalmente—. Si quieres asegurarte de que germinen, quiero decir. ¿Por qué no me traes las semillas mañana y me encargo de ellas en el invernadero? Tengo un buen porcentaje de éxito con plantas raras.

No veo por qué no debería hacerlo. A mí las plantas nunca se me han dado muy bien. Mejor dejar las semillas en manos de alguien que sepa lo que hace.

—Y… no le digas a nadie lo de mis padres, ¿vale? —me ha pedido—. Una vecina se ha enterado e insiste en querer cuidarme, aunque yo me niego a dejarla entrar. Suena como si estuviera enferma.

Le he prometido que no diría nada; así pues, he mentido a mamá cuando intentaba convencerla de que tengo que ir a casa de Tessa.

—He hablado tanto con ella como con sus padres; no presentan síntomas —le he asegurado.

Por lo menos en el caso de Tessa es cierto. También le he prometido que me largaría en cuanto tuviera el menor indicio de que pudieran estar enfermos.

—De acuerdo —ha dicho mamá—. Sé que te lo estás tomando en serio. Quiero que te lleves el coche: nunca se sabe quién puede haber por la calle.

—Vale —he respondido, pues me ha parecido que tenía razón. Entonces la he abrazado. Creo que se ha sorprendido un poco, pero me ha devuelto el abrazo.

Por muy mala que sea la situación, por lo menos los tengo a ella, a papá y a Drew.

24 de septiembre

Las cosas no han resultado como esperaba.

He salido hacia casa de Tessa después de desayunar. Se me ha hecho extraño ir en coche, teniendo en cuenta que vive a diez minutos a pie, pero estar rodeada por aquellas paredes de acero ha provocado que me sintiera más segura, como si tuviera un escudo impenetrable contra el virus. En todo caso, no creo que mamá tenga de qué preocuparse. Tan solo he visto a una persona en todo el trayecto, un hombre que estaba sentado en el porche de una casa y que al pasar yo ha sonreído y me ha saludado.

Y casi estaba en su casa cuando un helicóptero ha cruzado el cielo con estruendo. Seguramente era de una cadena de noticias: con la introducción de la cuarentena, esa es la única forma que tienen de lograr información exclusiva. He imaginado a un periodista o un cámara observándonos desde las alturas y, de repente, me he sentido muy pequeña, como una hormiga en el hormiguero artificial de un niño. Me he dado cuenta de que tenía las manos agarrotadas al volante y no me he relajado hasta que el zumbido de las aspas se ha ido alejando.

Tessa ha abierto la puerta cuando yo estaba aún en el caminito de acceso y me ha invitado a entrar precipitadamente. Me ha acompañado a través de la casa hasta el patio trasero hablando sobre tipos de tierra, la ratio de horas de sol y otros conceptos de jardinería que no he logrado retener. Al llegar al jardín, Tessa se ha detenido y las dos nos hemos quedado mirando el invernadero.

No esperaba que fuera tan grande. Tienen un jardín considerable, ocupado en gran parte por el invernadero, con la única excepción de unos pocos metros cuadrados junto a la casa.

Aunque, claro, tú eso ya lo sabes, Leo.

—Uau —he dicho.

Una parte de mí estaba impresionada, pero la otra ya se estaba preguntando cuál debe de haber sido el impacto en la población local de pájaros: el invernadero es como una ventana gigante.

—Al principio teníamos uno más pequeño —ha explicado Tessa—, pero cada vez estaba más abarrotado. Este me lo regalaron mis padres cuando cumplí los dieciséis.

Ha sonreído como si fuera un Ferrari o un viaje a Cancún. Entonces me he dado cuenta de que al final he terminado dando con la persona apropiada. Los jardineros no son los padres de Tessa, sino que la experta es ella.

Dentro del invernadero reinaba un ambiente húmedo y pesado, y el sol parecía más brillante, como si los cristales lo amplificaran. La combinación entre el calor, la luz y los olores de las plantas me ha provocado un leve mareo. Pero en realidad me ha gustado. Era como un espacio cálido y tranquilo, aislado de la locura que tiene lugar en el exterior.

—¿Has logrado hablar con tus padres? —le he preguntado mientras ella preparaba lo que ha denominado un semillero.

—Llaman cada día —ha contestado—. Están intentando obtener un permiso especial para poder regresar.

Parecía mucho más tranquila de lo que yo habría estado en su situación. He echado un vistazo a mi alrededor y he visto un banco en la parte trasera del invernadero, junto a un arbusto con flores rosas. De pronto os he visto a los dos ahí sentados, tu brazo alrededor de su cintura, y no he podido evitar preguntar:

—¿Y Leo?

—Pues nos escribimos *e-mails* un par de veces por semana —ha contestado ella—. Está muy ocupado y le he dicho que prefiero dos buenos mensajes a la semana que uno corto cada día.

Aún me acuerdo de que cuando me mudé de la isla por primera vez, tú y yo nos mandábamos fotos, chistes y otras tonterías, lo normal entre dos niños de once años. Por un segundo se me ha hecho un nudo en la garganta. Entonces he tragado saliva y le he preguntado:

—¿Le has contado lo que está pasando?

—Pues claro que no —ha contestado Tessa—. Él tampoco ha preguntado nada; o las noticias estadounidenses no hablan del tema, o no ha tenido tiempo de mirarlas. En cualquier caso, ¿por qué iba a contárselo? No tiene forma de ayudarnos. Leo quería entrar en esa escuela más que nada en el mundo. No quiero distraerlo.

En parte tenía razón. Pero si tus padres tampoco te han contado nada... Y lo más probable es que tu madre no lo haya hecho, ¿verdad? Seguro que piensa que insistirás en volver a la isla y quiere asegurarse de que no te pasa nada.

Creo que no está bien mantenerte en la ignorancia cuando las personas a las que quieres corren peligro. ¿No deberías ser tú quien tomara la decisión?

Piensen lo que piensen Tessa o tus padres, yo sé que tú querrías saberlo. Por eso hace unos minutos, aunque me he sentido ridícula y como una chivata al mismo tiempo, te he mandado un breve mensaje a tu vieja dirección de correo. Pero el servidor me lo ha devuelto. Supongo que te has creado una dirección nueva durante los últimos años. ¡Pero por lo menos lo he intentado! A lo mejor se me ocurre alguna excusa para pedirle tu dirección actual a Tessa; estoy segura de que volveré a verla.

Después de plantar las semillas, Tessa me ha invitado a volver a entrar en casa y ha servido dos vasos de gaseosa.

—Imagino que las plantas tardarán aún un par de semanas en brotar —ha afirmado—. Pero puedes venir a echar un vistazo cuando quieras.

—Primero llamaré —he respondido—. Así sabrás que no estoy enferma.

Pero Tessa se ha encogido de hombros.

—No hace falta que llames —ha dicho—. Ya sé que no vendrías si lo estuvieras. Al fin y al cabo, fuiste tú quien el otro día quiso asegurarse de que yo no corría riesgos innecesarios.

Lo ha soltado como si nada, pero a mí me ha dado tal apuro que me he ruborizado y he apartado la vista. Entonces he visto un montón de llaves colgadas de unos ganchos junto a la nevera. Tessa debe de haber seguido mis ojos.

—Mi padre se encarga del mantenimiento de varias casas de verano; comprueba que no haya escapes y otros problemas durante el invierno —ha comentado. Entonces se le han iluminado los ojos—. Oye, seguro que los propietarios de esas casas guardan todo tipo de medicamentos. Siempre están hablando de todas las pastillas que se toman para los nervios y para la presión. Si el hospital empieza a quedarse sin material, yo podría entrar en esas casas sin problemas.

—El Gobierno ha prometido enviar todo lo que necesitemos desde el continente —he dicho—. No deberíamos tener problemas.

—Bueno, pero si las cosas se tuercen, acuérdate de esto —ha respondido—. Los que vienen a la isla solo en verano no necesitan lo que dejaron al marcharse.

Al llegar a casa le he preguntado a mamá si papá ha mencionado algo sobre el inventario del hospital. Según parece, llegó un importante envío de medicamentos antes del inicio de la cuarentena, por lo que me ha respondido que no me preocupe. Si ni siquiera papá considera que la situación es desesperada, supongo que todo va bien.

Pero voy a recordar la idea de Tessa. A lo mejor ahora estamos bien, pero ¿quién sabe qué puede pasar mañana?

25 de septiembre

Ayer por la tarde Drew transfirió la base de datos que ha creado a mi ordenador. Alucino con la facilidad que tiene para explotar los programas y conseguir que hagan lo que él quiere. Estoy segura de que podría ganar mucho dinero trabajando de informático nada más terminar el instituto, pero él sigue convencido de que va a ser abogado.

—Uno de los pocos que no será un corrupto —puntualiza siempre.

Eso asumiendo que podamos acabar el instituto, claro.

—¿Estás segura de que puedes encargarte de esto? —me preguntó mientras yo introducía los números de teléfono.

—Sí, desde luego —contesté—. Lo único que tengo que hacer es leer el guion.

—Sí, bueno... —dijo—. Pero no todo el mundo va a alegrarse de oír lo que tienes que decirles. Hay muchas personas cabreadas con la cuarentena. Si los llamas y das a entender que eres en parte responsable de la situación, es posible que se te tiren a la yugular.

No se me había ocurrido, pero tiene razón. ¿Y si cogía el teléfono alguien que se estaba volviendo loco, como le había pasado a la señora Campbell? Noté una presión en el pecho y respiré hondo.

—Bueno, por lo menos estarán al otro lado de la línea telefónica y no a mi lado —dije.

—Vale —contestó él—. Si necesitas que te releve durante un rato me lo dices. —Entonces hizo una pausa—. Oye —añadió finalmente—, me alegro mucho de ver que te involucras,

Kae. Me preocupaba que pudieras encerrarte en tu cuarto y dejar que pasara lo que tuviera que pasar. Supongo que eres más valiente de lo que imaginaba.

Esta última parte la dijo con una sonrisa y, a continuación, me hizo cosquillas; no paró ni cuando intenté apartarle la mano, como si quisiera recordarme que aunque me estuviera halagando, yo seguía siendo su hermana pequeña. En cualquier caso me gustó mucho oír aquellas palabras. Drew tiene unos estándares muy altos y, por lo general, no suelo tener la sensación de estar a la altura.

Entre ayer por la noche y esta mañana ha habido ya por lo menos una decena de veces en las que habría querido romper el teléfono, pero aún no le he pedido a Drew que venga a rescatarme.

Algunas personas se alegran de que alguien se preocupe por ellas. Me dan las gracias y prometen tomar precauciones. Pero la mayoría de ellas se dedican a despotricar contra la cuarentena, como si hubiera sido idea mía.

Los peores, sin embargo, son los que no paran de toser y estornudar mientras hablan por teléfono conmigo. Los que llevan poco tiempo enfermos me preguntan si tienen que preocuparse y qué medicamentos deben tomar, pero yo tan solo puedo decirles que pronto pasará alguien del hospital a recogerlos. Los que llevan más tiempo enfermos hablan sin parar, cotillean sobre personas a las que ni siquiera conozco y me dan todo tipo de detalles sobre sus vidas, hasta que, después de decirles cinco veces que tengo que seguir llamando a otra gente, termino colgándoles el teléfono.

Bueno, en realidad esos no son los peores, porque también hay veces en que nadie responde al teléfono. Se trata de personas que, o bien lograron marcharse de la isla antes de la cuarentena o bien están tan enfermas que ni siquiera pueden contestar.

Intento no pensar mucho en ello.

26 de septiembre

No sé qué hacer. Estaba aquí sentada, leyendo el tema que habríamos dado esta semana en clase de Historia, y de pronto ha empezado a picarme la garganta. Aún no he tosido, pero noto una picazón. Me he bebido un vaso de agua entero y sigue ahí.

¿Y si lo he pillado? ¿Y si Rachel me pasó el virus y los síntomas han tardado una eternidad en manifestarse?

No hay nadie más en casa. ¿Tendría que ir al hospital? ¿O es mejor que me quede aquí hasta estar segura? No quiero ponerme

No pasa nada. He tosido varias veces y ya me siento mejor. Debía de habérseme quedado algo atascado en la garganta. Ostras, creo que en mi vida me había sentido tan aliviada.

¡Gracias, gracias, gracias a todos los dioses que puedan oírme!

27 de septiembre

Durante los últimos días he llamado a casi todos los teléfonos de la lista. Ayer, tras mi pequeño ataque de pánico, me dije que había llegado el momento de tomarme un respiro y decidí preparar unas galletitas con mamá y con Drew.

Gastamos toda la harina que nos quedaba, pero a mamá no pareció importarle. A última hora de la tarde, en toda la casa flotaba un olor dulzón de repostería, como si fuera una panadería. No sé hasta qué punto el pan, los bollos y las galletas van a ayudar a los pacientes, pero supongo que si logramos distraerlos y hacerlos sonreír aunque solo sea durante un minuto habrá valido la pena.

Papá se mostró impresionado, aunque imagino que su entusiasmo habrá disminuido un poco después de haber tenido que cargar con las bolsas de dulces hasta el hospital. Pero la culpa es suya: no haber insistido tanto en dejar el coche en casa por si surgía una emergencia.

Esta mañana he hecho unas cuantas llamadas: enfermo, cabreado, cabreado, muy enfermo y sin respuesta. De pronto me he dado cuenta de que no podía estar ni un momento más encerrada en mi cuarto, de modo que he bajado a la planta baja. He encontrado a mamá de pie ante la ventana de la sala de estar, contemplando la calle.

No había nadie más. Mi madre tenía los ojos fijos en el exterior, como suelen hacer los animales del zoo, que recuerdan la época en que tenían el mundo a su disposición, sin jaulas de por medio. He notado una punzada en el corazón.

—Vayamos al parque —he propuesto—. A los hurones les vendrá bien dar un paseo.

Esperaba que se resistiera, pero ha sonreído.

—Muy buena idea —ha dicho—. De vez en cuando tenemos que concedernos un momento y dejar de estar asustados. No puede ser bueno pasar todo el día aquí encerrados. Pregúntale a Drew si nos quiere acompañar, yo telefonearé a tu tío.

He llamado a la puerta de Drew y al no obtener respuesta he asomado la cabeza. Su ordenador, su cama revuelta y sus pósteres de películas de ciencia ficción estaban ahí, pero él no. Casi a diario, Drew sale a escondidas de casa y pasa una o dos horas fuera. ¿Adónde irá? ¿Quedará con sus amigos, tan solo para demostrar que el virus no le va a arruinar la vida? Espero que por lo menos se acuerde de llevarse la máscara.

Les he puesto las correas a *Mowat* y a *Fossey* más despacio de lo necesario porque oía la voz de mamá a través de las escaleras. La cuarentena ha cabreado mucho al tío Emmett, no me extraña, y ahora se dedica a volcar toda su frustración en mamá. No he bajado hasta que he estado segura de que había colgado, aunque a decir verdad no la he encontrado nada alterada.

—Nos llevaremos a Meredith —ha dicho—. Le vendrá bien salir un poco.

—Drew dice que pasa —he mentido.

Hemos ido en coche hasta casa del tío Emmett, que vive a dos bloques de casa, y luego hasta el parque, cinco calles más allá. Después de aparcar me he dado cuenta de que mamá miraba de aquí para allá sin parar, como si esperara que en cualquier momento fuera a aparecer un loco dando brincos por entre los arbustos. Pero tan solo había un puñado de pájaros revoloteando entre los árboles. Al cabo de unos minutos se ha calmado un poco. Ni siquiera me ha dicho nada cuando me he quitado la mascarilla para respirar mejor el aire fresco.

—¿Me dejas uno? —ha preguntado Meredith.

Le he pasado la correa de *Mowat* y poco le ha faltado para pegar un brinco. Entonces ha salido corriendo hacia una zona de hierba alta, riendo. Debía de morirse de ganas de salir de casa.

Fossey ha decidido darse un chapuzón en el estanque, así que he dejado que tirara de mí hasta la orilla. Se ha metido en el agua, ha vuelto a salir y se ha sacudido el pelo, que se le ha quedado como hinchado. He echado un vistazo a mi alrededor para llamar a Meredith y entonces me he dado cuenta de que no éramos las únicas personas del parque.

A unos cien metros, entre los árboles, he visto a un grupo de chicos. Algunos de ellos se pasaban una botella de cerveza y ninguno llevaba máscara. He reconocido a algunos del instituto: Quentin estaba ahí, y también el chico de pelo leonino que Mackenzie señaló cuando estuvimos aquí por última vez. Gav. El club de la lucha. No he conseguido recordar exactamente quién estaba con él la última vez, aunque estoy bastante segura de que se trataba del mismo grupo.

En aquel preciso instante, Quentin se ha vuelto hacia mí. Su expresión no ha cambiado, pero les ha dicho algo a los otros y algunos chicos más han vuelto la cabeza. He notado cómo se me tensaban los dedos con los que agarraba la correa. Estaban siendo muy despreocupados con el virus. Bastaba con que uno de ellos estuviera contaminado para que se lo pasara fácilmente a los demás. Pero yo tenía mi mascarilla; a lo mejor sabían algo de lo que nosotros no nos habíamos enterado a través de papá.

Mientras me preguntaba si debía ir a hablar con ellos, *Fossey* se las ha apañado para enredar la correa en las ramas de una zarza. He tenido que agacharme para soltarla y, en cuanto me he vuelto a levantar, el chico del pelo leonino estaba ya caminando hacia mí.

Me he levantado con *Fossey* encima del hombro. He estado a punto de volver a ponerme la mascarilla, pero me ha parecido extremadamente grosero. Por lo menos ni tosía ni se rascaba. Se ha detenido unos metros antes de llegar a donde estaba, como si supiera que yo prefería mantener las distancias.

—Hola —ha dicho—. Eres Kaelyn, ¿verdad? ¿Puedo hablar contigo un segundo?

No había nada amenazante en su actitud. Se ha quedado allí esperando, mirándome fijamente. Me he sentido incómoda, sobre todo porque *Fossey* no paraba de moverse alrededor de mi cuello, y he bajado los ojos. Gav llevaba los puños de la camisa remangados y he visto que tenía un moratón amarillento en una muñeca. También tenía unos antebrazos fuertes y musculosos, seguramente de pelearse con frecuencia con sus amigos.

Pero me he obligado a mirarlo a la cara y he intentado que mi voz sonara normal.

—Sí, claro —he contestado—. ¿Sobre qué?

—He oído que tu padre es un experto en enfermedades —ha respondido.

—Es microbiólogo —he contestado—. O sea, que sí, ha estudiado las bacterias, los virus y todo eso.

—En ese caso, debes de saber más que nadie sobre lo que pasa —ha dicho—. ¿Qué te ha contado? ¿La situación es tan mala como parece?

—Es bastante mala, sí —le he asegurado yo—. Aún no han encontrado un tratamiento efectivo, la gente se muere y los pacientes que aún no han muerto no mejoran. Mi padre está realmente preocupado.

—O sea, que va a pasar bastante tiempo antes de que levanten la cuarentena —ha comentado entonces, señalando hacia el continente con la mano—. Así nos pudramos, ¿no?

—Bueno, si los médicos encuentran un tratamiento que funcione, todo podría terminar dentro de unos días —he contestado—. Y el Gobierno no nos ha abandonado. El Departamento de Sanidad está en la isla y van a mandarnos comida y medicamentos regularmente. —Es lo mismo que llevo diciéndome a mí misma una y otra vez desde hace días.

Gav ha esbozado una sonrisa burlona.

—Sí, claro —ha contestado—. Siempre y cuando ayudarnos no les suponga un gran problema. En cuanto uno de los suyos enferme dirán: «¡Sayonara!», y nos dejarán aquí tirados.

—¡Eh, Gav! —lo ha llamado uno de los chicos antes de que yo tuviera tiempo de responder—. ¡Vamos!

Él ha asentido con la cabeza.

—Gracias —me ha dicho entonces—. Cuídate.

Mientras lo veía cruzar el prado y reunirse con sus amigos, he notado un nudo en el estómago.

El Gobierno nunca nos abandonaría por completo, ¿no? Además, ¿qué sabe Gav sobre cómo trabajan? Solo está a la que salta, como lo estamos todos.

Supongo que hay gente para la que es más fácil estar enfadada. En cuanto a mí, si en algún momento perdiera la fe en que lograremos salir de esta, probablemente terminaría escondiéndome en mi cuarto, tal como esperaba Drew.

29 de septiembre

He intentado olvidar la conversación con Gav. Me he repetido una y otra vez que ya tengo bastantes cosas de las que preocuparme, pero cada vez me da más la sensación de que tenía razón.

El primer cargamento procedente del continente ha llegado hoy. Se suponía que el Gobierno iba a asegurarse de que el reparto fuera justo y transcurriera sin incidentes, y que iban a pasar puerta por puerta para que todo el mundo recibiera lo que le tocaba sin tener que exponerse al virus. Me pareció un detalle por su parte. Podrían haberse limitado a dejar las provisiones en el puerto y largarse, pero parecía que estaban dispuestos a hacer un esfuerzo.

Así pues, mamá, Drew y yo estábamos en casa, esperando a que llamaran al timbre. Yo cavilaba sobre qué criterios iba a utilizar el Gobierno para determinar qué alimentos eran esenciales y me preguntaba si en la tienda quedarían Cheetos o si iba a tener que esperar a que levantasen la cuarentena para volver a probarlos (como si los *snacks* de queso importaran mucho ahora mismo); entonces han llamado a la puerta.

Pero no eran los del reparto de alimentos, sino el tío Emmett. Mi madre ha abierto y él la ha saludado con el ceño fruncido. He visto a Meredith sentada en la parte trasera de la furgoneta, mirándonos por la ventanilla. Estaba encorvada y se mordía una uña.

—Sé que Gordon te ha lavado el cerebro con lo de la cuarentena —ha dicho el tío Emmett—, pero me ha parecido que valía la pena intentarlo. Hay una manifestación en el puerto.

Queremos que se den cuenta de cuántas personas están condenando a la muerte. Si salimos ahora, aún llegaremos a tiempo.

—Emmett, eres más inteligente que eso —ha dicho mamá—. Pasa y come con nosotros. A saber lo que puede pasar en esta manifestación. ¡Piensa en Meredith!

Mi tío ha asentido con gesto triste.

—Ya pienso en Meredith —ha contestado—. ¡Piensa en lo que pasará con ella, y con tus hijos, si permitimos que estos cabrones del Gobierno nos abandonen!

Mamá ha intentado detenerlo, pero el tío Emmett se ha metido en el coche hecho una furia y se ha marchado. Mi madre ha torcido la boca.

—No puedo dejar que vaya —ha advertido—. Y menos aún si está de ese humor.

He imaginado a mamá rodeada por una multitud de manifestantes.

—Voy contigo —he dicho—. Por si alguien tiene que cuidar de Meredith.

Aunque en realidad iba por si tenía que cuidar de ella.

Mamá ni siquiera ha llamado a Drew. Ha cogido una mascarilla para ella, me ha puesto una a mí y ha salido corriendo hacia el coche.

Por primera vez desde ya ni me acuerdo cuándo, había gente por la calle; todo el mundo quería ver la llegada del cargamento. Algunos llevaban pancartas con mensajes como: «BASTA YA DE CUARENTENAS», como si el Gobierno fuera a cambiar de opinión por eso.

Las calles de alrededor del puerto estaban atestadas de coches aparcados, de modo que hemos dejado el nuestro en la acera y hemos hecho el resto del trayecto a pie. La mascarilla no me dejaba respirar bien. He oído toses entre la multitud y hemos pasado junto a una mujer que se había detenido para rascarse la rodilla. Me han empezado a arder los pulmones. Yo solo quería que volviéramos al coche y nos largáramos de ahí, pero entonces mamá ha visto la furgoneta del tío Emmett y ha acelerado el paso. Yo temía que si la perdía de vista un momento, ya no volvería a encontrarla.

Entonces ha llegado un barco; era nuestro *ferry*. Varios hombres y unas pocas mujeres con uniformes militares han formado un semicírculo en el asfalto, entre la multitud y el muelle. Había varios más apoyados en la barandilla del *ferry*. Llevaban unas voluminosas máscaras como las que ya había visto en las noticias, y también un fusil. Me he preguntado si estarían allí para escoltar a los representantes del Gobierno y asegurarse de que nadie se apropiaba de la comida. O a lo mejor los soldados eran los representantes del Gobierno que iban a encargarse del reparto.

El barco ha atracado y la multitud se ha abalanzado hacia el muelle. Había tal griterío que no he logrado distinguir ni una sola palabra. Los manifestantes agitaban las pancartas y los brazos, pero cuando los soldados les han indicado que se apartaran se han hecho a un lado.

Entonces el tío Emmett ha aparecido en la cabeza de la manifestación, arrastrando a Meredith de la mano. Mamá ha empezado a abrirse paso aún más rápido por entre la muchedumbre. A medida que avanzábamos, los cuerpos estaban cada vez más apretujados. Soplaba una brisa fría procedente del mar, pero notaba el sudor que me caía por la espalda.

El griterío me ha impedido oír lo que decía el tío Emmett. Con una mano se ha señalado a sí mismo, luego hacia el continente y luego a Meredith, que parecía aterrorizada. Los soldados han negado con la cabeza y le han contestado algo. Estaba claro que querían que el tío Emmett se apartara, pero él se ha mantenido firme y ha alzado la voz. Entonces he logrado cazar algunas frases como «matando a niños» o «cómo podéis vivir con eso» y cosas por el estilo.

Sin embargo, a los soldados les daba igual lo que dijera. Uno de ellos lo ha agarrado por el brazo para apartarlo, pero mi tío Emmett se ha soltado y le ha pegado un fuerte empujón al soldado, que se ha tambaleado.

Un disparo ha travesado el aire, tan estridente que me han empezado a zumbar los oídos. Y el tío Emmett ha caído al suelo.

Mamá ha ahogado un grito y se ha precipitado hacia él. Al mismo tiempo, la gente de nuestro alrededor ha empezado a avanzar, al tiempo que gritaban con más fuerza y con voces más furiosas. La multitud ha engullido al tío Emmett y a Meredith, y los he perdido de vista. Entonces se ha oído otro disparo, o tal vez dos: solo guardo recuerdos borrosos de aquel momento.

Cuando hemos llegado a su lado, a mamá le ha faltado poco para tropezarse con la pierna del tío Emmett, que yacía tendido en el suelo. Tenía la camisa manchada de sangre. Meredith estaba acurrucada a su lado, con la cabeza pegada a la suya, diciendo «papá, papá, papá», una y otra vez. La piel negra de mi tío había empezado a adoptar ya un tono grisáceo y tenía una temblorosa burbuja de saliva entre los labios.

Durante un segundo he tenido la sensación de que el mundo daba vueltas a mi alrededor. He cerrado los ojos y los he vuelto a abrir, pero la escena que tenía enfrente era igual de horrible que hacía un momento.

Mamá ha agarrado al tío Emmett por los hombros.

—Ayúdame a levantarlo —me ha dicho con voz temblorosa—. Tenemos que llevarlo al hospital.

Me he agachado para ayudarla, pero entonces dos hombres que había cerca de nosotros se han dado cuenta de lo que hacíamos y se han acercado rápidamente.

—¿Dónde tienen el coche? —ha preguntado uno de ellos al tiempo que agarraba al tío Emmett por los pies.

Le he pasado un brazo por los hombros a Meredith y hemos empezado a abrirnos paso por entre los manifestantes, que oscilaban hacia delante y hacia atrás, dudando entre acercarse al *ferry* y distanciarse de las armas.

He vuelto la vista atrás solo en una ocasión y he comprobado que el *ferry* ya se alejaba del muelle.

La furgoneta del tío Emmett estaba encajonada entre varios vehículos más, de modo que hemos tenido que llevarlo hasta nuestro coche. Los hombres que nos han ayudado a cargar con él lo han dejado encima del asiento trasero. Mi tío resollaba y Meredith temblaba, pegada a mi pierna. Mamá nos ha mirado a las dos y ha dicho:

—¿Te la puedes llevar a casa, Kae? Llamaré en cuanto sepa cómo está tu tío.

He vuelto a casa presa de una sensación de aturdimiento tal que me sorprende que hayamos logrado llegar tan deprisa. Una vez aquí, he hecho todo lo posible por distraerla. Ahora está jugando al último juego de Mario, aunque mira la pantalla con ojos vacíos, como si no viera nada, y a veces deja que los *goombas* la maten sin más. No sé qué decirle. Alguien en el puerto, en nuestro puerto, uno de los soldados que se suponía que nos traía comida y medicamentos para que podamos seguir viviendo, ha disparado al tío Emmett. Y también a otras personas, creo.

Y entonces nos han abandonado.

Por favor, por favor, por favor, que no le pase nada al tío Emmett.

30 de septiembre

Ayer, mamá llegó a casa media hora después de que terminara de escribir. Quería darle la noticia a Meredith en persona.

El tío Emmett ya estaba muerto al llegar al hospital. Los médicos hicieron todo lo posible por reanimarlo, dijo, pero la bala le había perforado el corazón. Era imposible que sobreviviera.

Pero eso no es cierto. Si no hubiera ido al puerto, si no hubiera empujado a aquel soldado, no le habrían disparado. Estaba tan preocupado por asegurarse de sobrevivir a la epidemia que consiguió que lo matasen. Es tan estúpido... No debería haber sucedido.

Estaba preocupado por Meredith y va y la deja sola.

¿Es muy horrible que tenga casi tantas ganas de pegarle como de llorar?

Cada vez que oigo crujir el suelo pienso que es él, que ha venido a recoger a Meredith. Pero sé que no lo volveré a ver. Y, sobre todo, Meredith no lo volverá a ver. Ya no está. Y todo por una decisión estúpida.

Estoy mojando las páginas. Será mejor que pare.

1 de octubre

Esta mañana, Meredith, Drew y yo hemos ido a casa del tío Emmett para recoger las cosas de la niña. Mamá no se ha sentido con fuerzas para acompañarnos. Durante los últimos dos días ha pasado más tiempo del habitual encerrada en su dormitorio y cada vez que sale tiene los ojos rojos.

Al llegar a casa de mi tío, Meredith se ha quedado inmóvil en el centro de su habitación, como aturdida. Así pues, he elegido las prendas de ropa que me han parecido más apropiadas, y también algunos libros y juguetes. Entonces la he abrazado y ella se ha echado a llorar, con sollozos breves. Le he acariciado la espalda y le he dicho las cosas que uno dice cuando no hay nada que pueda mejorar la situación. Tenía un nudo en la garganta y he necesitado un esfuerzo supremo para no echarme también a llorar.

Al final Meredith se ha calmado un poco. Entonces Drew ha subido al piso de arriba con unos prismáticos que ha encontrado y nos hemos puesto a mirar por la ventana.

—Oye, mira eso —ha dicho Drew, señalando algo.

En un banco de arena que hay al sur de la casa hemos visto a varias figuras ataviadas con unos aparatosos trajes de plástico montando un artilugio cuadrado junto al agua. Entonces han desaparecido, pero pronto han vuelto con más cajas metálicas. Hemos estado varios minutos observándolos, pasándonos los prismáticos, pero ni mi hermano ni yo hemos podido averiguar qué estaban haciendo. Entonces he dirigido la mirada hacia el continente.

No he logrado ver gran cosa, ni siquiera con los prismáticos, pero me ha parecido distinguir a un puñado de personas montando guardia en el puerto del otro lado. Entre ellos y nosotros, varias lanchas patrulleras vigilaban el estrecho, por si alguien intenta violar la cuarentena.

El *ferry* no ha vuelto. Papá nos contó que el Gobierno está intentando encontrar otra solución, pues han decidido que introducir las provisiones a través del puerto es demasiado «incitante». Tengo la sensación de que nos están castigando. Como si disparar contra nosotros no fuera suficiente. El tío Emmett fue la única víctima mortal, pero también resultaron heridos una mujer y un anciano. ¿Van a juzgar a los soldados por asesinato y agresiones? ¿O el Ejército dirá que los disparos fueron justificados, que aquellos tipos actuaron en defensa propia?

En estos momentos, dudo que ni siquiera lleguemos a saberlo.

Drew debía de estar pensando en lo mismo, pero de pronto ha fruncido el ceño y ha dicho:

—Ojalá el tío Emmett nos hubiera comentado lo de la manifestación con más tiempo. Podría haber hablado con él.

—¿Y crees que habrías logrado que cambiara de opinión? —dije, bajando los prismáticos—. Ni siquiera quiso escuchar a mamá.

—No habría intentado convencerlo de que no protestara —dijo Drew—. Solo le habría explicado que había formas más efectivas de hacerlo. Era evidente que el Gobierno no iba a modificar sus planes solo porque un puñado de isleños se dedicaran a gritar proclamas. Sin ir más lejos, esa decisión habría cabreado a los habitantes del continente. En cambio, las personas que quieren abandonar la isla podrían haber exigido que estudiaran una forma de trasladar a quienes no están enfermos, tal como nos prometieron originalmente. Si hubiéramos montado una campaña en Internet y hubiéramos logrado que el mundo se diera cuenta de lo jodidos que estamos, si hubiéramos acudido a los medios de comunicación... Oye, ¿sabes si había cámaras ayer en el puer...?

Se ha vuelto hacia mí mientras formulaba la pregunta, pero de pronto se le ha apagado la voz. Meredith tenía los ojos clavados en el suelo, los brazos tensos y cruzados, y temblaba de pies a cabeza.

—¡Mere! —he dicho, y me he agachado junto a ella.

Meredith se ha acurrucado contra mí y su temblor ha ido remitiendo lentamente. La he abrazado con fuerza, con un nudo en el estómago, y se me han llenado los ojos de lágrimas.

—Papá solo quería protegerme —ha susurrado—. Me lo dijo él.

—Ya lo sé —he admitido—. Ya lo sé. Y él habría querido que tuvieras todas las cosas que te gustan, ¿verdad? ¿Por qué no vamos abajo y elegimos tus películas preferidas? En cuanto volvamos a mi casa veremos una, ¿vale?

Drew ha bajado al cabo de unos minutos y ha entrado conmigo en la cocina cuando he ido a por una bolsa para guardar los DVD.

—Lo siento —se ha disculpado—. Me he dejado llevar... No debería haber dicho todo eso delante de Meredith.

He soltado un suspiro.

—A lo mejor tu estrategia habría funcionado —he admitido—, pero nunca lo sabremos. Lo que no entiendo es cómo puedes criticarlo cuando acaba de morirse.

—No sé —ha dicho Drew, frotándose la cara—. Es solo lo que pienso. Es que aún no me hago a la idea de lo que ha pasado, ¿entiendes?

—Ya... —he contestado con un susurro.

Al volver a la sala de estar me he dado cuenta de que Drew dudaba un momento y entonces ha dicho:

—Kae, si lográsemos convencer al Gobierno para que deje salir a la gente de la isla, si encontramos una forma segura de hacerlo, ¿te marcharías aunque papá no lo hiciera?

Acabábamos de cruzar la puerta de la sala. Meredith ha levantado la cabeza; en sus labios se insinuaba una sonrisa. Yo ni siquiera he tenido que pensar la respuesta.

—Si con ello pudiéramos sacar a Meredith de aquí, sí —he dicho—. Sin duda.

Hemos recogido sus bolsas, le he puesto una mano encima del hombro y hemos ido hasta el coche.

Mientras metíamos las cosas en el maletero, una chica de unos doce o trece años se nos ha acercado desde la otra acera. Me he fijado en ella en cuanto ha bajado a la calle: se estaba rascando la muñeca. Se me han crispado todos los músculos del cuerpo.

—Métete en el coche —le he dicho a Meredith.

Ella se me ha quedado mirado durante un segundo, pero ha terminado obedeciendo sin hacer preguntas.

—¡Eh! —ha gritado la chica, que ha estornudado y se ha sonado—. ¿Qué pasa? ¿Os vais de viaje o qué?

—Más o menos —he contestado—. Es que... tenemos un poco de prisa. ¡Hasta luego!

Yo tenía las llaves, así que me he sentado en el asiento del conductor. Drew ha entrado en el coche de un salto mientras intentaba meter la llave en el contacto. La tos de la chica ha sonado justo a mi lado, pero me he dicho que estábamos a salvo: el coche tenía las ventanillas cerradas y el virus no podía entrar, aunque he necesitado tres intentos para arrancar el motor. La chica ha golpeado el cristal y yo he pisado el acelerador.

—¿Por qué no habéis querido hablar con Josey? —ha preguntado Meredith después de doblar la esquina—. Es muy simpática. A veces me hace de canguro.

—Porque estaba enferma —he respondido—. Si ves a alguien que parece estar resfriado o que tiene picores fuertes, aléjate tan rápido como puedas, ¿vale?

—Vale —ha contestado Meredith, tan flojito que apenas la he oído.

—No ha pasado nada —ha dicho Drew—. Kaelyn ha hecho lo correcto. Nos hemos largado de ahí y ahora estamos bien.

Oír eso ha hecho que me sintiera mejor, aunque, ¿sabes qué?, nadie sabe qué es lo correcto. El tío Emmett creyó que lo correcto era enfrentarse a los soldados y manifestarse contra la cuarentena. Papá está convencido de que lo correcto es no salir nunca de casa. A lo mejor lo correcto habría sido decirle a esa chica que fuera al hospital, o intentar encontrar a sus padres. Y en cambio la hemos dejado ahí plantada.

Por lo menos he logrado proteger a Meredith. En ese sentido, y solo en ese, estoy segura de haber hecho lo correcto.

3 de octubre

El Gobierno ha encontrado otra forma de hacernos llegar las provisiones. Anoche, un helicóptero militar sobrevoló la isla y dejó caer los paquetes. Desde luego, con un envío aéreo es imposible distribuir la comida por las casas de la gente. Un grupo de voluntarios han trasladado las provisiones al ayuntamiento y han repartido panfletos en los que se invita a la población a acudir a buscar lo que necesiten.

Además, uno de los paquetes se rompió al aterrizar, de modo que parte de los medicamentos que nos han enviado han quedado inservibles.

Papá parece agotado. Incluso cuando está en casa, pasa la mayor parte del tiempo en su despacho, trabajando.

No se lo he comentado ni a él ni a mamá, pero en cuanto termine de escribir esto pienso volver a casa del tío Emmett y cogeré toda la comida que encuentre en la nevera y en la despensa. Así podrán repartir la comida que nos han mandado con el helicóptero entre la gente que realmente la necesite.

Lo que sí le he preguntado a papá es si sabía algo sobre los hombres con trajes protectores de plástico que vimos el otro día en la playa. Él ha asentido con la cabeza.

—La Organización Mundial de la Salud quiere estudiar algunos ejemplares de la fauna de la isla —ha dicho—. La mayoría de los virus tienen un portador entre la población animal local, una especie en la que viven sin matarla. Si logramos identificar al portador, nos resultará más fácil aislar el virus y encontrar una forma de erradicarlo.

—¿Y puede ser cualquier animal? —he preguntado. Si contamos insectos y peces, debe de haber millares de especies que tienen contacto con la isla.

—Teniendo en cuenta que el virus ha pasado a los humanos, lo más probable es que se trate de un mamífero —ha dicho papá—. O de un ave, como hemos visto en virus como el de la gripe aviar.

Un ave. De pronto me he acordado del gavión con el que Mackenzie estuvo a punto de tropezar cuando fuimos a la playa el Día del Trabajo. Casi no puedo creer que solo haya pasado un mes.

—Es poco probable —ha respondido papá cuando se lo he comentado—. Los virus no suelen matar a la especie que actúa como portadora, con la que suelen establecer una relación más bien simbiótica. Pero les diré a los de la OMS que capturen unos cuantos gaviones para estudiarlos.

—¿Y qué harán con ellos? —se me ha ocurrido preguntar entonces—. ¿Qué hacen con todos los animales que cazan? ¿Les sacan muestras de sangre?

Papá se ha puesto serio.

—Los tienen que matar, Kae —ha dicho—. Con una muestra de sangre no basta.

Me he sentido fatal; seguramente acabo de condenar a muerte a un montón de gaviones. Como si no hubiera ya suficientes muertos.

¿He hecho lo correcto o no? Ojalá hubiera una forma más fácil de saberlo.

4 de octubre

Por lo menos algunos de esos animales no murieron en vano. Papá ha llamado esta tarde para decirnos que los de la OMS han logrado aislar el virus, lo que significa que pueden empezar a trabajar en la vacuna. Cuando mamá nos lo ha contado, lo hemos celebrado a gritos.

La mala noticia es que al parecer la cuarentena no ha tenido el efecto esperado. He estado viendo la tele más de lo que seguramente es recomendable para mi salud mental; repiten una y otra vez las imágenes de la isla tomadas desde los helicópteros. Un par de emisoras han informado de un «virulento brote de gripe» en el continente. A lo mejor no se trata de la misma enfermedad: por lo que sé, de momento aún no ha provocado ninguna víctima. Pero con que uno solo de los habitantes de la isla que logró salir antes de que impusieran la cuarentena estuviera contagiado por el virus, los del continente no estarán más a salvo que nosotros.

«Si tiene la sensación de que está incubando un resfriado, actúe con responsabilidad, pida la baja y quédese en casa», recomiendan en la tele. Como si no ir a trabajar resultara muy útil cuando los afectados entran en la fase extremadamente extrovertida. Nuestro virus es mucho más listo que los de las pelis de zombis: sus víctimas no van por ahí tambaleándose y gimiendo, para que cualquiera en su sano juicio se quite de en medio, sino que las empuja a acercarse más a la gente para poder toserles y estornudarles en la cara.

Necesitamos una vacuna, nada más. Y todo se habrá arreglado.

Quería mandarle un *e-mail* a Mackenzie para enterarme de qué pasa en Los Ángeles, pero cuando he intentado conectarme a Internet el navegador me ha dado un mensaje dc error. Ninguno de los ordenadores de casa funcionaba.

Entonces he ido a ver a Drew. Lo he encontrado sentado delante del monitor.

—No puedo conectarme a Internet —le he dicho—. ¿A ti te funciona?

—Nos hemos quedado sin señal esta mañana —ha contestado—. El problema no es nuestro, pero estoy trabajando en ello.

No entiendo qué pretende conseguir si el problema no es nuestro, pero, teniendo en cuenta sus habilidades informáticas, ¿quién sabe?

Entonces se me ha ocurrido que podía llamar a Mackenzie por teléfono, pues antes de marcharse en verano me dio el número de su apartamento, pero tampoco he tenido suerte. He llamado dos veces al número de Los Ángeles y luego he intentado hablar con la abuela y el abuelo en Ottawa, pero todo el rato me salía una grabación que decía: «Este servicio no está disponible en estos momentos».

Los números de la isla, en cambio, sí funcionan. He llamado a casa del tío Emmett y he esperado hasta que ha saltado el contestador.

No es la primera vez que nos quedamos sin Internet y sin teléfono, pero las veces anteriores sucedió siempre después de una gran tormenta. Sin embargo, durante los últimos días hemos tenido buen tiempo y no se me ocurre qué otra cosa puede haber provocado el problema.

¿Por qué ha tenido que estropearse justo ahora? Mientras no podamos llamar a larga distancia o conectarnos a Internet, no tendremos forma de saber cómo les va a Mackenzie, a los abuelos o a cualquier otra persona que se encuentre fuera de la isla.

Y ellos tampoco tendrán modo de saber cómo estamos nosotros.

A lo mejor cuando papá vuelva a casa podrá contarme qué está pasando. A lo mejor los técnicos están trabajando ahora mismo para solucionar el problema.

Dios, espero que así sea.

6 de octubre

Seguimos sin Internet y sin poder hacer llamadas de larga distancia. Resulta que hubo un «incidente» en el centro de comunicaciones. Uno de los trabajadores de ahí se puso enfermo, empezó a tener alucinaciones y terminó cargándose los cables que atraviesan el estrecho. Papá dice que los técnicos (o, por lo menos, los que aún no han enfermado) están intentando arreglarlo, pero no saben si lo conseguirán si no les mandan los recambios desde el continente. Y, desde luego, no van a llegar inmediatamente.

Drew me ha prestado su teléfono móvil, aunque me ha avisado de que la cobertura es muy mala en la isla. He logrado llamar a los abuelos, aunque había tantas interferencias que no sé si he hablado con una persona o con un contestador automático.

Por lo menos en el hospital y en el ayuntamiento disponen de conexión vía satélite, así que no estamos del todo aislados. Papá ha prometido llamar a los abuelos tan a menudo como pueda.

Esta mañana Drew ha vuelto a salir de casa a escondidas, aprovechando que mamá se estaba duchando. Es la primera vez que lo hace desde la muerte del tío Emmett, y ha pasado fuera la mayor parte del día. Al cabo de unas horas he empezado a mirar por todas las ventanas, con la esperanza de verle regresar a casa. Estamos tan aislados de todo, incluso de nuestros vecinos, que tengo la sensación de que podría perderse en algún lugar de la isla (o caerse al océano, o que le dispararan) y que nunca nos enteraríamos de lo que le habría sucedido.

Finalmente, justo antes de la hora de la cena, he levantado los ojos del libro que estaba intentando leer para distraerme y lo he visto encaramado a la verja del jardín trasero. Lo he sorprendido en el vestíbulo de entrada.

—¿Qué haces? —le he preguntado.

—Nada, había salido a tomar el aire —ha dicho, como si hubiera estado pasando el rato en el jardín. Esa debe de ser su versión oficial.

—No —le he contestado—. ¿Dónde te has metido? Sé que sales a escondidas cada dos por tres. No me mientas, Drew. Te he visto.

—No es nada importante —ha asegurado él—. Es solo que de vez en cuando necesito salir de casa y echar un vistazo a lo que pasa en la ciudad. Pero no te preocupes, tomo precauciones —ha añadido, al tiempo que se sacaba la mascarilla del bolsillo de los pantalones militares.

—Si eso es todo, ¿por qué no se lo cuentas a mamá y coges el coche? —le he preguntado—. Te he estado encubriendo todo este tiempo, ¿sabes? Mamá y papá se van a cabrear mucho como se enteren de que...

—¡No, no se lo puedes contar! —me ha cortado Drew—. Necesito hacer esto, ¿vale?

Parecía desesperado, como si no fuera el Drew al que estoy acostumbrada.

—Vale —he contestado—. Tampoco pensaba hacerlo.

—Gracias —ha dicho, un poco más tranquilo—, por encubrirme y todo eso.

Y se ha marchado sin añadir nada más. Cuando ha pasado junto a mí, he notado un olor como a sal y a algas marinas. Debe de haber estado en la playa, aunque no sé dónde.

Tampoco sé qué es lo que se trae entre manos, pero estoy segura de que no es solo cuestión de estirar las piernas. Hace algo ahí fuera, algo importante para él. Y, mientras tanto, yo estoy aquí encerrada, jugando a juegos de mesa con Meredith.

La frustración me ha ido carcomiendo durante toda la cena. Entonces papá ha llegado a casa, con aspecto exhausto, y he oído que le decía algo a mamá sobre que se estaban quedando sin medicamentos.

No me lo he pensado dos veces. He subido al piso de arriba y he llamado a Tessa.

—Oye —le he dicho en cuanto ha descolgado—, hagámoslo. Echémosles un vistazo a esas casas de verano.

Está decidido. Iremos mañana.

7 de octubre

Tessa Freedman y Kaelyn Weber, ladronas de medicamentos, andan sueltas. Estoy segura de que nunca te habías imaginado que algo así pudiera pasar, Leo.

A mamá le he contado que iba a echarles un vistazo a las plantas de papá. Cuando he aparcado delante de la casa de Tessa, estaba tan nerviosa que he tenido que respirar hondo varias veces antes de salir; tenía las manos sudorosas de tanto apretar el volante, pero me he dicho que la nueva Kaelyn nunca dejaría que los nervios la detuvieran, de modo que me he secado las palmas en los vaqueros y me he dirigido hacia la puerta.

Me ha dado la sensación de que diez segundos más tarde estábamos ya de nuevo en el coche de mis padres, con el pesado manojo de llaves sobre mi falda. Cerca del océano el viento soplaba con más fuerza y silbaba en las ventanas.

¿Te acuerdas de cuando nos colamos en una playa privada, el primer verano que vine de visita después de mudarnos al continente? Bastaron diez minutos con las olas del océano zarandeándonos para que se nos pasaran las ganas de volver. Sin embargo, la mayoría de esas «casitas» tienen piscina privada y la vista del océano es realmente más bonita que desde el estrecho, de modo que supongo que la gente que solo viene en verano no lo tiene tan mal.

Cuando hemos aparcado en el camino de acceso a la primera de las casas, que parecía el doble de grande que la nuestra, me ha entrado el miedo.

—¿Seguro que no habrá nadie en casa? —he preguntado.

—La mayoría de los veraneantes se marchan antes de septiembre —ha dicho Tessa—. Empieza a hacer demasiado frío para ellos. La última vez que hablé por teléfono con mi padre se lo pregunté y me aseguró que nadie le había dicho que fuera a quedarse más tiempo. Las casas tendrían que estar vacías.

Se la veía muy tranquila. A mí me habría gustado que estuviera un poco nerviosa, aunque solo fuera para saber que su armadura también tenía grietas.

—Supongo que hace unos días que no hablas con él —he comentado—. Están intentando reestablecer las comunicaciones de larga distancia.

—Ya lo sé —ha respondido ella—. He hablado con los del Ayuntamiento. Pero no pasa nada. Ya sé que están bien. Debe de ser mucho más duro para ellos —ha asegurado, meneando la cabeza—. Bueno, manos a la obra.

Qué sensación tan rara, ir caminando hasta la puerta de una casa y abrirla como si fuera nuestra. La primera casa tenía un porche ancho que rodeaba toda la fachada, con una piscina climatizada en un rincón. Ya en el interior, el vestíbulo era amplio y espacioso. Nos hemos quitado los zapatos; el suelo de madera estaba tan bien encerado que habríamos podido patinar con calcetines.

¿Te imaginas gastar tanto dinero en una casa que solo utilizarás durante las vacaciones? Es de locos.

—¿Por dónde empezamos? —he preguntado.

—Por los sitios donde la gente suele guardar medicamentos, supongo —ha respondido Tessa—. ¿En los lavabos y en la cocina?

—Y en los dormitorios también —he añadido.

—Vale —ha dicho Tessa—. Echaremos un vistazo en todos los baños, en los dormitorios y en la cocina, y nos largaremos.

Hemos ido de habitación en habitación, abriendo armarios y cajones, como si buscásemos huevos de Pascua. Cada vez que encontrábamos un frasco de Advil o una bolsita de pastillas para el dolor de garganta era un subidón. Lo hemos ido metiendo todo en la bolsa de papel que Tessa ha traído de su casa. Nos hemos llevado todo lo que tenía pinta de medicamento, aunque no supiéramos exactamente qué era.

—Mejor que sobre que no que falte —ha dicho Tessa.

La sensación de extrañeza ha ido desapareciendo después de las primeras casas. No te creerías la de cosas que tienen los que pasan el verano en la isla, ¡y eso es solo lo que dejaron antes de marcharse! En una de las casas en particular hemos sacado el premio gordo: Tylenol 3, Xanax, Valium, Ambien, Ritalin, un par de tubos de algo que Tessa cree que era crema antifúngica y un montón de pastillas de las que no necesitan receta.

Hemos estado en veinte casas y hemos conseguido llenar dos bolsas. Tessa ha escrito DONATIVOS en las bolsas y las hemos dejado ante las puertas del hospital. Mientras nos alejábamos, ella pisaba el acelerador con una expresión tan seria que no he podido evitar echarme a reír.

Me he imaginado lo extraño que te resultaría vernos en aquel momento, cómplices de nuestro extraño crimen, y entonces se me ha ocurrido que te sentirías muy orgulloso de Tessa por haber tenido esta gran idea. Me ha dado un vuelco el estómago, como si hubiéramos pillado un bache, y la pregunta se me ha escapado sin querer:

—¿Cómo estaba Leo la última vez que hablaste con él?

—Bien —ha dicho Tessa—. Está trabajando con un colega nuevo, parecía muy emocionado. La escuela es exactamente como había imaginado y le encanta la ciudad. Me alegro tanto de que no esté aquí, en medio de todo esto…

Y me he sentido muy culpable, como si el hecho de haber querido interrumpir tu felicidad contándote todo lo que está pasando aquí demostrara algo horrible sobre mí. Y sigo pensando que tienes derecho a saber la verdad, pero al mismo tiempo no quiero que corras ningún peligro.

No estoy segura de qué he contestado, una vaguedad, algo como: «Eso está bien», y entonces hemos llegado a su casa. Tessa me ha dedicado una sonrisa y el nudo de mi estómago se ha relajado un poco.

—Tengo muchas llaves más —ha dicho—. Si quieres que volvamos a salir, avísame.

¿Y sabes qué? Creo que tengo ganas de volver a hacerlo. ¡Eso sí que es raro!

9 de octubre

Esta mañana, al abrir los ojos, me han entrado ganas de quedarme en la cama hasta que volviera a ponerse el sol. A lo mejor debería haberlo hecho; seguramente habría tenido un día mejor.

Pero me he levantado. Me he visto otra vez quince horas delante del televisor, tragándome informativos deprimentes, y leyendo más y más páginas de libros de instituto que es posible que no vuelva a abrir nunca más. Entonces he visto a Meredith acurrucada en la cama plegable que hemos montado junto a la mía, llorando en silencio, con las mejillas surcadas de lágrimas.

¿Cómo puedo quejarme de mi vida, cuando la suya es muchísimo peor? En el fondo tengo suerte.

Me he sentado a su lado y la he abrazado, y cuando ha dejado de llorar he bajado a la cocina y he preparado el desayuno para las dos. Meredith ha estado todo el rato muy seria. De vez en cuando le temblaba el labio inferior y a mí me daba miedo que fuera a echarse a llorar otra vez.

No quiero que esté triste, me gustaría poder hacer algo para que se sienta mejor, pero incluso a mí se me parte el corazón cada vez que pienso en el tío Emmett. Lo único que se me ha ocurrido es intentar hacerle pensar en otra cosa, algo más divertido.

—¿Quieres que salgamos un rato? —le he preguntado—. Vamos a dar una vuelta, anda.

Entonces he pensado que podíamos pasar por el colmado y comprarnos algo. La mayoría de las tiendas están cerradas desde que empezó la cuarentena, pero el colmado seguía abierto la última vez que pasé por allí. Además, como está a tan solo un par de manzanas de casa, me ha parecido que no pasaba nada si íbamos andando y hacíamos un poco de ejercicio. Me he asegurado de que Meredith llevaba la mascarilla bien colocada y nos hemos ido.

—¿Dónde está todo el mundo? —ha preguntado Meredith al cabo de un minuto. Las calles estaban tan desiertas que casi podíamos oír el eco de nuestros pasos.

—Metidos en sus casas —le he dicho—. Como tú y yo la mayor parte del tiempo. Quieren estar seguros, lejos de cualquier persona que pueda estar enferma.

Al doblar la esquina de Main Street se ha animado un poco.

—Mira —ha anunciado, señalando al lado opuesto de la calle—, ¡no estamos solas!

Había una camioneta de reparto aparcada delante del colmado y he visto a un par de tipos apostados delante del portón trasero. La puerta de la tienda se mantenía abierta con una piedra.

Me ha dado un subidón al pensar que a lo mejor había llegado un *ferry* con más comida, medicamentos y los recambios necesarios para reestablecer las comunicaciones, y que tal vez no nos habíamos enterado. Pero pronto se me ha pasado. Aquello no tenía ningún sentido. ¿Por qué motivo habría decidido el Gobierno cambiar de pronto los helicópteros por barcos? Y aunque ese fuera el caso, ¿por qué habrían encargado la tarea de repartir la comida a unos adolescentes que ni siquiera llevaban mascarillas? He parado en seco y le he cogido la mano a Meredith.

En ese preciso instante, otro grupo de chicos y una chica han salido del colmado. Llevaban cajas de comida y ella arrastraba un enorme paquete de agua embotellada. Han empezado a cargarlo todo en la camioneta y me he dado cuenta de que me resultaban familiares. A uno de ellos lo conocía, sin lugar a dudas: era Quentin.

Me he fijado en los demás. Gav no estaba ahí, pero he reconocido a varios miembros de su grupito. Así pues, ¿él y sus amigos han decidido que lo mejor que pueden hacer es acaparar toda la comida que queda en la isla? ¡No me lo puedo creer!

Primero se queja de que el Gobierno no nos ayuda lo suficiente y luego va y hace algo diez veces más egoísta.

—¿Qué hacen? —ha susurrado Meredith.

—Están cogiendo comida —he contestado, y he empezado a tirarle del brazo—. Aunque dudo que quieran compartirla. Vámonos a casa, creo que aún nos queda algo de helado.

Pero Meredith me ha agarrado la mano con más fuerza.

—¡Están robando! —ha exclamado.

Entonces Quentin se ha vuelto hacia donde estábamos nosotras. Me he quedado helada y me he dicho que, con un poco de suerte, si no nos movíamos, el toldo de la pescadería de Keith impediría que nos viera. Ha parecido dar resultado. Quentin se ha acercado tranquilamente hacia donde estábamos, aunque no nos miraba. Estaba muy concentrado estudiando los escaparates. Se ha detenido delante de Maritime Electronics y se ha dado unos golpecitos en el muslo con el tablón que llevaba en la mano.

—¡Oye, Vince! —ha gritado—. No hay ningún motivo para no pasarlo bien, ¿no crees? ¡Podríamos tener las mejores cadenas de música de toda la isla!

Pero el chico llamado Vince le ha dirigido una mirada escéptica.

—No sé —ha contestado, al tiempo que volvía la cabeza hacia el colmado—. Gav ha dicho que nos limitásemos a coger comida y creo que le voy a hacer caso.

—¡Gallina! —le ha espetado Quentin, que ha levantado el tablón y lo ha descargado contra el escaparate de la tienda.

Si hubiéramos estado en Toronto no habría pasado nada. La tienda habría tenido cristales reforzados, o por lo menos una reja de barrotes. Pero ya sabes cómo son las tiendas de por aquí: la mayoría de ellas las construyeron antes de que nacieran nuestros abuelos y aún tienen el mismo cristal. Simplemente, la gente no se dedica a asaltar los comercios. Por lo menos hasta ahora.

El escaparate ha quedado hecho añicos. Meredith y yo hemos dado un respingo. Por suerte, Quentin estaba tan ensimismado estudiando la mercancía que no nos habría visto aunque hubiéramos estado bailando claqué. Yo esperaba que se metiera de una vez en la tienda para salir pitando, pero entonces Meredith se ha soltado y se ha dirigido hacia él con paso decidido.

—¡No puedes hacer eso! —ha gritado, con una rabia excesiva para una niña de siete años—. ¡Lo que hay ahí dentro no es tuyo! ¡No lo toques!

Ya sabía que está triste, pero no me había dado cuenta de que también está cabreada.

He logrado alcanzarla, pero Quentin ya se había vuelto hacia nosotras. Durante un momento se ha mostrado inseguro, pero entonces nos ha dirigido una sonrisa burlona. Casi he visto cómo se le ponían los pelos de punta, como les pasa a los hurones cuando se asustan.

—¿Tenéis algún problema? —ha preguntado, blandiendo el tabón de madera—. ¿Queréis que hablemos del tema?

—No —he contestado. He agarrado a Meredith por el brazo y he empezado a retroceder—. Haced lo que os dé la gana.

—Muy bien —ha dicho Quentin—. Porque de otro modo tal vez habría tenido que romper unas cuantas cosas más.

—Pero, Kaelyn… —ha empezado a decir Meredith, y yo le he estrujado el brazo tan fuerte que debe de haberle dolido.

He tenido que llevármela a rastras hasta la esquina, y luego a lo largo de media manzana más, antes de que empezara a caminar lo bastante rápido como para no quedarse atrás.

—Si te encuentras con alguien más grande y más fuerte que tú, y ese alguien te mira mal —la he advertido—, lárgate tan rápido como puedas. ¿Estamos?

Todos los animales conocen esa ley de la supervivencia. Tenemos que empezar a pensar así, concentrarnos en sobrevivir.

—Pero no está bien que roben —ha contestado Meredith—. No impedírselo está mal.

—Si quedan policías en la isla, ya se encargarán ellos —le he dicho—. Habría estado mucho peor que te hubieran hecho daño por querer hacer el trabajo de la policía.

—¿Estaban enfermos? —ha preguntado al cabo de unos minutos, cuando estábamos a punto de llegar a casa—. ¿Se comportaban tan mal por ese motivo?

No he sabido qué decirle. He ido a clase con Quentin durante todos los años que hemos vivido en la isla y, aunque siempre fue un poco capullo, nunca me pareció peligroso. ¿Te acuerdas de cuando íbamos a quinto, Leo, y le dije que como siguiera burlándose de ti porque bailabas iba a pegarle una paliza? ¿Recuerdas cómo se asustó y fue corriendo a contárselo a la maestra? Se me hace muy difícil creer que ese fuera el mismo chico al que hemos visto hoy.

—No solo tenemos que protegernos de la gente enferma —le he dicho a Meredith—. Mientras estés con mi mamá, mi papá, con Drew o conmigo estarás segura. No te fíes de nadie más.

Ojalá pudiera haberle echado la culpa al virus. O, mejor aún, ojalá el virus no nos hubiera puesto en una posición en la que tengo que explicarle todas estas cosas a Meredith.

10 de octubre

Hoy mamá se me ha acercado mientras preparaba la comida y me ha dado un abrazo, porque sí. No me había dado cuenta de lo tensa que estaba hasta que he empezado a relajarme entre sus brazos.

—Estás haciendo un gran trabajo cuidando de Meredith —ha dicho.

Me he acordado del lío en el que estuvimos a punto de meternos ayer y se me ha hecho un nudo en la garganta.

—En realidad no sé qué estoy haciendo —he confesado—. ¿Tú crees que está bien?

—Eso espero —ha respondido mi madre—. Creo que Emmett se pondría muy contento si supiera lo mucho que la estás ayudando. —Entonces ha hecho una pausa, ha parpadeado un par de veces y ha tragado saliva—. Solo quería que supieras que estoy muy orgullosa de ti —ha añadido finalmente.

Sé que no son más que palabras, pero han hecho que me sintiera mejor durante el resto de la tarde.

12 de octubre

No puedo dejar de pensar en lo que ha pasado hoy. A lo mejor escribiéndolo logro quitármelo de la cabeza.

Tessa ha llamado esta tarde para anunciar que algunas de las semillas de papá habían germinado y me ha preguntado qué me parecía si traía un par de plantas y luego íbamos a echar un vistazo a otras casas de verano. Le he dicho que vale. Después del episodio con Quentin del otro día, cada vez me cuesta más sentirme culpable por coger los medicamentos de gente rica que ni siquiera vive aquí y llevarlos al hospital. Por lo menos nosotros robamos para ayudar a los demás.

Las plantas que ha traído son apenas unas pequeñas matitas con cuatro hojas, pero es un inicio prometedor. Las hemos dejado en el porche de casa y nos hemos ido.

Resultaba relajante pasearse por todas esas casitas, con sus cortinas vaporosas y sus relucientes electrodomésticos, todo tan limpio y ordenado. Las casas desprendían una sensación de seguridad, como si allí nunca hubiera enfermado nadie.

La tercera casa en la que hemos entrado tenía una antena parabólica instalada en el jardín. En cuanto la he visto, ha dejado de importarme si encontrábamos más o menos medicamentos; tan solo esperaba poder conectarme a Internet, escribirle de una vez a Mackenzie y preguntarle cómo están las cosas en Los Ángeles. Debe de extrañarle que lleve tanto tiempo sin escribirle.

Tal vez si no hubiera estado tan concentrada en eso me habría dado cuenta enseguida de que en la casa pasaba algo raro. Había un montón de platos en la encimera y se habían dejado un jersey colgado en la barandilla de la escalera, pero me he dicho que tal vez los dueños no eran tan ordenados como los del resto de las casas.

Tessa ha empezado a examinar el lavabo de la planta baja y yo he subido corriendo al primer piso. He abierto una puerta y he encontrado el dormitorio principal, que medía más o menos lo mismo que todo el primer piso de nuestra casa; en el dormitorio había una enorme pantalla plana de televisión, pero no he visto ningún ordenador. Había un pañuelo arrugado en el suelo. Eso, por lo menos, debería haberme puesto en alerta; en aquel momento debería haber ido a buscar a Tessa y tendríamos que habernos largado de ahí.

Pero no lo he hecho, he abierto la puerta contigua.

Lo primero que he visto ha sido la sangre.

Había formado un reguero en la moqueta, desde el lugar en el que yacía la mujer y casi hasta llegar al pasillo. Estaba acurrucada en el suelo, al pie de la cama, hacia donde estaba yo. Tenía los ojos cerrados, pero la boca le había quedado abierta, como si hubiera muerto esbozando un rictus de dolor. Entre los brazos sujetaba a un niño pequeño, cuyos ojos abiertos miraban al vacío; la cara, pálida y azulada. Tenía el pijama empapado de rojo. Parecía como si la mujer se hubiera cortado las venas desde la muñeca hasta el codo y hubiera abrazado al pequeño mientras se desangraba.

No podía haber sucedido hacía mucho tiempo, ni siquiera habían empezado a oler mal.

He dado media vuelta y me he puesto a vomitar encima del parqué. Me han fallado las rodillas y me he quedado allí, en cuclillas, durante uno o dos minutos, jadeando. Entonces, no sé muy bien cómo, he logrado llegar a lo alto de las escaleras. Tessa ya estaba ahí. Seguramente me había oído.

—¿Te encuentras bien? —ha preguntado.

He parpadeado varias veces para impedir que afloraran las lágrimas. Me ardía la garganta. Tessa se me ha quedado mirando, luego ha vuelto los ojos hacia el pasillo y ha hecho un gesto como si quisiera ir a echar un vistazo, pero yo la he cogido por el brazo. No sé si he logrado decir algo inteligible, solo me acuerdo de que he empezado a negar con la cabeza.

Pero Tessa ha ido de todos modos. Entonces ha vuelto, se ha

sentado a mi lado, pegada a mí, y ha esperado hasta que he logrado recuperar la entereza.

—Vámonos —ha dicho.

Yo creía que se refería a que nos fuéramos a casa, pero cuando llevábamos un minuto en el coche me he dado cuenta de que se dirigía hacia la siguiente casa de verano.

—¿Me puedes llevar a mi casa? —le he preguntado.

No me acuerdo de qué ha contestado, pero lo ha hecho. Al llegar le he dado las gracias y he salido del coche. He subido a mi cuarto, me he metido en la cama y me he cubierto con las mantas, rezando para que Meredith no entrara y me preguntara cómo estaba.

Me he repetido una y otra vez que lo que ha pasado es obvio: el niño se ha puesto enfermo y ha muerto, y la madre se ha quitado la vida por la pena. Pero si el niño estaba enfermo, ¿por qué no lo llevó al hospital?

¿Y si la que enfermó fue ella, sin nadie cerca que le dijera que fuera a ver a un médico, nadie que se diera cuenta de que se estaba volviendo loca? Es posible que sucediera así; habría empezado a tener alucinaciones, a imaginar que alguien le quería hacer daño, el niño se habría puesto a llorar y a hacer ruido, ella lo habría golpeado o lo habría agarrado por el cuello y

Sin embargo, ¿qué más da lo que sucediera? No me importa por qué lo hizo, yo solo deseo que esto se termine de una vez. Quiero que las tiendas vuelvan a abrir, que podamos volver a hablar unos con otros sin necesidad de llevar mascarillas y que no se muera nadie más.

13 de octubre

Hoy se suponía que teníamos que celebrar la cena de Acción de Gracias. Mamá nos ha sorprendido con un pavo que empezó a descongelar en secreto ayer. Debió de comprarlo antes de que la banda de Gav saqueara el colmado.

—Debemos dar las gracias por muchas cosas —ha comentado—. Los cinco estamos sanos y vuestro padre está haciendo progresos con la vacuna.

Sinceramente, creo que tenemos muchos más motivos para quejarnos que para alegrarnos, pero ha sido un alivio verla sonreír. Por ese motivo, le he dicho que la ayudaría a cocinar y Meredith también se ha ofrecido a echar una mano. Drew se ha excusado diciendo que tenía que hacer no se qué con el ordenador, pero al cabo de unos minutos he visto como se escabullía por la puerta trasera.

Nos hemos puesto a preparar la cena después de comer, aunque papá ha anunciado que no volvería a casa antes de las seis. Mamá ha empezado a preparar el pavo junto al horno, mientras yo pelaba patatas en el fregadero y Meredith ponía la mesa.

Le estaba diciendo que cogiera la cubertería normal, pues en casa no tenemos cubertería de fiesta, cuando de pronto mamá se ha quedado inmóvil.

Antes de que yo tuviera tiempo de preguntarle qué pasaba, ha salido de la cocina. El pavo estaba encima de la tabla de cortar, con la mitad del relleno en un cuenco. He supuesto que tenía que ir al baño, pero, cuando he terminado de cortar las patatas y de lavarme las manos para deshacerme de esa sensación pegajosa que dejan, aún no había vuelto. Meredith, que ya había terminado de poner la mesa, me ha preguntado qué más podía hacer.

—¿Por qué no descansas un rato? —le he preguntado—. Juega un poco con la Nintendo, si quieres.

No he encontrado a mamá en la planta baja; el baño estaba vacío. La puerta de su dormitorio estaba cerrada. He llamado.

—No entres —ha soltado inmediatamente.

—¿Qué pasa? —le he preguntado—. ¿Necesitas algo?

—No —ha respondido—. No me encuentro muy bien. Necesito estar un momento sola, ¿vale?

No ha estornudado ni ha tosido, pero de pronto he comprendido lo que pasaba: mamá tenía miedo de haber pillado el virus. Me he quedado petrificada.

Mamá debe de haber notado que seguía ahí.

—No te preocupes, cariño —ha añadido con voz firme—. Ve abajo. Estoy segura de que tú y Meredith podéis terminar de preparar la cena. Yo voy a descansar un rato.

He dado media vuelta y he empezado a bajar las escaleras. El corazón me latía tan fuerte que no oía nada más. «Tengo que avisar a papá», he pensado. No podía sacármelo de la cabeza: «Avisa a papá, avisa a papá». Él sabría qué hacer.

Si se lo hubiera contado a Meredith, solo habría conseguido asustarla, así que le he dicho que iba a salir un rato y que siguiera jugando. No iba a tardar más de media hora, me he dicho. Solo tenía que ir al hospital, encontrar a papá y volver. He cogido las llaves del gancho y he subido al coche.

De camino al hospital, los latidos de mi corazón perseguían mis pensamientos por toda mi cabeza. Mamá no podía estar enferma, no tenía ningún síntoma. Solo estaba nerviosa y prefería pecar de exceso de cautela. Papá se daría cuenta enseguida. Le diría que no le pasaba nada, que se calmara, y podríamos celebrar una cena de Acción de Gracias normal. Pero entonces me he acordado de cómo se había quedado helada y había salido de la cocina sin decir nada. El pulso se me ha acelerado aún más y he tenido que repetirme toda la historia.

Ahora que lo pienso, es un milagro que no haya estampado el coche contra un poste de teléfono o una boca de riego. En cualquier caso, he logrado llegar entera al hospital. El aparcamiento estaba hasta los topes. He dado dos vueltas por entre los coches, buscando un sitio donde estacionar. Nunca había visto el aparcamiento ni siquiera medio lleno. Algunos de los coches estaban cubiertos por una fina capa de polvo, como si llevaran un mes ahí aparcados.

A lo mejor sí que llevaban un mes. Quizá sus propietarios acudieron al hospital en busca de ayuda y ya no han vuelto a salir.

He tenido que aparcar a una manzana de distancia y he llegado corriendo a las puertas del hospital.

No había vuelto a entrar allí desde que, durante nuestra visita el año pasado, estuve unos días ingresada por culpa de un acceso de fiebre. Generalmente hay una enfermera o un celador en el mostrador de recepción y una madre o un padre con un niño llorando, o algún anciano de la isla que ha acudido a hacerse un chequeo. No suele haber más que un puñado de gente, por lo que el hospital suele ser un lugar silencioso en el que reina un ambiente casi tranquilo, esterilizado y con luz artificial.

Pero hoy era una locura.

La recepción estaba tan llena que ni siquiera se veía el mostrador, oculto tras una marea humana que se movía de aquí para allá. Los gritos resonaban en las paredes. No había dado ni dos pasos cuando la señora Stanfeld, la profesora del cuarto curso, ha entrado en el hospital arrastrando a una niña que brincaba y charlaba sin parar a pesar de los estornudos. Han pasado junto a mí sin detenerse.

—¡Mi hija necesita ayuda! —ha gritado la señora Stanfeld.

—¡Todos necesitamos ayuda! —le ha contestado alguien—. ¡Espera a que te toque!

Otra persona ha empezado a sollozar. A mi alrededor, todo el mundo estaba tosiendo, estornudando y rascándose por encima de la ropa, intentando aliviar un picor persistente. En el ambiente flotaba aún un leve aroma a desinfectante, aunque hoy se mezclaba con un olor a sudor y a algo agrio que me ha revuelto las tripas.

Había salido de casa de forma tan precipitada que me había olvidado de coger la mascarilla; me he sentido como si fuera desnuda, pero no tenía ningún sentido volver a casa y tener que empezar de nuevo. Así pues, me he cubierto la boca y la nariz con la manga y me he adentrado en el vestíbulo.

Una enfermera con mascarilla, ataviada con una especie de bata de plástico como un impermeable fino y unos largos guantes de plástico, estaba sacándole una muestra de sangre a una anciana que no podía parar de rascarse la barbilla. Detrás de la enfermera había un carrito lleno de muestras con etiquetas, probablemente para comprobar quién había contraído de verdad el virus. «Pero si lo tienen todos», he pensado. Durante un segundo he sido incapaz de respirar; tenía la sensación de que el virus estaba por todas partes, que formaba nubes a mi alrededor.

No he visto a papá por ninguna parte, y desde luego la enfermera estaba demasiado ocupada como para ayudarme. Así pues, me he cubierto la cara con el brazo, aún más fuerte, y me he abierto paso por entre la multitud hasta el pasillo del fondo del vestíbulo.

Otra enfermera ha pasado corriendo a mi lado y ha entrado en una de las salas de reconocimiento, donde he visto a seis pacientes apelotonados en camas y un par de esterillas en el suelo.

—¡Ya vienen, ya vienen! —ha empezado a susurrar uno de ellos con voz ronca.

—No viene nadie —ha contestado la enfermera, que le ha inyectado algo en el brazo.

Al hombre se le han puesto los ojos vidriosos y la enfermera se lo ha quedado mirando un segundo; he tenido la sensación de que hacía un esfuerzo por contener las lágrimas.

—Disculpe... —le he dicho cuando ha salido de la sala, pero no he podido añadir nada más.

—Vuelve a la recepción —me ha soltado—. Que te saquen una muestra de sangre y entonces podremos ingresarte.

Ha entrado en la siguiente sala sin darme tiempo a explicarme.

A lo mejor papá estaba en el primer piso, pero había un montón de gente agolpada delante del ascensor y yo no sabía dónde estaban las escaleras. En ese momento ha pasado junto a mí un ordenanza seguido por un grupo de personas de aspecto febril, que tosían sin parar.

—¿Dónde van los nuevos? —le ha preguntado a una enfermera con voz angustiada.

No he oído la respuesta.

En un pasillo adyacente había varias esterillas en el suelo, algunas ocupadas, otras libres. El ordenanza ha hecho un gesto señalando las libres.

—¿Cómo? —ha exclamado una mujer—. ¿Pretenden dejarnos en el pasillo? Pero ¿dónde están los médicos? ¡Necesitamos tratamiento!

He decidido encaminarme en dirección contraria, a ver si encontraba las escaleras, pero he ido a parar a un corto pasillo sin salida, atestado de pacientes. En una de las salas próximas alguien ha empezado a gritar.

He apoyado la espalda en la pared y me he dejado caer hasta el suelo, cubriéndome la boca con el brazo e intentando respirar a través de la tela. «Solo necesito un momento —me he dicho—. Apenas un par de minutos, hasta que me haya calmado un poco.» Pero he tenido la sensación de que con cada bocanada de aire temblaba más, no menos.

No estoy segura de cuánto tiempo he pasado allí. He oído un barullo de voces, ha pasado un grupo de gente y entonces me he dado cuenta de que alguien se había parado delante de mí.

—¿Kaelyn? —ha preguntado una voz de mujer.

Era Nell, la amiga de papá. Por su aspecto, parecía que hubiera pasado la noche en vela. Llevaba el moño deshecho y tenía varias manchas marrones y amarillas en la bata de plástico, que llevaba encima de la bata de laboratorio. Su sonrisa era apenas una raya, pero algo era algo. Me he levantado.

—Tengo que encontrar a papá —he dicho—. Mi madre cree que lo ha pillado. Tiene que venir a casa.

Aquella vaga sonrisa ha desaparecido de su cara.

—Ay, Kaelyn —ha respondido—, no sabría decirte dónde está. Se pasa el día yendo y viniendo del hospital al centro de investigación.

Debe de haberme visto muy desvalida, pues a continuación me ha acariciado el brazo con su mano enguantada.

—¿Está muy mal? —ha preguntado.

He negado con la cabeza.

—Ni siquiera sé si está realmente enferma —he contestado.

—De acuerdo —ha dicho Nell—. Pues no la traigas aquí. Es mejor que se quede en casa y que esté cómoda. Te daré varios medicamentos que hemos descubierto que ayudan a aliviar los síntomas. Espera, no te muevas de aquí.

Se ha vuelto a cubrir la cara con la mascarilla y se ha marchado corriendo. Ha regresado al cabo de unos minutos con varias cajas de medicamentos de muestra y una mascarilla para mí. Ha sido un alivio poder ponérmela.

—Siento no poder darte más, pero volvemos a andar justos de reservas —se ha disculpado—. Que se tome una de cada y se sentirá un poco mejor. Y ahora márchate de aquí, ¿de acuerdo? En cuanto vea a tu padre se lo cuento.

—Gracias —he dicho.

La verdad es que salir del hospital con un puñado de pastillas en lugar de hacerlo con mi padre no me ha parecido un cambio demasiado bueno, pero Nell no tiene la culpa.

Me ha acompañado hasta la puerta, aunque debía de tener mil cosas más importantes que hacer.

—¿Hay alguien que mejore? —se me ha ocurrido preguntarle antes de marcharme.

Ha apretado los dientes y ha apartado la mirada.

—Tenemos varios casos que prometen.

Varios casos. ¿Cuántas personas han muerto ya?

Cuando he llegado a casa, Meredith seguía dándole al mando de la consola. He subido al primer piso y me he parado delante de la puerta del cuarto de mamá, pero no la he oído toser ni estornudar. O sea, que a lo mejor no le pasa nada. Me he duchado, me he cambiado de ropa y he metido la muda que llevaba en la lavadora. Entonces he bajado a la cocina para ver qué podía hacer con la comida. Drew me ha encontrado allí.

—¿Dónde te habías metido? —me ha preguntado en cuanto he entrado—. Quería hablar contigo, pero mamá me ha dicho que no tenía ni idea de dónde estabas; Meredith solo sabía que habías salido. ¡No puedes largarte así, sin decirle nada a nadie!

Lo que me faltaba, como si no tuviera ya los nervios lo bastante destrozados. ¿En serio se creía con derecho a echarme la bronca por eso?

—¿Qué me estás contando? —le he soltado—. ¡Pero si tú te largas cada dos por tres!

—Tengo un buen motivo —ha contestado Drew—. Además, yo nunca... —ha empezado a decir, pero ha dejado la frase colgada y ha meneado la cabeza—. Mira, no quiero discutir ahora. Has vuelto y eso es lo importante. Será mejor que empecemos a prepararnos.

—¿Prepararnos? —he preguntado—. ¿Para qué?

—He encontrado una forma de salir.

Su respuesta me ha cogido tan desprevenida que me he quedado mirándolo y, finalmente, he dicho:

—¿Salir de dónde?

—De la isla, ¿de dónde va a ser? —ha contestado Drew, bajando la voz—. He logrado averiguar cosas. Si no nos hubiéramos quedado sin Internet, habría urdido un plan mucho antes. Sé que papá no querrá marcharse, pero estoy seguro de que, si logramos convencerla de que así podrá protegernos a nosotros y a Meredith, mamá nos acompañará. Aún estamos todos sanos, así que no veo qué impedimento... ¿Qué pasa, Kae?

Me he secado los ojos antes de que pudieran brotar más lágrimas.

—Mamá cree que está enferma —le he dicho—. Por eso he salido. He ido al hospital, para ver si encontraba a papá.

—¿Que está enferma? —ha preguntado Drew—. Pues cuando he hablado con ella no me lo ha parecido... Ha dicho que solo quería echar una siesta.

—No sé. A mí me ha parecido que estaba preocupada. No ha querido abrir la puerta para hablar contigo, ¿a que no? Supongo que papá le hará un análisis de sangre o algo, para estar seguros. Cuando llegue, claro.

Drew ha fruncido el ceño.

—No puede estar enferma —ha dicho; por la voz que ha puesto, parecía que hablaba más consigo mismo que conmigo—. ¡Pero si no sale casi nunca de casa! ¿Cómo quieres que haya cogido el virus? Está nerviosa, como todos. Papá le dirá que está bien y entonces hablaremos sobre si nos marchamos, ¿vale?

—Vale.

Debería haberme sentido aliviada de que pensara lo mismo que yo: que mamá no está enferma, solo nerviosa. Pero mamá no es una persona que se deje amedrentar por las preocupaciones. Además, aún no sabemos con certeza de qué formas se contagia el virus. Todos hemos estado fuera de casa. Podría haberlo traído cualquiera.

13 de octubre (más tarde)

Hace un rato he pasado por delante del cuarto de mamá y la he oído toser.

No tiene por qué significar nada, la tos se puede deber a muchas cosas. A lo mejor está tan nerviosa que se ha imaginado que le picaba la garganta. Eso pasa, es lo que se conoce como síntomas psicosomáticos.

He intentado hablar con ella, pero me ha dicho que estaba descansando y que no me preocupara. Le he respondido que le dejaba las pastillas que me ha dado Nell delante de la puerta y que se tomara una de cada. Ha abierto para cogerlas mientras yo bajaba las escaleras.

Al final no hemos preparado la cena. El pavo sigue encima del mármol, a medio rellenar. Son las ocho y media y papá aún no ha vuelto. ¿Dónde demonios está? La gente del hospital tiene a otros médicos. Estamos hablando de mamá; debería estar aquí.

Feliz día de Acción de Gracias.

15 de octubre

Leo:

A veces te envidio por haber podido salir de aquí antes de que empezara todo esto. Pero imagino que para ti debe de ser igual de horrible estar ahí, incomunicado, sin poder saber nada de tus padres, tu novia y tus amigos.

Me pregunto si alguna vez pensarás en mí.

Espero que por lo menos estés bien en Nueva York. Me he enterado por la tele de que ha habido varias muertes fuera de la isla; los periodistas aseguran que están relacionadas con el virus. También he visto que en cada informativo añaden un bloque dedicado a las medidas de precaución, pero el Gobierno no ha intentado poner Halifax ni Ottawa en cuarentena, de modo que imagino que la situación aún no es grave. En cualquier caso, seguro que no lo es tanto como aquí.

Hoy tengo buenas noticias. Esta mañana ha aterrizado otro helicóptero con provisiones. Y papá llegó tarde a la cena de Acción de Gracias porque el equipo en el que trabaja ha encontrado por fin una vacuna potencialmente útil. Algunos miembros de la OMS han abandonado ya la isla para probarla y, si funciona, empezar a producirla en masa. Y eso está muy bien, pero la vacuna no le servirá de nada a alguien que ya esté enfermo. Como mamá.

Ayer papá se llevó una muestra de sangre suya al hospital, para confirmar si tiene el virus. Mamá sigue sin salir de su cuarto; no la he vuelto a ver desde ayer, mientras preparábamos la cena de Acción de Gracias. Pero la oigo toser y estornudar a través de la pared. Papá le dio parte de la emulsión que han preparado con las plantas de Tessa y nos contó que los síntomas habían remitido un poco.

He estado hablando con ella a través de la puerta.

—Tú cuida de ti y de Meredith —me ha dicho—, y yo haré todo lo posible por curarme. Saldremos adelante.

Sin embargo, si habla durante demasiado rato le dan unos accesos de tos tan fuertes que no puede seguir, o sea, que no hemos hablado tanto como me habría gustado.

¿Y si no puedo volver a abrazarla nunca más?

Pero no puedo pensar esas cosas o me voy a volver loca.

Por lo menos hoy he hecho algo útil. Ayer papá me contó que habían extraído todo lo que habían podido de las dos plantas que trajo Tessa, de modo que hoy la he llamado. Tessa me ha contado que el resto de las plantas que habían brotado tenían buena pinta y esta tarde he ido a su casa a buscarlas.

Cuando me ha abierto la puerta me he sentido un poco incómoda, pues era la primera vez que la veía desde que encontré a aquella mujer en la casa de verano. A lo mejor se ha dado cuenta, porque ha dicho:

—Iba a llamarte, pero entonces he pensado que si yo fuera tú no querría que me recordaran nada de aquello. Aunque si quieres que volvamos a salir…

Solo de pensar en volver a pisar una de esas casas se me ha hecho un nudo en el estómago.

—No —le he dicho—. No creo que quiera volver a ir.

Y, sin embargo, me ha gustado saber que había estado pensando en mí. También me he sentido culpable por no haberme preocupado lo suficiente por ella, pero es que tengo la sensación de que Tessa nunca necesita ayuda.

Hemos llevado una docena de macetas al coche y de pronto hemos visto a un chico joven, de unos veinte años, que se acercaba por la calle, paseando como si tal cosa.

—¡Chicas guapas! —ha exclamado—. Justo lo que andaba buscando.

Entonces ha estornudado, pero la verdad es que nos habríamos metido en casa y habríamos cerrado la puerta aunque no hubiera estado enfermo.

—Y ese es el motivo por el que paso la mayor parte del tiempo aquí dentro o en el jardín —ha afirmado Tessa.

Entonces ha empezado a preparar el almuerzo para las dos. Yo he protestado, pero Tessa me ha asegurado que sola no conseguirá terminarse toda la comida que tiene antes de que se pase.

—Normalmente les daría lo que me sobra del huerto a los vecinos —me ha explicado—. Si quieres puedes llevarte algo a tu casa. Tengo varias lechugas que hay que arrancar ya o se echarán a perder, un montón de tomates a punto de reventar..., y creo que las judías también están maduras.

—No sabía que cultivabas verduras —le he dicho. No sé por qué, pero el día que vi el huerto solo me pareció ver plantas exóticas.

—Ah, pues sí —ha contestado Tessa—. Las flores y las plantas llamativas son de mi madre. Dijo que, si tenía que ocupar la mayor parte del jardín, por lo menos que el invernadero fuera bonito. Pero mi principal interés son las verduras corrientes. ¿Sabías que las grandes empresas agrícolas han reducido la diversidad del acervo genético de casi todas? Eso significa que si una plaga atacara una variedad concreta de cereal, de brócoli o lo que sea, podríamos quedarnos sin esa verdura para siempre.

Mientras volvíamos al invernadero a recoger algunas verduras, Tessa me ha contado muchas más de sus opiniones sobre las grandes empresas agrícolas y la genética de las plantas. Me ha resultado extraño oírla hablar en términos tan vehementes. Ver un niño muerto no la afecta, pero no veas cómo se exalta hablando de maíz y brócoli.

—Caray —he dicho finalmente—, debes de haberte documentado un montón.

Tessa ha asentido con la cabeza.

—Quiero ayudar a revertir el proceso. He estado trabajando en distintas variedades de una serie de verduras. Algún día tendré mi propia plantación, tal vez aquí, en la isla, y me dedicaré a proporcionar semillas nuevas a los demás agricultores.

Y mientras la escuchaba he entendido por qué te enamoraste de ella, Leo. La forma en que Tessa habla de su invernadero me ha recordado tu modo de hablar de la danza. Los dos tenéis una pasión que casi nadie comprende.

Mi gran objetivo es salir a la naturaleza y estudiar los lobos árticos y los pumas. Tessa, en cambio, planea salvar el mundo entero.

Supongo que eso es lo que le permite conservar la cordura mientras vive aquí a solas, sin saber cuándo podrá volver a ver a sus padres. Sin embargo, más tarde, ya en el vestíbulo (mientras yo hacía malabarismos con todas las verduras que llevaba en brazos), me ha mirado con sus ojos azulísimos, y por un momento he tenido la sensación de que se sentía perdida. Me ha parecido que tenía que hablar.

—Oye —le he dicho—, estoy segura de que a mis padres no les importaría que vinieras a vivir con nosotros. En casa no hay demasiado espacio, pero por lo menos…

«Por lo menos no estarás siempre sola», iba a decir, pero en el último momento me he parecido que si insinuaba que no era capaz de cuidar de sí misma a lo mejor se lo tomaba mal. Y entonces me he acordado (pues había logrado olvidarme) de mamá.

—Bueno —he añadido—. El único problema es que mi madre se ha puesto enferma, o sea, que… No sale de su cuarto, quiero decir que no te va a toser en la cara ni nada parecido…, pero si crees que no es seguro…

Me ha sorprendido que fuera capaz de seguir mi razonamiento, pues me ha costado incluso a mí. Tessa ha esperado hasta que me he quedado sin palabras, y entonces ha dicho:

—Gracias, Kaelyn. En serio. Pero prefiero quedarme aquí. No es por tu madre ni por nada de eso. Tengo que encargarme del invernadero y quiero que mis padres me encuentren en casa cuando los teléfonos vuelvan a funcionar, o si les dan permiso para volver a casa. —Ha hecho una pausa—. Tu madre… ¿va a ponerse bien?

Han bastado esas palabras para que se me llenaran los ojos de lágrimas. Los he cerrado un momento y he respirado hondo.

—No lo sé —he respondido.

Tessa ha mirado al suelo, luego a mí y finalmente ha dicho:

—Bueno, espero que las plantas sirvan de algo. Tu madre tiene más posibilidades de curarse que nadie, ¿no? Tendrá a tu padre como médico particular y, además, sois tan precavidos que seguro que detectasteis los síntomas y empezasteis el tratamiento enseguida. Si alguien puede curarse, es ella.

No ha sido un abrazo, ni tampoco un alud de solidaridad, pero ese tampoco habría sido el estilo de Tessa, ¿verdad? He vuelto a casa en coche, dándole vueltas a sus palabras; no me había sentido tan serena desde que mamá se encerró en su cuarto. Si Tessa, la Eternamente Racional, puede concebir esperanzas, imagino que yo también puedo.

16 de octubre

Últimamente es como si se hubiera alzado un muro de niebla cada vez más denso entre nosotros y el continente. Lo que dicen en la tele no es de fiar. Hay gato encerrado, como le gusta decir a Drew. En Internet sabes que estás leyendo a personas de verdad, hablando de lo que realmente les pasa. Tenía la esperanza de que cuando el helicóptero del Gobierno regresara, nos traería también las piezas necesarias para reestablecer las comunicaciones de larga distancia y la conexión a Internet, pero imagino que el jaleo es tan tremendo que el mensaje se perdió por el camino. Sea como sea, las piezas que necesitamos no llegaron con el último envío.

Cuando se lo pregunté a papá, él se mostró casi sorprendido, como si se le hubiera olvidado que un día tuvimos Internet en casa. Probablemente sea porque el hospital tiene una antena parabólica que nunca ha dejado de funcionar.

—He hablado varias veces con vuestros abuelos y están bien —dijo—. No puedo llamarles más a menudo porque el hospital quiere mantener las líneas abiertas por si llega algo importante.

Tiene sentido. Durante un segundo me pregunté si el hospital tendría las mismas restricciones en lo tocante a Internet, aunque dudo mucho que papá me dejara ir allí para navegar por la Red.

Últimamente pasa casi todo el tiempo en el dormitorio, con mamá, vestido con una de esas batas de plástico que lleva el personal del hospital; la lleva para evitar que el virus se propague cuando sale del cuarto. Por tal motivo, aunque esté en casa no he tenido ocasión de hablar demasiado con él.

Mamá no ha empeorado. Hoy papá ha salido un momento para ir al hospital y yo me he sentado junto a la puerta de su cuarto y le he estado contando algunas de las historias de Mackenzie sobre gente famosa. Mamá no tosía tanto como hace un par de días e incluso se ha reído un par de veces, como si se encontrara mejor. Eso tiene que ser buena señal, ¿no?

Al cabo de un rato ha dicho que le estaba entrando fiebre y que quería echarse.

—Te quiero, Kaelyn —ha añadido antes de que me marchara—. Recuérdalo siempre, ¿vale?

Es algo que mamá dice a menudo, pero ahora es distinto. Le he contestado que yo también la quiero y se me ha hecho un nudo en la garganta.

El resto del tiempo he estado encargándome de Meredith. Los hurones están agotados de tanto jugar y ya hemos visto la mitad de los DVD de *Los Simpson* de Drew. Como mostró interés por los coyotes, he decidido ponerle una de mis series de documentales de animales, pero después del primer capítulo me he dado cuenta de que no era una buena idea. Nunca antes me había fijado en lo deprimentes que pueden llegar a ser esos documentales: siempre hay algún animal al que quieren cazar, o que tiene que luchar contra los elementos. Me ha recordado demasiado la situación en la que nos encontramos ahora mismo.

Esta tarde, mientras la preparaba para acostarla, hemos oído un chillido horrible fuera de casa. Por suerte esta vez sí se trataba de mapaches: eran dos y estaban peleándose junto al seto.

—¿Por qué están tan enfadados? —ha preguntado Meredith.

—No lo sé —he contestado—. Probablemente uno de ellos esté defendiendo lo que considera su territorio. A veces también suenan así cuando buscan..., ehhh..., novia. Aunque es un poco pronto para eso.

Los hemos estado observando hasta que han dado la vuelta al seto y hemos dejado de verlos. Se me hace extraño pensar que para los mapaches el mundo sigue como siempre.

17 de octubre

Claro está, como mamá está enferma no vamos a poner en práctica el plan secreto de Drew para salir de la isla. Últimamente mi hermano se pasa el día encerrado en su cuarto o fuera de casa. Ahora ya no tiene que salir a escondidas: mamá no está en condiciones de controlar si entra o sale, y papá tiene toda su atención centrada en ella. No sé qué se trae Drew entre manos. Tal vez quiera asegurarse de que todo está en su sitio, por si mamá se recupera y nos podemos ir.

Sin embargo, también debe de haberse dado cuenta de que cada vez me cuesta más entretener a Meredith durante todo el día, ya que esta mañana se ha ofrecido a enseñarle un juego de ordenador por el que la niña ha mostrado interés un par de veces y del que hasta hoy Drew aseguraba que era demasiado difícil para ella.

Yo he intentado ver una de mis películas de Hitchcock, pero en cuanto ha aparecido el primer cadáver se me ha hecho un nudo en el estómago y he tenido que dejarlo. He sacado el libro de matemáticas, que me ha parecido menos peligroso, me he instalado en el comedor y he empezado a estudiar el siguiente capítulo. Llevo ya un tiempo evitando el álgebra, pero sé que si no practico un poco se me olvidarán todas las fórmulas y tendré que volvérmelas a aprender desde cero. Aunque la vida nunca vuelva a ser normal aquí en la isla, tengo que pensar que algún día volveré a ir a clase en alguna parte. De otro modo, tengo la sensación de que me estoy rindiendo.

En cuanto he empezado, me he dado cuenta de que hacer operaciones con números y resolver incógnitas resulta extrañamente reconfortante. Mientras tanto, oía la música clásica de mamá a través del techo, y las dos cosas se combinaban y adquirían un ritmo particular.

Llevaba un par de páginas cuando ha sonado el timbre. Tenía la cabeza tan llena de números que me he levantado a abrir sin pensar. Sin embargo, al coger el pomo de la puerta me he dado cuenta de que no podía abrir así, sin más.

La puerta de nuestra casa no tiene cristal, así que me he acercado a la hoja y he preguntado:

—¿Quién es?

Esperaba que fuera Nell, que traía algo para papá, o Tessa con más plantas. O cualquier otra persona, en realidad, excepto algún vecino excesivamente eufórico con ganas de charlar y estornudarme encima.

—¿Kaelyn? —ha preguntado una voz al otro lado de la puerta—. Soy Gav. Hablamos en el parque hace un par de semanas, sobre tu padre, ¿te acuerdas?

Lo primero que me ha venido a la mente ha sido el colmado, y cómo Quentin rompió el escaparate y nos amenazó a mí y a Meredith. He tenido un acceso de pánico antes incluso de poder pensar. Pero entonces me he dicho que no tenía ningún sentido que Gav quisiera saquear nuestra casa cuando seguramente tenía ya los productos de todas las tiendas de la ciudad. Además, si hubiera venido a robar no habría llamado a la puerta.

—¿Qué quieres? —le he preguntado.

—Necesito que me ayudes con una cosa —ha contestado.

—Creo que no me interesa —le he respondido. No me he dado cuenta de lo enfadada que estaba hasta que he pronunciado esas palabras. Tenía los puños apretados.

—¿Qué quieres decir? —ha preguntado Gav.

—Quiero decir que sé a qué te dedicas y que lo último que quiero es ayudarte. Que el Gobierno haya retrasado el envío de víveres no te da derecho a entrar en las tiendas y quedarte con lo que te apetezca.

Ha habido una breve pausa y entonces Gav ha contestado:

—Eso no es verdad. No sé con quién has hablado, pero…

—No he hablado con nadie —lo he cortado—. Lo vi con mis propios ojos. Y entonces uno de tus amigos amenazó con hacernos daño a mí y a mi prima de siete años porque la niña se atrevió a decirle algo.

—¿Cómo? —ha preguntado entonces, sorprendido—. Oye, Kaelyn, eso no es... No deberían haber actuado así. Y el resto te lo puedo explicar. ¿Me dejas entrar o prefieres salir tú?

En realidad él no estaba en el colmado y era posible que no supiera todo lo que había sucedido. Además, me preocupaba que Drew o Meredith pudieran oírme gritar a través de la puerta, pero es que no era nada fácil saber si Gav estaba siendo sincero sin verle la cara.

—Acércate a la ventana —le he dicho.

Cuando he llegado a la sala de estar, él ya estaba al otro lado del cristal. La luz del sol lo iluminaba por la espalda, por lo que dudo que lograra ver algo más que su propio reflejo. Estaba ahí, en el porche, con expresión seria y las manos en los bolsillos de su sudadera con capucha.

No sé por qué, pero lo recordaba más alto, aunque en realidad me saca solo unos centímetros. Pero lo más importante es que parecía perfectamente sano: no tenía la nariz roja, ni la mirada febril, ni la piel irritada de tanto rascarse. No lo había oído toser ni estornudar a través de la puerta, así que me he dicho que en lo tocante al virus no entrañaba ningún peligro. Tenía una mancha en la frente, que parecía de aceite de motor, y varias motas en el pelo leonino, que llevaba más largo que la última vez que lo había visto. Al cabo de un rato se ha vuelto los bolsillos del revés, como diciendo: «Mira, no escondo nada».

Me he acercado otra vez hasta la puerta, la he abierto y me he asomado.

—Vale, pasa —le he dicho—. Pero solo unos minutos.

Él ha sido muy educado, se ha quitado los zapatos, los ha dejado en la esterilla y ha echado un vistazo dentro de la casa para asegurarse de que no había nadie más a quien tuviera que saludar. Tenía una actitud atenta, como de gato montés, tranquila y cautelosa al mismo tiempo. Me ha gustado constatar que se comportaba con la misma precaución que yo sentía que debía adoptar ante él.

He apartado los libros de matemáticas de la mesa y nos hemos sentado.

—Bueno —ha soltado entonces—, ¿quién te amenazó?

Le he contado que había visto a los chicos con la furgoneta, que Quentin había asaltado la tienda de productos electrónicos y cómo Meredith lo había acusado de robar. Gav me ha escuchado en silencio y solo ha reaccionado cuando le he repetido las palabras de Quentin. Entonces ha tensado la mandíbula y ha colocado las manos encima de la mesa.

—Voy a hablar con Quentin —ha dicho en cuanto he terminado—. Y me aseguraré de que devuelva todo lo que se llevó. A lo mejor tendrá que buscarse otro grupo de amigos.

Hablaba con un gran aplomo, como si no fuera a costarle nada obligar a Quentin a hacer lo que él quería, como si este no le sacara varios kilos y centímetros. Me he preguntado qué debía de haber hecho exactamente Gav para convertirse en el líder del grupo.

—Bueno, pero eso no disculpa que os apropiéis de toda la comida —le he respondido—. Bastantes problemas tiene ya el hospital para intentar mantener a la gente con vida como para, encima, tener que preocuparse porque pueda morirse de hambre si el próximo envío de alimentos se retrasa. ¿Por qué deberías quedarte con todos los excedentes?

—No me los quedo —ha contestado Gav—. Solo intento ayudar. Después de lo del muelle tuve la sensación de que la gente se estaba poniendo histérica. ¿Y si se producía un ataque de pánico colectivo? ¿Y si la gente empezaba a arramblar con todo lo que podía?

—De modo que decidiste ser tú quien arramblara con todo —le he soltado.

—Bueno, más o menos —ha admitido Gav—. Pero la comida no es solo para nosotros. En aquel momento ni siquiera podíamos estar seguros de que el Gobierno fuera a enviar otro cargamento. Y hoy tampoco podemos estar seguros de que el que acaba de llegar no será el último. Los del Ayuntamiento solo reparten las provisiones entre las personas que acuden a buscarlas en persona, pero ¿y qué pasa con la gente que está demasiado asustada para salir de casa? Nosotros tenemos un plan mejor. Hemos trasladado todos los alimentos no perecederos a un almacén del puerto al que tiene acceso el padre de Vince. Día sí, día no, salimos con la furgoneta a echar un vistazo por las casas y nos aseguramos de que todo el mundo tiene comida suficiente; si alguien no tiene, le damos un poco más. Incluso pasé por aquí la semana pasada. Estuve hablando con tu madre. La idea es garantizar que todo el mundo recibe parte de la comida.

Su explicación ha sido tan distinta a la que esperaba que durante un momento no he sabido qué decir.

—¿En serio? —le he preguntado—. ¿Robasteis toda la comida del colmado para luego repartirla entre la gente?

Gav se ha encogido de hombros y ha dicho:

—Siempre que hay un desastre de este tipo pasa lo mismo: los que mandan piensan en ellos antes que en nadie más. Los militares están más preocupados por mantenerse lejos del peligro que por asegurar que la comida llega a todo el mundo. Los del Ayuntamiento pasan de todo, de modo que los demás debemos pelearnos por los restos o hacer algo positivo. En mi opinión, cuanta más gente se dedique a ayudar, más probabilidades tenemos de salir de esta.

No estoy segura de que las palabras de Gav fueran justas, sobre todo teniendo en cuenta que el Gobierno ha mantenido su parte del trato. Además, supongo que las personas que tienen algún tipo de responsabilidad en la isla están muy ocupadas con la crisis hospitalaria. En cualquier caso, lo que hace Gav no es muy distinto de lo que hicimos Tessa y yo con las medicinas.

—¿Y cómo crees que puedo ayudar? —le he preguntado.

Gav ha esbozado una sonrisita que podría haber pasado por un gesto de chulería, pero que a mí me ha parecido tan solo una señal de que se alegraba de que estuviera dispuesta a escucharlo.

—Bueno, de entre todas las personas que conozco eres la mejor situada para saber realmente lo que está pasando, gracias a tu padre —ha dicho—. Pero hoy he venido porque la última vez que estuve aquí tu madre me comentó que trabajaba en la gasolinera. Tenemos la camioneta y varios coches, y todos han empezado a quedarse sin carburante. He venido para ver si puedes convencerla de que abra la gasolinera unos minutos para que podamos repostar.

He abierto la boca, pero he vuelto a cerrarla enseguida y he tragado saliva. Si le contaba por qué mi madre no podía ir a la gasolinera, seguro que se me llenaban los ojos de lágrimas y la situación se volvía incómoda. ¿De qué habría servido eso? Además, Gav no necesitaba a mi madre: tras su último turno, había dejado la llave de la cafetería junto a la puerta principal, por si alguno de nosotros necesitaba echar gasolina en el coche y ella no estaba.

—Si quieres —ha añadido Gav al ver que no respondía—, te lo puedo enseñar todo. Así verás lo que hacemos. Son solo diez minutos a pie.

Entonces se ha oído un crujido en las escaleras y Drew ha asomado la cabeza por la puerta.

—¿Con quién hablas, Kae...? —ha empezado a decir, pero al ver a Gav ha callado en seco.

—Weber —ha dicho Gav, asintiendo con la cabeza.

—Reilly —ha respondido Drew, en tono tenso—. No sabía que fuerais amigos.

No era que en cualquier momento pudieran lanzarse uno sobre otro, directamente a la yugular, pero tampoco parecía que entre ellos hubiera muy buen rollo. Entonces me he levantado.

—Íbamos a salir —he anunciado—. Vuelvo enseguida.

Ya fuera, me he dicho que debería haber cogido una chaqueta más gruesa. El frío otoñal ya se deja sentir y mi cazadora solo me protegía en parte. Gav se ha metido las manos en los bolsillos. Parecía muy tranquilo.

—¿Tienes algún problema con Drew, o él contigo? —le he preguntado.

—No tiene nada que ver con él —ha respondido—. De hecho, me parece buen tío. Pero no me llevo muy bien con uno de sus amigos y..., en fin...

Me he preguntado si, en este caso, «no me llevo muy bien con uno de sus amigos» significaba «nos pegamos palizas regularmente». Las palabras me han salido de la boca antes de que pudiera hacer nada por contenerlas:

—He oído que tenéis una especie de club de la lucha. Con Quentin y esos...

—Sí, bueno —ha contestado Gav, pasándose la mano por el pelo—, las cosas han salido así. Algunos de los chicos limpiamos las piscinas, cortamos el césped y hacemos otros trabajitos en las casas de veraneo. Cada año había un chico de nuestra edad que venía con su familia y se dedicaba a meterse con nosotros. Yo me limitaba a ignorarlo, pero el año pasado Warren se cabreó con él y al final le pegó un puñetazo. Y el tío respondió: le rompió la nariz y le hizo saltar un diente; le pegó una paliza considerable. Para colmo, los padres del tío le descontaron parte de la paga a Warren por no haber terminado el trabajo.

—Qué mal —he respondido, con un escalofrío.

—Pues sí —ha asentido Gav—. En todo caso, me pareció que este verano uno de nosotros tenía que pararle los pies. Warren no se mostró muy entusiasta después de lo de la última vez, por lo que me dije que lo haría yo mismo. Empecé a mirar vídeos sobre técnicas de combate, por Internet; ni te imaginas lo que puedes llegar a encontrar. Le pedí a Warren que me ayudara a practicar algunos de los movimientos. Él se lo contó a un par de amigos y pronto empezamos a entrenar todos juntos. Alguien debió de comentar el tema, porque de repente chicos a los que yo ni siquiera conocía, como Quentin, empezaron a preguntarnos si podían participar. Al cabo de nada éramos diez. A lo mejor suena estúpido, pero la verdad es que quemas mucha adrenalina. Además, ¿qué hay de malo en aprender a defenderse?

—Supongo que nada —he admitido—. Si alguien me atacara, no tendría ni idea de qué hacer.

Hasta ese momento ni siquiera me había planteado que eso pudiera suceder. ¿Qué iba a hacer si estaba fuera de casa y alguien se me echaba encima en plena alucinación? ¿Y si un tío como Quentin intentaba golpearme con un tablón de madera? Me gustaría sentir que puedo defenderme, y también a Meredith, si tengo que hacerlo.

—Si quieres —ha sugerido Gav—, un día puedo pasarme por tu casa y enseñarte un par de cosas.

—Vale —he respondido—. Estaría muy bien.

Entonces me he dado cuenta de que no había terminado la historia.

—¿Al final le diste su merecido al turista ese? —le he preguntado.

—Pues no. Se ve que este año se ha quedado en casa.

A medida que nos acercábamos al muelle, el viento era cada

vez más frío y húmedo, y olía vagamente a pescado. Gav ha señalado una hilera de almacenes que había ante nosotros y que se utilizaban para guardar los aparejos de pesca durante el invierno. Aunque los edificios han conocido mejores épocas, seguramente tiene razón cuando dice que la comida está más segura allí que en la tienda. Por mucho que la pintura esté desconchada, y los tablones de madera, agrietados, los almacenes tienen solo unas cuantas ventanitas y unas puertas grandes y robustas.

La furgoneta que había visto en el colmado estaba aparcada en la parte de atrás de uno de los almacenes. Dentro de la cabina había una figura con el pelo negro y la cabeza inclinada encima de una libreta.

—¡Eh, Warren! —ha exclamado Gav; cuando el otro ha levantado la cabeza, me ha señalado con el pulgar—. Te presento a Kaelyn.

Warren ha salido de la furgoneta, se ha colocado la libreta debajo del brazo y me ha dado la mano, como si fuera una reunión de trabajo. Warren es más alto que Gav y también más ancho de espaldas, aunque tiene más aspecto de panda que de oso pardo. También su voz es delicada.

—Me alegro de conocerte —ha dicho.

—¿Estás trabajando en el horario? —le ha preguntado Gav, que a continuación se ha vuelto hacia mí—. Tenemos previsto hacer otra ronda esta tarde.

Warren ha asentido con la cabeza. Al inclinarse para enseñarnos la libreta, el pelo del flequillo le ha cubierto los ojos. En las hojas de cuadros había una tabla dibujada, dividida por días y direcciones, con recuadros marcados y unas notitas escritas con una caligrafía diminuta en las que podía leerse «4 de sopa», «1 de guisantes» o «esperar 1 semana».

—He tachado todos los lugares en los que no hemos obtenido respuesta las tres últimas veces —ha explicado Warren—. Eso nos permitirá ahorrarnos algo de tiempo.

—Caray —he dicho, mirando a Gav—. Estáis realmente organizados.

Parecía que estaban mucho mejor informados de quién seguía ahí y de quién necesitaba ayuda que yo con mi lista de teléfonos oficial.

—Es cosa de Warren —ha respondido Gav, que ha vuelto a esbozar la sonrisita de antes—. Yo soy el tipo de las ideas, pero el verdadero cerebro es él.

—Oye, que para tener ideas también hace falta cerebro —ha protestado Warren, enarcando las cejas, aunque se ha puesto colorado por el cumplido.

De repente, bajo el sol y en compañía de aquellos dos chicos, apoyados en la furgoneta, he tenido la sensación de que todo iba a salir bien: si el Gobierno decidía dejar de apoyarnos, saldríamos adelante sin su ayuda. Cuidaríamos unos de otros y sobreviviríamos a la epidemia, aunque nuestros héroes fueran un puñado de adolescentes que pasaban su tiempo libre buscando nuevas formas de dejarse nocaut.

—Vale —he dicho entonces—, vamos a buscar gasolina. ¿Podéis llevar la furgoneta y el resto de los vehículos a la gasolinera dentro de..., pongamos, una hora?

Los surtidores funcionaban, tal como mamá había predicho. Warren ha traído la furgoneta, y Gav y un par de amigos más han traído sus coches. Los he observado a través de las ventanas de la cafetería mientras repostaban. Cuando Gav ha venido a darme las gracias, le he pedido que se llevara algunas de las mascarillas sobrantes.

Entonces han ido a llevar comida a los necesitados. Por mi parte, me he marchado a casa.

Al llegar, he apartado la cama plegable de Meredith, la he llamado a mi cuarto y he puesto música de baile que hace siglos que no escucho. Porque si no celebramos las cosas que van bien, ¿qué sentido tiene resistir?

18 de octubre

Nada de bailes hoy. Mamá ha empeorado.

Papá ya debía de saber que pasaría, porque me ha dicho que iba al hospital solo a echar un vistazo, pero que volvería al cabo de un par de horas. Lleva encima el busca que rescató la semana pasada de no sé dónde y me ha repetido unas diez veces que lo avisara si pasaba algo.

En ese momento he creído que se trataba tan solo de uno de sus momentos paranoicos, pero he terminado contagiándome de su estado de ánimo. Después de que se marchara, estaba lavando los platos en los que hemos comido Meredith y yo cuando he empezado a preguntarme hasta qué punto nuestra cocina es segura. Quiero decir, mamá estaba aquí cuando se dio cuenta de que estaba enferma. Aunque aún no hubiera desarrollado los síntomas de forma visible, ¿era posible que hubiera dejado el virus en algún lugar de la casa? ¿Por qué no se me había ocurrido preguntárselo a papá? El virus podía estar en cualquier parte.

He empezado a darle vueltas al asunto y de repente me he descubierto a mí misma pensando en los buitres. Aunque se pasen el día posados encima de animales muertos, casi nunca se ponen enfermos gracias a que tienen una orina extremadamente ácida, que mata cualquier bacteria que intente escalar por sus patas. Y eso, aunque es asqueroso, al mismo tiempo mola. Sería la mar de práctico si pudiéramos mearnos encima y, *voilà*, ¡protegidos!

Solo de pensarlo me ha entrado una risa histérica; supongo que por eso no he oído a mamá bajar por las escaleras.

Ha entrado sigilosamente en la cocina y me ha abrazado. He olido su perfume preferido, a vainilla y bayas, aunque el olor era demasiado fuerte, como si se hubiera rociado entera con él. Le he devuelto el abrazo con timidez. Llevo días hablando con ella a través de la puerta, ¿cómo podía quitármela de encima?

Sin embargo, mientras me abrazaba he comprendido con un escalofrío el significado de su repentina presencia: mamá nunca habría bajado a la cocina si hubiera estado en su sano juicio. Así pues, había empeorado. Ninguno de los tratamientos ha logrado detener el curso de la enfermedad. El virus sigue penetrando en su cerebro y no podemos hacer nada por evitarlo.

—¡Kaelyn! ¡Hacía una eternidad que no te veía, cariño! —ha dicho mamá, acercando la mejilla a mi frente: estaba ardiendo.

Entonces ha vuelto la cabeza para estornudar y ha tosido varias veces cubriéndose la boca con el brazo, como siempre nos enseña papá. Supongo que, aunque el virus te afecte la cabeza, algunos hábitos perduran.

Habría querido llamar a Drew y pedirle refuerzos, pero mi hermano estaba en la sala, jugando a un videojuego con Meredith. Lo más importante era mantener a la niña alejada. Si se enteraba de que mamá estaba en el piso de abajo seguro que querría verla. Y si le recordaba a mamá que Meredith estaba en casa era más que probable que de pronto le entraran unas ganas irrefrenables de abrazar también a su sobrina.

Estaba aterrorizada: por mamá, por mí, por Meredith... Pero al mismo tiempo me sentía... aliviada por verla. Era como si una parte de mí hubiera empezado a creer que mi madre ya no existía más que como una voz detrás de una puerta y, de pronto, tuviera la prueba de que no era así.

—Yo también me alegro de verte, mamá —le he dicho, pensando que si conservaba la calma a lo mejor lograría que también ella se tranquilizara un poco—. Vayamos al piso de arriba.

Pero mamá ha puesto mala cara.

—Estoy harta de estar arriba —ha afirmado—. ¿Sabes cuánto tiempo llevo allí? No me importaría nada que la casa ardiera para no tener que volver a ver ese dormitorio.

—Pero entonces no tendríamos dónde vivir —he respondido—. Ven, te prepararemos un baño con ese aceite que tanto te gusta. ¿Cuándo fue la última vez que lo utilizaste?

Mi madre ha soltado un soplido y ha puesto los brazos en jarras.

—Eres igualita que tu padre —ha soltado—, hablándome como si fuera una niña.

—Solo intento ayudarte —le he contestado.

—Seguramente no te ha importado que haya pasado todo ese tiempo ahí arriba, encerrada. No entiendo cómo mi hija puede haberse convertido en una persona tan fría. Hablar contigo estos últimos años ha sido un suplicio. Piensas que estaríais mejor si me muriera y dejara de preocuparos, ¿verdad?

Se me han llenado los ojos de lágrimas y mi plan por conservar la calma se ha ido al traste. No me podía creer que hubiera dicho eso, por más enferma que estuviera.

—Pues claro que no, mamá —le he contestado—. Yo solo quiero que te cures.

—He intentado ser paciente —ha seguido ella, sacudiendo la cabeza—. He intentado darte más espacio. ¿Y así es cómo me lo agradeces? ¿Diciéndome: «Mamá, vuelve a tu cuarto y déjame sola»?

—Yo no he dicho esto —he replicado, pero entonces mi madre se ha vuelto hacia la sala de estar y a mí me ha entrado el pánico. Me he colocado delante de ella y he intentado llevármela hacia el otro lado—. Pues entonces salgamos al jardín —le he dicho—. Te vendrá bien un poco de aire fresco.

Creo que si en aquel momento no llega a darle un acceso de tos, me habría apartado de un empujón. He tardado un segundo en secarme los ojos y entonces le he puesto una mano en la espalda y la he acompañado hacia el otro lado de la casa.

—Tranquila —le he dicho—. Papá llegará pronto y te traerá medicamentos. Ya verás como te sientes mejor.

—Estoy harta de medicamentos —ha contestado, con voz ronca—. No sirven de nada. ¿Por qué no está aquí? Quiero hablar con él. ¿Está en el hospital? Iré a buscarlo.

Ha pasado junto a mí antes de que yo tuviera tiempo de detenerla, pero en cuanto ha llegado al vestíbulo, conmigo pisándole los talones, se ha abierto la puerta de casa: era papá.

—¡Gordon! —ha exclamado mamá, que se ha lanzado sobre él como había hecho conmigo unos minutos antes.

—Toma, Grace, te he traído algo —ha dicho él con dulzura, aunque me he dado cuenta de que le temblaba la voz.

Mientras se la llevaba escaleras arriba, he oído a mi madre susurrar:

—Tengo tanto miedo...

No sé qué debe de haberle dicho para convencerla de que se metiera en su cuarto, pero en cuanto he oído que se cerraba la puerta, me he largado corriendo al baño y me he metido bajo la ducha con ropa y todo. Cuando el agua ha salido caliente y humeante, me he frotado con jabón por todas partes, me he quitado la ropa y me he vuelto a frotar. Y entonces, cuando ya había frotado en todas partes excepto dentro de la boca y debajo de los párpados, me he echado a llorar.

He abrazado a mi madre por primera vez en una semana y me he quedado totalmente petrificada. He aquí en lo que se ha convertido mi vida.

Papá dice que el virus elimina las inhibiciones de la gente. Lo que no ha mencionado es si las cosas que dicen en ausencia de dichas inhibiciones son necesariamente ciertas. O sea, mamá no quiere de verdad que la casa se incendie, ¿no? Y tampoco puede ser que esté tan cabreada conmigo, ¿verdad? Vale, no le he contado ni la mitad de las cosas que me han pasado desde que nos mudamos a Toronto. Nunca le confesé lo sola que me he sentido, ni lo mucho que me ha costado encajar, ni tampoco que me había peleado contigo, Leo. Pero ¿qué adolescente no le oculta cosas a su madre? No es justo. ¿Cómo podía esperar que se lo contara todo?

¿Cómo puede pensar que quiero que se muera?

19 de octubre

Papá ha cambiado el cerrojo de la puerta del dormitorio. Anoche le dio a mamá algo para ayudarla a dormir, pero hoy ella se ha pasado el día intentando hacer girar el pomo y llamándonos uno por uno, rogándonos que alguien le abriera y la dejara salir o, por lo menos, que entrara a hablar con ella. Meredith ha intentado abrir la puerta en una ocasión, pero por suerte papá se había llevado la llave, para evitar justamente que pudiera pasar tal cosa.

—Pero suena tan triste… —me ha dicho Meredith.

—Ya lo sé —he respondido—, pero está muy muy enferma; lo mejor para todos, también para ella, es que se quede donde está. No queremos que salga a pasear por la calle, ¿verdad?

Eso es lo que digo, pero en realidad también me siento fatal. Es como oír a un gato o un mono arañando los barrotes de su jaula en un anuncio de una campaña contra la experimentación animal. Solo que en esta ocasión es un millón de veces peor, porque no se trata de un animal, sino de mi madre, que hasta hace dos días hablaba con nosotros como si fuera un ser humano racional.

No he vuelto a decirle nada desde ayer. No puedo. He hecho lo posible por fingir que ni siquiera la oigo. Sé que ya no es ella misma; que está ahí, pero que ya se ha ido.

A lo mejor también me asusta que pueda decir algo más sobre mí. Y eso me convierte en una hija absolutamente horrible, ¿no?

Esta tarde, Drew ha estado un rato hablando con ella, sentado al otro lado de la puerta; más tarde ha pasado por delante de mi cuarto y me he dado cuenta de que tenía los puños cerrados y pestañeaba rápidamente. Se ha largado al cabo de media hora y aún no ha vuelto.

Papá se ha quedado en casa desde que mamá se puso tan mal, pero ayer pasó la noche en el sofá. Esta mañana tan solo ha entrado a verla durante un rato. Cuando ha salido la he oído gritando, o sea, que supongo que también debe de haberle soltado alguna a él.

Luego se ha pasado el día sentado a la mesa del comedor con el portátil, leyendo varios documentos y frotándose la cara. Tiene el pelo descuidado, pues no se lo ha cortado desde el verano. Hace nada tenía un aspecto muy joven para un padre, con su pelo castaño claro que oculta las canas que pueda tener, pero últimamente tiene la piel tan pálida que parece que se esté destiñendo.

Le he preparado unas tostadas con atún aprovechando que me estaba haciendo unas para mí, pues no sé si come lo que tiene que comer. Además se nos ha terminado el pan. Me he sentado delante de él y hemos comido sin decir palabra. Apenas ha levantado los ojos del ordenador. Cuando el silencio se me ha hecho insoportable, he apartado el plato y me he obligado a decirle:

—No se va a curar, ¿verdad? Las plantas especiales, los medicamentos... no funcionan, ¿verdad?

Se me ha quedado mirando como si acabara de abofetearlo. Preferiría no haber dicho nada. Pero la pregunta me rondaba por la cabeza desde ayer, cada vez con mayor insistencia. Necesitaba una respuesta.

—No lo sabemos —ha respondido en voz baja—. En el hospital ha habido un par de personas que se han recuperado. Estamos haciendo lo que podemos.

Se me ha hecho un nudo en el estómago.

—Un par de personas —le he espetado—. ¿Ha habido no se cuántos casos y solo se han curado dos personas? ¿Y qué te hace pensar que mamá va a tener tanta suerte?

—La alternativa es rendirse —ha contestado—. Y eso no pienso hacerlo.

Aunque no lo he dicho, me pregunto si no sería más fácil

rendirse. Más fácil que poner todo el alma y todas las energías en librar una batalla imposible. Porque mi padre también parece que esté medio muerto.

Sin embargo, hace un par de horas estaba con Meredith en el sofá cuando esta se ha apoyado y me ha preguntado:

—¿Se va a curar la tía Grace?

—Pues claro —le he respondido—. No hay virus capaz de tumbarla.

O sea, que ahora, además de una mala hija, también soy una mentirosa.

21 de octubre

Esta tarde hacía tanto sol que hemos salido todos juntos al jardín. Por lo menos nos hemos convencido de que era por eso, aunque sospecho que el motivo principal era que desde ahí no se oye a mamá.

Papá se ha sentado en el columpio con el ordenador en el regazo, y Drew, Meredith y yo hemos empezado a pasarnos el *frisbee*. Entonces, en una rara muestra de benevolencia, Drew le ha dicho a papá que si no se tomaba un respiro iba a fundírsele el cerebro; le ha preguntado si le apetecía jugar un rato a pasarse la pelota de béisbol. No lo hacían desde que nos mudamos a Toronto; de hecho, creo que Drew no le había preguntado a papá si quería hacer algo con él desde que lo pilló con su novio. Así pues, papá se ha levantado y se ha puesto el guante.

Justo en ese momento ha pasado volando el helicóptero de una cadena de noticias, tan cerca que casi podía ver la cámara, observándonos. Meredith ha levantado los ojos y ha fruncido el ceño por el ruido.

—¿Qué hacen? —ha preguntado.

—Comprobar que estemos bien —he respondido.

He tenido que reprimir las ganas de dedicarles un corte de mangas. Vienen, graban sus imágenes y regresan al continente, como si estuvieran cubriendo un acontecimiento deportivo y no la vida de personas reales. Ojalá durante el vuelo de vuelta se les caigan las cámaras al estrecho.

En un intento por distraerme, y también de distraer a Meredith, he cogido una bolsa de cacahuetes pasados y hemos empezado a alimentar a un par de ardillas que se habían subido a la verja.

—¿Oyes cómo rechina esa de ahí? —le he preguntado a Meredith—. Está intentando decirle a la otra que se largue a su jardín. Pero la otra sabe que es un farol, así que seguirá colándose por debajo de la verja en cuanto esta le dé la espalda. Mira, ahí viene otra que ha oído que había comida.

He seguido hablando y hablando sobre ardillas, recitando todo lo que he oído o he deducido gracias a mis propias observaciones hasta que ha empezado a dolerme la garganta. Por lo menos Meredith parecía entretenida. Papá y Drew seguían pasándose la pelota y cada vez que la atrapaban con los guantes se oía aquel sonido sordo.

Y entonces han empezado los gritos.

Primero he imaginado que sería otra vecina, alguien de la calle. He hecho una pequeña pausa a media frase, pero he seguido hablando. Sin embargo, entonces los gritos han subido de volumen y se han empezado a distinguir palabras sueltas; papá se ha quedado helado, ha dejado caer el guante sobre el césped y ha entrado corriendo en casa.

Se me ha hecho un nudo en la garganta y Drew me ha mirado con ojos desorbitados. Meredith ha contenido el aliento. Creo que todos hemos comprendido al mismo tiempo que se trataba de mamá.

Durante un minuto hemos oído su voz, histérica:

—¡No pienso ir, no pienso ir! —gritaba.

Luego se ha hecho el silencio. Hemos esperado, aguzando el oído. Al cabo de un rato, lo que papá ha tardado en bajar las escaleras después de darle un calmante, hemos oído el rugido del motor del coche.

—¿Adónde se la lleva? —ha preguntado Meredith.

—Al hospital —ha respondido Drew—, donde los médicos seguirán sin poder hacer nada.

Entonces ha arrojado el guante contra la verja y las ardillas han salido corriendo. Meredith ha empezado a llorar. La he abrazado y la he acercado más a mí.

—No digas eso —le he pedido a Drew.

—¿Por qué no? —ha preguntado—. ¿Porque es verdad? ¿Por qué no podemos hablar de lo que sucede realmente?

¡Toda la isla se está muriendo, han pasado semanas y aún no tienen ni idea de qué pasa! ¿Cuál de nosotros será el siguiente?

Ha entrado en casa hecho una furia y los llantos de Meredith se han convertido en pequeños sollozos. La he abrazado tan fuerte como he podido mientras intentaba contener las lágrimas.

—Todo irá bien —le he dicho—. Todo irá bien.

Aunque soy incapaz de imaginar que algo pueda volver a ir bien alguna vez.

22 de octubre

Ayer logré sobrevivir hasta la hora de acostarme. Me sentía agarrotada y me daban escalofríos mientras hacía las cosas que tenía que hacer, pero logré calmar a Meredith y preparé la cena. Nos metimos en la cama, apagué la luz y oí que su respiración se iba calmando. Me prohibí llorar. Temía que si empezaba ya no iba a ser capaz de parar y terminaría despertándola.

Porque ¿de qué sirve llorar? Yo ya sé que estoy triste. ¿Qué necesidad hay de que lo vean los demás?

Papá no ha vuelto en toda la noche. Esta mañana, mientras desayunábamos, Drew ha anunciado que iría al hospital. Habría querido acompañarlo, pero no puedo dejar a Meredith sola y no soporto la idea de llevarla al hospital tal como está ahora.

Así pues, le he puesto *La sirenita*, su película favorita. Ya habíamos visto la mitad cuando ha sonado el timbre.

He supuesto que Drew o papá debían de haberse olvidado las llaves; hasta hace poco no cerrábamos nunca la puerta. Estaba tan segura de ello (y supongo que también un poco aturdida) que he abierto sin comprobar quién era.

De repente me he encontrado delante de Gav. Tenía los hombros encorvados, como si no estuviera seguro de ser bienvenido. Lo he mirado a los ojos, él me ha devuelto la mirada, ha erguido la espalda y me ha dirigido su sonrisita.

—¿No habrá interrogatorio esta vez? —ha preguntado.

—Hola —he dicho—. Es que... —he añadido, pero no he podido seguir, pues me he quedado sin palabras. Era como si todos los muros que he construido para evitar desmoronarme estuvieran interponiéndose también en mis pensamientos. Mi cerebro ha pasado a piloto automático—. Pasa —le he dicho.

Gav ha entrado y he cerrado la puerta.

—¿Te encuentras bien? —me ha preguntado.

—Sí, claro —he contestado—. ¿Qué haces por aquí?

—Te dije que pasaría un día a enseñarte unas técnicas de autodefensa. No sé si es un buen momento…

—Sí, claro —he repetido. La verdad es que no le veía el sentido, pero he pensado: «Le dije que lo haría; dejaré que me enseñe y ya está».

Gav ha mirado a su alrededor y ha dicho:

—Qué silencio hay aquí hoy.

Me he acordado de cómo durante los últimos días solo quería que mamá se callara. Me he dicho que ahora la casa estaba en silencio porque ella no está… y probablemente no volverá. Era la primera vez que permitía que ese pensamiento adquiriera forma y, antes de que me diera siquiera tiempo a detenerlo, se me ha escapado un sollozo desgarrador. Me he hundido, me he agarrado la cabeza con los brazos y he escondido la cara entre las rodillas, como si fuera a costarme menos mantener la compostura si me convertía en un ovillo y apretaba con fuerza. Pero ya la había perdido. Ha salido todo: lágrimas, mocos… No quiero ni saber los ruidos que debo de haber hecho.

Entonces he notado una presión en el brazo y al cabo de un rato me he dado cuenta de que era Gav, que me había puesto la mano encima del hombro. Era como un ancla que intentara devolverme a mi sitio. Había un suelo bajo mis pies y tenía una pared detrás de mí. Estaba en casa. No estaba sola.

Tenía la manga del jersey empapada de lágrimas. Me he secado la cara y los vaqueros, que también estaban bastante húmedos. Gav ha apartado la mano, pero he notado que seguía en cuclillas, ante mí. No quería mirarlo a la cara.

—Lo siento —he dicho—. Ayer mi padre se llevó a mi madre al hospital.

Gav ha soltado una carcajada ahogada:

—¿Y por qué lo sientes? No, quien lo siente soy yo. Debería haber imaginado que pasaba algo ¿Quién quiere aprender a hacer llaves cuando está pasando por eso?

Sin embargo, no se ha movido, ni tampoco ha dicho nada más, así que al cabo de un rato he levantado la cabeza. Me miraba fijamente, entre preocupado y nervioso, como si yo fuera un zorro al que se le hubiera quedado una pata atrapada en una trampa y pudiera morderlo si intentaba ayudarme. Recuerdo que me he dado cuenta de que tenía los ojos de un tono como verdoso, aunque inicialmente me había parecido que eran marrones. Pero a lo mejor era porque hoy llevaba una camiseta verde. Entonces ha vuelto a hablar.

—Mi madre también se ha puesto enferma. Y mi padre enfermará pronto, si no lo ha hecho ya, más que nada porque siguen durmiendo en la misma cama. Yo he estado viviendo en casa de Warren, aunque me preocupa que él pueda ponerse mal: de niño era muy enfermizo.

—Asegúrate de que lleva siempre una de esas máscaras que te di el día que trajisteis la furgoneta —le he dicho—. Y tú también. Si quieres, te puedo dar guantes. Mi padre ha estado usando ropa protectora, tanto en el hospital como mientras cuidaba de mi madre, y aún está bien.

—Sí —ha contestado Gav—, hemos estado utilizando las máscaras. Y claro que me llevaré unos guantes si tienes de sobra. Gracias. —Entonces ha bajado la mirada al suelo y ha vuelto a levantarla—. ¿Quieres que me vaya? —ha preguntado—. O..., bueno, puedo quedarme si lo prefieres.

Si se marchaba, iba a tener que regresar al salón con Meredith y fingir que todo iba bien. No estaba segura de poder hacerlo.

—En realidad —le he dicho—, creo que no me vendrá mal practicar un poco de autodefensa. Quemar un poco de adrenalina y eso, ¿no?

Y así hemos terminado montando una clase de artes marciales en el salón de casa. Le he preguntado a Gav si podía enseñarle también a Meredith. Ha contestado que por qué no. De ese modo hemos parado la película y hemos pegado la otomana a la pared.

—No es una clase profesional, ni mucho menos —nos ha avisado, aunque a mí me ha parecido que sabía muy bien lo que hacía. Supongo que cuando pones a prueba las técnicas con otras personas, descubres bastante rápido qué funciona y qué no.

Me ha enseñado cómo puedo soltarme si alguien me agarra del brazo, qué hacer si alguien me inmoviliza por la espalda y una serie de movimientos rápidos que provocan dolor suficiente en tu adversario para poder salir corriendo. La mayor parte de los movimientos estaban al alcance incluso de Meredith. De hecho, en una ocasión ha golpeado a Gav en un ojo con más fuerza de la que quería y Gav ha terminado sentado en el sofá, cubriéndose el ojo con una mano, con una mueca de dolor, mientras yo corría a la cocina a buscar un cubito de hielo envuelto en un paño.

—Ese movimiento ya lo dominas —le ha dicho a Meredith—. ¡Y ya ves que funciona!

Al principio ella se ha mostrado tímida, pero después de golpear a Gav en el ojo creo que ha decidido mostrarse amable con él para compensar. Cuando ha terminado de enseñarnos todas las llaves útiles que se le han ocurrido, Meredith hablaba con él como si fuera su nuevo mejor amigo. No ha visto a ninguno de sus amigos desde que vino a vivir con nosotros, o incluso desde que cerraron la escuela, según lo paranoico que fuera el tío Emmett. Debe de estar aburrida de tenerme solo a mí y a Drew por compañía.

Entonces me he preguntado si alguno de sus amigos seguiría con vida. Otro pensamiento horrible que añadir a una larga lista.

Pero aunque ahora parezca deprimente, la verdad es que ha estado bien. Una vez incluso me he reído. Gav se estaba poniendo los zapatos y, sin que viniera a cuento, Meredith le ha preguntado:

—¿Cómo te llamas de verdad?

—¿Cómo?

—Gav no es un nombre de verdad —ha insistido Meredith—. Es un apodo, ¿no? Como cuando mi mamá me llamaba Mere, o cuando a Kaelyn la llamo Kae. ¿Cómo te llamas tú de verdad?

—Ah, bueno —ha respondido él, intentando ganar algo de tiempo mientras se ataba los cordones—. En realidad es Gavriel.

Y entonces me he echado a reír. Él me ha dirigido una mala mirada, sonriendo para dejar claro que bromeaba.

—¡Parece el nombre de un caballero de la Mesa Redonda! —he exclamado—. No me extraña que te creas con la obligación de salvar a todo el mundo: ¡va con el personaje!

—Sí, supongo que será eso —me ha respondido.

Nos ha preguntado cómo andábamos de comida y yo le he dicho que bien, porque tenemos también todo lo que cogimos de casa del tío Emmett. No creo que

Oh, Dios, Leo, no sé qué hacer. He dejado de escribir un momento porque me picaba la pierna, pero cuando he empezado a rascarme el picor no ha desaparecido y se ha trasladado al estómago. Me he dicho que era solo que tenía la piel reseca y me he puesto un poco de la crema cara que utiliza papá para su eczema, pero no ha servido de nada. Y si

Pero no, no quiero ni pensarlo. Voy a preparar la cena, eso me distraerá y hará que me olvide del picor. Es solo que estoy nerviosa por todo lo que está pasando, nada más.

23 de octubre

Ahora sé cómo debió de sentirse mamá. Al principio parecía que estaba bien, pero en realidad notaba cómo el virus iba abriéndose camino bajo su piel, hasta que no pudo ignorar que algo iba mal. Por eso se encerró en su cuarto, lejos de nosotros, antes de que empeorara.

Ayer, después de escribir aquí, bajé a preparar la cena, tal como tenía pensado, pero entonces vi a Drew y a Meredith jugando al Conecta Cuatro en la mesa de la cocina y pensé: «¿Y si estoy infectada? Soy la persona menos indicada para tocar la comida de los demás». Aún notaba el picor en el estómago. Durante uno o dos minutos remitía, pero en cuanto empezaba a sentirme aliviada, el hormigueo reaparecía, aún más intenso que antes.

Decidí darle una hora (me pareció una medida científica) y entonces me puse la mascarilla y unos guantes de la caja que papá dejó en el pasillo. Incluso con la máscara puesta, intenté no respirar mientras sacaba las cosas de Meredith de mi dormitorio. Arrastré la cama plegable al pasillo, pero no supe dónde ponerla. A lo mejor decidían instalarla en la sala, no lo sabía. Al final la dejé en lo alto de las escaleras y que lo decidieran ellos. Entonces cogí las maletas de Meredith, que aún no había deshecho, aunque yo le había dicho que había sitio en el armario, así como varios libros y juguetes que había tirados por la habitación, y los amontoné junto a la cama plegable.

El picor me estaba matando. Cuando iba a coger una camiseta que Meredith había dejado encima del respaldo de la silla del ordenador, mi mano ignoró mis órdenes y empecé a rascarme. Tuve que desechar el guante y coger otro.

Pero no era más que un picor y una parte de mí creía aún que podía haber otra explicación, por ejemplo que yo era la única persona en la historia del universo que había contraído la viruela dos veces, o que había pillado una forma rara de sarampión. Cualquiera de los casos habría sido preferible, la verdad.

Mi puerta no tiene cerrojo, así que me senté en la cama, atenta por si oía crujir la escalera. Entonces oí que se acercaba alguien y me apoyé en la puerta, por si intentaban abrir. Por suerte, la primera persona que subió y vio la cama en las escaleras fue Drew y no Meredith. Estoy segura de que comprendió inmediatamente qué pasaba.

—¿Kaelyn? —preguntó mi hermano desde el otro lado de la puerta.

—Sí —contesté—. Creo… —empecé a explicar, pero no quería decirlo en voz alta—. Estoy preocupada —dije al final—. ¿Puedes asegurarte de que Meredith no entra? Y cuando papá llegue a casa quiero hablar con él.

Drew contestó que se lo diría a Meredith, pero aun así decidí mover la cama y colocarla delante de la puerta, por si acaso. Entonces me eché e intenté dormir, pero no podía dejar de pensar. Además, el picor se había trasladado a la axila y tenía calor con la manta y frío sin ella. En algún momento debí de adormilarme.

Hacia la medianoche alguien llamó a la puerta.

—¿Kae? —susurró papá—. ¿Estás despierta?

Me incorporé y contesté:

—Sí, un momento.

Aparté la cama. Papá entró con la mascarilla en la mano en lugar de encima de la boca, así que yo me puse la mía. A lo mejor él creía que si no tosía no podía contagiarlo, pero yo no pensaba asumir ese riesgo.

Se sentó en la silla del ordenador, juntó las manos y dijo:

—Drew me ha contado que no te encuentras bien.

Sonaba muy cansado y se notaba que estaba haciendo un gran esfuerzo para que su voz sonara tranquila y optimista. Yo sabía que lo que deseaba, en realidad, era decirme que estaba equivocada, o que estaba siendo paranoica. De pronto me sentí culpable por hacerlo pasar por esto, como si no tuviera bastante ya con lo de mamá; como si fuera algo que he decidido. Pero no habría servido de nada mentir.

Le dije que tenía un picor que no se me pasaba por mucho que me rascara y que no podía dormir. Él asintió con la cabeza y dijo que era aún demasiado pronto para saber nada de cierto, que por la mañana me sacaría una muestra de sangre para estar seguros. Entonces salió y regresó con un vaso de agua y un somnífero. Cuando me levanté a cogerlos, él los dejó encima de la mesa y me abrazó.

No fue una decisión particularmente sensata, pero en aquel momento me dio igual. Le devolví el abrazo hasta que el picor se hizo tan insoportable que tuve que apartarme para rascarme.

Durante todo el rato tuve la sensación de que estaba siendo muy sensata, muy madura. Creo que pensaba que si conservaba la calma se me iba a pasar.

Sin embargo, esta mañana, justo después de que papá saliera hacia el hospital, me ha empezado a picar la garganta. He llamado a Drew para que me trajera otro vaso de agua. Le he pedido que lo dejara junto a la puerta y lo he cogido después de que él se marchara. De eso hace media hora y sigo tosiendo de vez en cuando.

Tengo el virus, ¿qué otra cosa puede ser?

No puedo ver ni a Meredith, ni a Drew, ni a nadie. Solo a papá.

Voy a quedarme encerrada en este cuarto hasta que me ponga tan enferma que papá tenga que llevarme al hospital a rastras.

El virus va a consumirme progresivamente el cerebro, hasta que ya no pueda controlar lo que digo y empiece a soltar todo tipo de disparates horribles, como mamá, hasta que empiece a gritarle a gente que no está ahí, y ni siquiera me dé cuenta de lo chiflada que estoy. Dios, tengo que

Leo, si llegas a leer esto, si has vuelto a la isla y has encontrado este diario mientras intentabas comprender lo que ha pasado, quémalo. Quémalo ahora mismo. Acabo de toserle encima y llevo no sé cuánto tiempo echándole el aliento, seguramente no habrá una sola página que no esté impregnada de virus.

Además, tampoco creo que vaya a poder seguir escribiendo mucho tiempo más.

24 de octubre

¿Sabes los personajes de los libros y las películas que se confiesan en el lecho de muerte? De pronto se dan cuenta de que se les acaba el tiempo y sienten que tienen que contar los secretos de toda una vida mientras aún pueden.

He estado pensando en todo eso, básicamente porque no tengo mucho más que hacer aparte de pensar... y toser y estornudar e intentar no rascarme demasiado en un mismo sitio. Papá se ha ofrecido a hacerme compañía como hizo con mamá; ha dicho que podíamos jugar a las cartas o algo, pero cada vez que lo miro a los ojos me doy cuenta de que, por muy buena cara que intente poner, se le está partiendo el corazón. Eso me recuerda lo que me está pasando, y entonces a quien se le parte el corazón es a mí. Además, sé que lo que quiere es estar en el hospital, con mamá, investigando y haciendo cosas más importantes que jugar a las cartas. Por eso le he dicho que prefería quedarme sola; y en gran medida me ha dejado sola.

Por lo menos los medicamentos logran aplacar la fiebre. Y debe de haberme dado algún calmante, porque me siento ligeramente espesa, como ausente.

Sin embargo, volviendo al asunto, he estado pensando si hay algo que deba confesarle a papá, a Drew o a Meredith, antes de que pierda la capacidad de controlar lo que digo. Y no, no hay nada. No es que haya sido totalmente sincera con ellos durante toda la vida, pero tampoco les he ocultado nada importante.

La única persona a quien le he ocultado un secreto ha sido a ti, Leo. Llevo tanto tiempo guardándomelo que ni siquiera he querido escribirlo, pero esta puede ser mi última oportunidad.

Pasó cuando yo tenía catorce años, durante el verano justo antes de empezar el instituto en Toronto, y antes de que nos peleáramos y dejáramos de hablarnos. Papá, mamá, Drew y yo vinimos una semana de visita a la isla, como cada julio desde que nos habíamos mudado. El último día viniste a casa y fuimos juntos a West Beach, comimos helado casero de arándanos de Camerons' y paseamos por la playa. Como un día normal.

A la hora de comer dije que tenía que volver. Mientras íbamos por la calle pasó un niño pequeño en bici; las ruedecitas de plástico se oían desde lejos. ¿Te acuerdas?

Pasó junto a nosotros varias veces y finalmente frenó un poco más adelante y se nos quedó mirando, entrecerrando los ojos.

—Yo a ti te he visto antes —te dijo—. ¿No deberías estar viviendo en China?

Ni siquiera me había mirado, pero aun así me puse muy tensa. Tú te limitaste a ladear la cabeza y te encogiste de hombros.

—No, qué va —contestaste, como si nada, y levantaste un dedo—. En primer lugar, nací en Corea, no en China. —Levantaste otro dedo—. En segundo lugar, mis padres me querían tanto que fueron hasta allí a buscarme, lo que me pareció un motivo bastante bueno para volver aquí con ellos. —Otro dedo—. Y en tercer lugar, ¿cuántos años tienes tú?

—Seis —contestó el chaval, abriendo mucho los ojos.

—Pues ya ves —dijiste, con una sonrisa—, ¡llevo en la isla más del doble de tiempo que tú!

Seguro que había habido mucha gente que te había tratado como si este no fuera tu sitio, de lo contario no hubieras sido capaz de soltar una respuesta tan buena al cabo de un segundo, como si nada. ¡La de veces que debías de haber fingido que no te importaba! Pero en aquel momento me di cuenta de tu serenidad y de lo mucho que confiabas en ti mismo. Siempre habías sido así, justo lo que yo no era, por mucho que lo intentara. Lo había visto mil veces antes, desde luego, pero en aquella ocasión me dieron ganas de besarte.

A lo mejor aquel momento habría pasado de largo y habría quedado en apenas un arrebato que habría parecido ridículo un minuto más tarde. Pero en aquel momento el chaval me miró y dijo:

—¿Y tú? ¿De qué país eres?

—De ninguno —contesté—. Quiero decir que nací aquí.

—Y si dependiera de mí no volverías a marcharte —dijiste entonces, como si el niño ni siquiera estuviera allí, y me cogiste de la mano.

Dejé que te me llevaras porque en el momento en que tus dedos tocaron los míos me quedé con la mente en blanco. Me puse tan colorada que no me atreví a mirarte hasta que llegamos a casa del tío Emmett, por temor a que pudieras darte cuenta.

Pero creo que no te diste cuenta. Al llegar allí me soltaste de la mano, me diste un rápido abrazo de despedida y me dijiste que cuando llegara a Toronto te escribiera y te llamara mucho, como siempre. Pero esta vez todo era distinto para mí. Deseaba que no te fueras y quise pensar que cuando me miraste por última vez antes de doblar la esquina te dio un vuelco el corazón, como a mí. Esa tarde, al subir al *ferry*, sentí que algo se desgarraba dentro de mí, y fui consciente de que pasarían meses antes de que pudiera volver a verte. Esa sensación no desapareció nunca, ni cuando llegamos a Toronto ni cuando volvimos aquí.

Quería que fueras algo más que mi mejor amigo.

A lo mejor si no hubiera sentido eso no me habría peleado contigo. Pero viviendo como una marginada en aquel instituto enorme, mientras los chicos de la ciudad cotilleaban, se reían y flirteaban entre ellos, empecé a preguntarme si podrías enamorarte de una chica tan peculiar, tan rara como yo. Lo que quería cuando me quejaba de mis nuevos compañeros de clase era que me dijeras que yo estaba bien tal como era, que lo que pasaba era que los demás eran todos unos esnobs y unos aburridos. Por eso me dolió tanto que me dijeras que si no encajaba la culpa era mía.

Tal vez si no hubiera tenido sentimientos tan confusos, te habría llamado la siguiente vez que vinimos de visita a la isla. Pero mi estómago daba saltos mortales ante la simple idea de oír tu voz, de modo que me rajé y me convencí a mí misma de que primero debías llamar tú y disculparte.

Y tal vez si hubiera logrado sobreponerme a lo que sentía, podríamos habernos reconciliado en cuanto volvimos a mudarnos a la isla. Sabía que teníamos que hablar, pero el primer día, al llegar a la escuela, te vi en las escaleras: tenías el brazo alrededor de los hombros de Tessa y la cara tan cerca de la suya que parecía que estuvieran tocándose. La diminuta llama de esperanza que había logrado mantener viva se extinguió. No podía ni mirarte a la cara. Cada vez que te volvías hacia mí, fingía no verte. Si compartíamos una clase, me sentaba en el otro extremo. Era como si los diez años durante los que habíamos sido los «mejores amigos» no hubieran existido nunca.

Siento mucho haberte hecho creer que te odiaba cuando en realidad tú no habías hecho nada. Siento mucho todas las cosas feas que pensé sobre Tessa. Pero sobre todo siento mucho que nunca vayas a oír esta disculpa. Pasarás el resto de tu vida creyendo que nuestra amistad no me importaba, cuando en realidad el problema era que me importaba demasiado.

25 de octubre

Hace un rato Drew me ha traído sopa de pollo para comer, pero en lugar de dejar el cuenco en el suelo y marcharse, se ha quedado dudando delante de la puerta. He esperado a oír el crujido de las tablas del suelo para estar segura de que se había marchado, pero no lo he oído.

—No pienso dejarte entrar —le he advertido.

—Ya lo sé —ha contestado él—, solo quería…

Ha dejado la frase colgada y durante un minuto ha guardado un silencio incómodo. Notaba su presencia al otro lado de la puerta. Casi podía verlo, con la cabeza inclinada hacia delante y la mandíbula tensa.

—He actuado como si no estuviera bien tener miedo —ha dicho finalmente—. Te he animado a involucrarte, a salir…

Se me ha hecho un nudo en la garganta.

—No hagas eso —le he soltado.

—¿Que no haga qué? —ha preguntado él.

—Intentar que parezca que es culpa tuya —he contestado—. Porque no lo es.

—Pero… —ha intentado protestar, pero lo he cortado de golpe.

—¿Sabes cómo ha sido? —le he preguntado—. ¿Cómo debo de haberlo pillado? He estado pensando en ello. Cuando mamá se puso enferma fui al hospital a buscar a papá sin la mascarilla. Y el otro día, cuando mamá bajó de su habitación y ya no estaba en sus cabales, tampoco llevaba la mascarilla puesta. Son las únicas veces en que he estado en contacto con alguien enfermo desde hace semanas. En ninguno de los casos fue por nada que tú dijeras, Drew.

Se ha quedado un rato en silencio y finalmente ha dicho:

—Yo solo quería que nos largáramos todos de aquí, sanos y salvos. Nada más.

—Ya lo sé —he contestado—. Yo también.

Entonces se ha ido. He cogido la sopa, pero ya no tengo hambre. Está encima de la mesa, enfriándose.

Si hubiera cogido la mascarilla antes de ir al hospital... Si a papá se le hubiera ocurrido encerrar a mamá en su cuarto antes de que le diera por salir... Podría echarle la culpa a cualquiera, pero ¿de qué serviría? Mi situación seguiría siendo la misma.

26 de octubre

He empezado a leer el tercer acto de *Hamlet*, pero cuando llevaba unas dos páginas me he dado cuenta de que no tenía ningún sentido.

Nunca voy a volver al instituto.

Nunca voy a ir a la universidad.

Nunca voy a ver los lobos cazar por los bosques del norte, ni los elefantes pacer en la sabana. Nunca voy a tener relaciones sexuales, ni me casaré, ni formaré una familia. Nunca voy a tener mi primer apartamento, mi primera casa, mi primer coche. Nunca voy a

27 de octubre

He encontrado la forma de no perder la cordura. Se trata de no pensar en nada; de entretenerme con videojuegos y de mirar vídeos en el ordenador, de pelearme con *Mowat* y *Fossey*, de releer mis libros favoritos por última vez y de, simplemente, no pensar.

Los medicamentos que me trae mi padre ayudan. A veces me siento como si la cabeza me flotara cerca del techo. No estornudo tanto como antes, lo cual tampoco está mal. No tengo nada de qué preocuparme, excepto los hurones, y Drew ya me ha prometido cuidar de ellos.

Lo tengo todo atado.

Nadie quiere hablar conmigo. ¿Por qué nadie quiere hablar conmigo? Es como si todos se hubieran largado y me hubieran dejado aquí. Eso sería horrible. Dejar a una adolescente sola, sin nadie con quien hablar aparte de su diario, tiene que ser delito; malos tratos infantiles o algo así, ¿no?

Por lo menos mis amigas podrían pasarse a ver si estoy bien, ¿no? Bueno, espera: Rachel no puede venir, está muerta. Qué tonta. Bueno, a lo mejor viene Mackenzie. A veces era buena amiga, sobre todo cuando no se obsesionaba con ser más guay que todos los demás de la isla. ¿Sabe que estoy aquí encerrada? No se lo he podido contar porque los malditos teléfonos se han estropeado. Tendría que venir y llevarme con ella a Los Ángeles. Conoceré a todas las estrellas de cine. Además, ¿para qué necesito a mamá, a papá y a Drew? Drew tiene sus planes y papá está siempre ocupado con cosas médicas. Si los dos son tan listos como se creen, ¿por qué ninguno de los dos ha logrado detener el virus? No, no los necesito. Debería haber subido al *ferry* cuando aún podía.

Papá me ha traído la comida. O a lo mejor era la cena. ¡Hamburguesa con queso! Le he pedido que se quedara a comer (o a cenar, o lo que sea) conmigo y se ha sentado un rato. Pero lleva ese traje de plástico asqueroso que cruje cada vez que se mueve y esa cosa blanca en la cara: ni siquiera se le ve la boca cuando habla, es horrible. Le he dicho que quería que hablara sin eso, pero él ha contestado que tenía que irse. Entonces le he contestado que eso era una estupidez. Se ha enfadado y se ha ido. ¿Qué coño le pasa a mi padre? Yo quería salir a ver cómo le va a Meredith, pero me ha encerrado aquí. ¡Mi propio padre! He gritado y gritado, para ver si alguien me ayudaba a abrir, pero nadie me escucha, no le importo a nadie, y la ventana está ahí, pero es demasiado alta para saltar. Me pregunto si

¡Eh! ¡Acabo de ver a una mujer en el jardín de la casa de al lado! He abierto la ventana y he intentado hablar con ella, pero la tipa me ha mirado con cara rara y se ha metido en su casa. Que borde, ¿no? Yo solo quería hablar. Estar aquí sola es espantoso. ¿Por qué todo el mundo es tan horrible conmigo? ¿Qué he hecho mal?

Tiene gracia: cuando he visto a la mujer esa, lo primero que he pensado ha sido que era Tessa; pero no, era demasiado mayor y encima tenía el pelo castaño y no rojizo. No la he visto bien hasta que he abierto la ventana. Aunque, bien pensado, Tessa no vendrá. No le he gustado nunca en realidad no le gusta nadie. Solo quería a alguien que encontrara los cadáveres por ella me di cuenta enseguida vaya que sí. ¿Aún querrías ser su novio si supieras eso, Leo? Te mintió sobre lo que pasaba en la isla y yo nunca te habría mentido. No entiendo cómo

¿Y por qué te fuiste tú? Lo único que echaba de menos de esta asquerosa isla eras tú y entonces vas y te largas y me dejas aquí sola. Te echo de menos. Si vuelves te prometo que te perdonaré todos los

Está aquí me tengo que ir tengo que

MORTANDAD

Estoy viva, Leo.

No lo entiendo. Me he despertado y quería volver a acostarme inmediatamente, porque estaba cansadísima, pero no he reconocido la habitación: era demasiado ancha para ser mi dormitorio, y además yo llevaba algo raro en el brazo. He abierto los ojos y me he dado cuenta de que estaba conectada a un gota a gota. Papá estaba sentado en mi cama. En cuanto lo he mirado, me ha cogido la mano y ha dicho:

—¿Kaelyn?

He estado a punto de preguntarle quién iba a ser sino yo, pero entonces me he acordado de que estaba enferma. Me he acordado de cuando estaba en mi cuarto y no dejaba entrar a nadie. El resto es confuso.

«Se acabó. Me han dado algo para detener las alucinaciones un momento, para que pueda despedirme», he pensado. Estaba preparada para morir, me sentía como si un tiburón me hubiera destrozado por dentro. En el fondo supongo que es más o menos lo que ha pasado: me ha atacado un enorme banco de diminutos tiburones.

—¿Cuánto tiempo? —le he preguntado a papá.

Entonces Nell, su amiga, ha entrado en la habitación y ha sonreído.

—Más de una semana —ha contestado papá.

A mí me ha parecido muchísimo tiempo.

—¿Me queda una semana? —he preguntado.

Nell me ha mirado como si fuera a echarse a llorar, aunque seguía sonriendo. Entonces, con voz tierna, ha dicho:

—Cree que aún está enferma…

Mi padre me ha apretado la mano aún más fuerte.

—Has estado más de una semana en el hospital —ha explicado—, pero ahora estás bien. Te estás recuperando.

Aún no termino de creérmelo. A lo mejor dicen que estoy bien solo para que pueda vivir feliz el tiempo que me queda, pero la verdad es que también ellos parecen contentos. Y aunque me siento de pena, ya no toso ni estornudo. Aún me duele un poco la garganta. ¿Habré estado gritando mucho? Y aún tengo picores, pero muchos menos. Papá ha empezado a hablar de daños neurológicos residuales que irían corrigiéndose con el tiempo, pero yo estaba demasiado grogui para seguir todo lo que decía.

Sé que hay otras personas en la sala porque las oigo respirar y susurrar, pero me han instalado en un rincón, con las cortinas echadas. Supongo que me han dado espacio extra porque mi estado estaba mejorando y querían asegurarse de que seguía siendo así, ¿no? ¿O es porque soy la hija de mi padre?

Mientras estaba echando un vistazo a la habitación, papá me ha dado este diario.

—He imaginado que querrías tenerlo en cuanto te despertaras —ha dicho—. Cuando te traje aquí te negaste a soltarlo durante todo el trayecto.

Entonces me ha aconsejado que duerma un poco más. Supongo que es buena idea, porque, aunque he estado durmiendo hasta hace apenas media hora, los ojos me pesan como si llevara toda la noche de fiesta.

De todos modos, me ha parecido importante escribir algo primero. He visto que había un bolígrafo en la tablilla sujetapapeles que hay a los pies de la cama. Como llevo el gota a gota, he tenido que cogerlo con los pies. Ha sido divertido.

He tardado un buen rato en escribir estas líneas. No sé ni qué día es. No ha venido nadie más a verme. ¿Cómo debo interpretarlo? Ojalá me acordara de más cosas. Las últimas entradas del diario son un caos y no tengo ni idea de lo que dije estando enferma. ¿Y si ofendí tanto a Drew que ha decidido que no quiere hablar más conmigo?

Oh, Dios. ¿Y si no ha venido a verme nadie porque menos papá todos están enfermos? ¿Y si los ruidos que oigo al otro lado de la cortina corresponden a Drew, o a Meredith o vete a saber

10 de noviembre

Al parecer ayer forcé demasiado la máquina y me quedé roque a media frase. Papá dice que el virus me ha dejado hecha polvo.

Esta mañana me han desconectado del gota a gota. Es mucho más fácil escribir sin la cánula en el brazo.

Papá me ha hecho tomar unas cuantas pastillas más. No sé qué serían, pero me he quedado grogui otra vez, aunque no lo suficiente como para que no pudiera preguntarle todas las cosas que me rondaban por la cabeza. A lo mejor papá lo habría preferido.

—Ya hablaremos más tarde, cuando estés mejor —ha dicho, y a continuación ha empezado a hablar de equilibrios precarios y del estrés añadido de la situación, hasta que lo he agarrado por la muñeca.

—Papá —lo he cortado—, no puedo estar más estresada de lo que ya estoy, imaginando lo peor. Hablar me ayudará, ¿vale? Necesito saber lo que ha pasado. —Pero antes de poder seguir he tenido que tragar saliva—. ¿Cómo está mamá?

Papá ha bajado la mirada; esa era la única respuesta que necesitaba.

—Tu madre nos ha dejado —ha dicho.

Mis dedos han soltado su muñeca, pero él me ha cogido la mano y me ha acariciado el dorso con el pulgar mientras yo miraba fijamente el techo.

Lo sabía. Quiero decir: si mamá hubiera mejorado, ahora estaría aquí conmigo. Sabía lo que había sucedido. Pero, aun así, oírlo ha sido como si alguien me arrancara el corazón de cuajo. He respirado hondo una vez, dos veces, hasta que he notado como si me fueran a estallar los pulmones. Ni siquiera la vi, ni siquiera he tenido ocasión de verla por última vez. Debería haber estado ahí.

He sido incapaz de hablar durante un rato. Finalmente me he secado los ojos, he cogido el pañuelo que me ofrecía papá:

—¿Y Meredith?

Me he preparado para lo peor.

—Está bien —ha respondido papá—. Se ha instalado en casa de tu amiga Tessa. No sabía qué iba a hacer, porque en casa no había nadie, y justo en ese momento tu amiga pasó preguntando por ti y se ofreció a encargarse de ella. Me pareció la mejor solución.

Me ha dado un vuelco el corazón.

—¿Cómo que en casa no hay nadie? —he preguntado—. ¿Dónde está Drew?

Papá ha bajado la mirada.

—No lo sé exactamente —ha admitido—. Cuando regresé a casa después de traerte a ti al hospital, había desaparecido. Dejó una nota en la que decía que se iba al continente, que seguro que allí alguien tiene algo que puede resultarnos útil y que nos lo va a traer. Luego descubrí que parte de mi equipo de submarinismo había desaparecido... Seguramente lo habrá utilizado para evitar a las patrulleras.

—Se supone que debía cuidar de los hurones. —Es lo primero que se me ha ocurrido decir, por absurdo que parezca.

—Creo que decidió que era más importante hacer todo lo posible para salvaros a ti y a tu madre, Kae —ha contestado papá—. Los últimos días que pasaste con nosotros..., estaba hecho un manojo de nervios. No quiso hablar conmigo, pero me di cuenta de que cada vez se sentía más frustrado por no poder ayudar. Creo que, si no me necesitaran aquí, yo habría hecho lo mismo.

Esperaba que mi padre se cabreara, pero en cambio parecía tan solo preocupado y tal vez también un poco arrepentido, como si pensara que si él hubiera podido hacer un poco más, Drew no habría asumido ese riesgo. Pero aunque papá hubiera podido ir al continente a buscar ayuda, dudo mucho que Drew se hubiera conformado con aguardar sentado.

Espero que esté bien. Por favor, que esté bien y que vuelva sano y salvo.

—Pero ¿han encontrado un tratamiento eficaz en el continente? —le he preguntado—. ¿Por qué no nos han mandado la vacuna, o nuevos medicamentos si disponen de ellos?

—No estamos seguros de cuál es la situación fuera de la isla —ha respondido papá—. El día después de traerte al hospital tuvimos vientos del noreste, y ya sabes lo que pasa en esas ocasiones. El cable se estropeó y las parabólicas quedaron dañadas. No hemos logrado contactar con nadie que pueda arreglarlas. Lo único que sigue funcionando es la línea telefónica interna.

—De modo que estamos totalmente aislados —he dicho. No podemos llamar a nadie del continente ni conectarnos a Internet. Ni siquiera tenemos televisión.

Papá ha asentido con la cabeza.

—Intentamos establecer contacto a través del ejército. Un tipo que había estado echando una mano en el hospital, como voluntario, se ofreció a ir a hablar con ellos. Pero un par de soldados estacionados en el puerto se han puesto enfermos y a los demás debió de entrarles un ataque de pánico. —Papá ha dudado un momento antes de seguir—. Le dispararon antes de que pudiera acercarse a menos de cincuenta metros del muelle.

—Como al tío Emmett.

El peso de toda esa información nueva me ha obligado a recostarme en la cama.

—Aún tenemos a un par de médicos del Departamento de Sanidad y de la OMS trabajando con nosotros —ha dicho papá—, pero la mayoría de ellos se marcharon antes de que empeorase el tiempo… Supongo que trabajan sobre la premisa de que la isla ya está controlada, por lo menos geográficamente, por lo que es mejor concentrar los esfuerzos en el continente. A lo mejor ahí han logrado avances y pronto nos mandarán una vacuna… Aunque no tenemos forma de saber cuándo será eso. Uno de nuestros voluntarios ha estado usando la mejor radio que hemos logrado encontrar, pero, de momento, no ha podido contactar con nadie.

—¿Y los suministros? —he preguntado—. ¿Siguen viniendo los helicópteros?

—Ha habido dificultades —ha respondido papá—. Estamos

trabajando en ello. Tenemos comida suficiente, pero empiezan a escasear los medicamentos. La verdad es que la mayoría no parecía surtir ningún efecto, de modo que no creo que los vayamos a echar mucho de menos. Y lo mismo puede decirse de las plantas experimentales que Tessa ha estado cultivando para nosotros. Lo que más nos urge es conseguir sedantes para calmar a los pacientes durante la última fase de la enfermedad.

—Hasta que se mueran —he dicho. Entonces he vuelto a acordarme de mamá y se me han llenado los ojos de lágrimas. Me he cruzado de brazos.

—No siempre —ha intervenido papá en un tono que intentaba ser alentador, pero que ha sonado afligido—. Tú eres el quinto paciente que se recupera completamente. Y todo apunta a que la mujer que comparte habitación contigo será la sexta.

Pero ¿cuántos no se han recuperado? Me he acordado de la multitud que había en el vestíbulo del hospital el día que vine buscando a papá, los pacientes que abarrotaban los pasillos... Aunque se lo hubiera preguntado, dudo que me hubiera contado la verdad. Además, no quería ver la cara que pondría si sacaba el tema.

—Pero ¿por qué nosotras? —he preferido preguntar—. ¿Qué nos hace distintas?

—De momento, lo único que podemos decir es que habéis tenido suerte —ha contestado.

Cuando papá se ha ido me he quedado un rato en silencio, intentando asimilarlo todo. Esta es la parte en la que se supone que debería estar celebrando que he sobrevivido, pero lo único que quiero es esconderme dentro del colchón hasta que la devastación haya terminado.

¿Qué cambia que yo haya sobrevivido? Todo lo demás sigue empeorando cada día que pasa. ¿Por qué yo y no mamá, o Rachel, o la señora Campbell? ¿Qué he hecho yo para merecerme seguir viviendo cuando todos los demás están muertos y ya nunca

No he hecho nada de nada.

10 de noviembre (más tarde)

Esta tarde ha venido a verme Gav. No sé explicar por qué, pero eso lo ha cambiado todo.

—Hola —ha dicho, apartando la cortina.

Parecía aún más cansado que antes y llevaba el pelo alborotado y despeinado, pero sus ojos conservaban la intensidad de siempre. Cuando se ha quitado la mascarilla, debajo ha aparecido aquella sonrisita casi chulesca.

Yo aún estaba deprimida y me sentía inútil, pero me he obligado a devolverle la sonrisa.

—Eh, hola —he contestado, y me he incorporado sobre la almohada—. ¿Qué haces aquí?

—Me he enterado de que estabas mejor —ha respondido Gav—. He tardado un poco en encontrar tu habitación, pero todo el mundo está tan ocupado que nadie le presta atención a un tipo desconocido que se dedica a ir de aquí para allá.

—Bueno, pero al final me has encontrado —he respondido—. Ven, pasa.

Se ha sentado en la misma butaca que había utilizado papá, pero no ha dicho nada más. Ha empezado a estudiar la habitación, aunque cada poco se volvía a mirarme, como si temiera que yo pudiera desaparecer si me perdía de vista durante demasiado rato. Se me ha ocurrido que probablemente tenía un aspecto horrible; por la mañana me había duchado, pero luego me había echado con el pelo húmedo, de modo que debía de tenerlo superencrespado. Además, las lágrimas y todo eso tampoco deben de haber ayudado mucho.

Sin embargo, entonces me he dado cuenta de lo ridículo

que era preocuparme por si tenía mal aspecto, cuando la alternativa era estar muerta, de modo que he apartado esos pensamientos de mi mente.

—¿Cómo va el reparto de alimentos? —he preguntado.

Gav ha fruncido el ceño.

—Pues… la verdad es que se ha jodido el invento. No quieras oírlo.

—No, sí quiero —he insistido, aunque en realidad habría preferido oír que todo iba perfecto—. ¿Qué ha pasado?

—No lo sé —ha admitido, bajando la mirada—. Todo parecía ir viento en popa, pero entonces… uno de los chicos se puso enfermo. Kurt. Y luego Vince. Y los demás empezaron a dudar sobre la conveniencia de seguir con los repartos. Entonces Quentin empezó a hablar con algunos de ellos y supongo que no presté la atención debida. Se ve que hay un grupo de chicos mayores que lleva unas semanas rondando por la ciudad; entran por la fuerza en casas y tiendas y se lo llevan todo. Quentin decidió que quería formar parte de ese grupo. Y para lograr que lo admitieran les regaló la llave del almacén.

Durante un segundo he sido incapaz de hablar.

—¿Se han quedado con todo? —he preguntado finalmente.

—No —ha contestado Gav—. Tuvimos suerte. Warren se enteró de lo que estaba pasando, así que fuimos al almacén y los pillamos con las manos en la masa. Fue una locura, porque esos tipos tienen varias pistolas y no dudan en usarlas. Pero supongo que decidieron que ya tenían todo lo que necesitaban y optaron por no gastar balas. Puentearon la furgoneta, de modo que también la perdimos, pero por lo menos logramos recuperar la mitad de la comida que quedaba. La hemos tenido que trasladar a otro sitio, desde luego. Y ahora los únicos que nos presentamos para encargarnos del reparto somos Warren, Patrick y yo. En coche. Siento que deberíamos hacer más: constantemente vemos a personas enfermas en las casas y sospecho que en otras viven niños solos, que no tienen a nadie que los cuide, pero solo somos tres…

Se le ha apagado la voz.

—Tienes que hablar con alguien de aquí —le he dicho—. Seguro que si preguntas…

—No, ya sé cómo iría la conversación —me ha cortado

Gav—. Primero me abroncarían por haberme apropiado de la comida y por haber intentado organizar la operación a solas, y luego pondrían a alguien al cargo, alguien que ignoraría todo lo que hemos hecho hasta ahora. No serviría de nada.

Entonces ha soltado un suspiro y se ha frotado la cara con las manos.

—Lo siento —ha dicho—. No sé por qué te cuento todo esto. Solo quería que supieras lo mucho que me alegro de que estés bien.

Pero al mismo tiempo yo ya había empezado a concebir esperanzas. Aunque Gav no lo crea posible, sé que se equivoca. Esta mañana he visto cómo la señora Hansen, que antes trabajaba en las oficinas de la escuela, le traía comida a la mujer con la que comparto habitación; y también he visto al señor Green, el cartero, pasar por delante de la puerta de mi cuarto, y a muchos otros voluntarios que nunca antes habían trabajado en el hospital, pero que ahora lo hacen porque quieren ayudar, lo mismo que Gav. Y a nadie le importa quién esté al cargo, siempre y cuando vaya en la dirección correcta.

Gav necesita a gente y aquí la hay: lo único que tenemos que hacer es juntarlos. Por eso, cuando se iba le he dicho:

—¿Vendrás mañana por la mañana? Me ha alegrado mucho verte.

Gav ha sonreído y ha dicho que sí, que vendrá.

Puedo hacerlo, puedo derrotar al virus. Ahora soy una superviviente y debo demostrar que me lo merezco.

Tengo que hacer que haya servido de algo.

11 de noviembre

Imaginaba que tener un plan de acción haría que el dolor resultara más llevadero, pero me he despertado en plena noche y he echado mucho de menos a mamá, notar su mano en mi mejilla y oír su voz, calmada y segura. Y durante un momento no me acordaba, pero entonces me ha venido todo: lo de mamá, que Drew ha desaparecido y tal vez también haya muerto, y que no tuve ocasión de despedirme de ninguno de los dos. He empezado a sollozar tan fuerte que debo de haber despertado a la mujer con la que comparto habitación, pero es que no podía parar. He llorado y llorado hasta que me ha dolido el pecho. Cuando papá ha llegado esta mañana aún estaba congestionada.

Pero aun así he hecho lo que tenía planeado y le he contado lo que Gav ha estado haciendo (a juzgar por sus comentarios creo que ya estaba vagamente al corriente) y que necesitaba voluntarios que lo ayudaran a repartir comida entre las personas enfermas y los niños.

Cuando he terminado de hablar, papá se me ha quedado mirado fijamente y ha dicho:

—Eso es mucho trabajo, Kae.

—Claro —le he contestado—, pero Gav lo tiene bien montado y su amigo Warren es un genio organizándolo todo. Y yo también les echaré una mano.

Mi padre ha sonreído débilmente y yo he empezado a pensar que todo se iba a arreglar. Pero media hora más tarde ha llegado Gav y enseguida me he dado cuenta de que es probable que las cosas fueran un poco más difíciles de lo previsto.

Gav ha entrado en la habitación, pero al ver a papá trabajando en su portátil se ha puesto muy tenso.

—Creo que volveré más tarde —ha dicho al tiempo que empezaba a retroceder.

—¡Espera! —he exclamado—. Gav, te presento a mi padre; quería que hablaras con él.

Gav se ha detenido y le ha dirigido una mirada recelosa a papá. Entonces me he dado cuenta de que seguramente ya lo tendría encasillado con las personas del Gobierno, del Ayuntamiento y demás que nos han abandonado. Papá es un científico, un especialista que no logró derrotar al virus a tiempo. Pero Gav confía en mí; por eso me vino a ver cuando quería saber qué pasaba, cuando necesitaba ayuda.

Papá se ha levantado lentamente y lo ha saludado con un gesto de cabeza.

—Gav —ha dicho—, me he enterado de lo que has estado haciendo en la ciudad. Estoy impresionado.

—Se hace lo que se puede —ha contestado Gav. Aún tenía los hombros tensos, pero no se ha movido de donde estaba, en el umbral.

—Hay muchos voluntarios colaborando en el hospital —he intervenido, convencida de que cuanto antes comprendiera lo que intentaba decirle, mejor—. Seguro que algunos de ellos estarán encantados de ayudarte a distribuir la comida de vez en cuando.

—También te podemos conseguir más vehículos —ha anunciado papá—. Tantos como necesites.

—¿Así de fácil? —ha preguntado Gav, en tono escéptico—. ¿Sin contrapartidas?

—Todo el mundo aquí en el hospital está tan preocupado por el resto de la isla como tú. El único motivo por el que no hemos hecho más es porque estamos hasta arriba de trabajo. Pero si podemos hacer algo por ayudar, estaremos más que encantados.

—Tú y Warren seguiríais estando al cargo de todo —he dicho—. Solo tendríais que decirle a la gente qué puede hacer para ayudar.

Gav ha entrado poco a poco en la habitación y nos ha mirado alternativamente a mí y a papá.

—¿En serio? —le ha preguntado a mi padre—. ¿Me promete que a nadie se le va a ocurrir de pronto que, como nos prestaron un par de coches, pueden empezar a tomar las decisiones por nosotros? Llevamos semanas con esto... Tenemos un sistema que funciona.

—Es posible que te den algunos consejos —ha dicho papá—, si el personal del hospital cree que algo podría hacerse de forma más eficiente. Pero, vamos, aunque quisiéramos tampoco tenemos tiempo para asumir una tarea de tal magnitud.

Durante un momento se han mirado fijamente; Gav tenía la mandíbula apretada y papá lo observaba con expresión tranquila, pero al final el chico se ha relajado y ha esbozado una versión incómoda de su sonrisita habitual.

—Vale —ha contestado—. Me parece bien.

He sonreído de oreja a oreja.

Hemos hablado un rato más sobre qué podemos hacer con las personas infectadas que siguen en sus casas y con los niños que han perdido a sus padres. Aunque el hospital está hasta los topes, lo mejor, si queremos detener la propagación del virus, es traer a toda la gente infectada.

—Con los coches extra podríamos trasladar aquí a toda la gente que encontrásemos —ha dicho Gav.

—No podemos traer a los niños sanos al hospital —he añadido—. Pero si los juntáramos a todos, necesitaríamos menos gente que cuidara de ellos.

—Es posible que conozca a una persona dispuesta a organizar un hogar para niños huérfanos —ha intervenido papá.

Al final, Gav estaba cómodamente sentado con nosotros, como si no hubiera albergado suspicacias en ningún momento. Cuando hemos terminado de hablar, se ha levantado, le ha hecho un gesto con la cabeza a mi padre y ha dicho:

—Bueno, pues ya podemos empezar a trabajar, ¿no?

Entonces me ha puesto una mano en el hombro y me ha dado un apretón; por la cara que ha puesto me ha parecido que quería darme las gracias, pero que no encontraba las palabras.

—Hasta luego, Kaelyn —ha dicho.

Papá lo ha seguido con la mirada mientras se iba; entonces se ha dado la vuelta y ha cogido su portátil.

—Papá, ¿voy a tener que quedarme mucho más tiempo?

No me gusta nada estar aquí tumbada mientras todo el mundo hace cosas.

—Tenemos que ver cómo evolucionas durante los próximos días. No quiero que te precipites.

—Pero estoy curada del todo, ¿no? —le he preguntado, y de repente una idea espantosa me ha cruzado la mente—. No puedo volver a ponerme enferma, ¿verdad?

Papá se ha sentado en la cama, junto a mí.

—Bueno —ha dicho—, tu sistema inmunológico debería ser capaz de plantarle cara al virus si vuelve a encontrarse con él, pero no sabemos qué puede pasar en el futuro. El virus puede mutar y en ese caso existe la posibilidad de que tus defensas no basten, de modo que seguiremos actuando con cautela, ¿de acuerdo? Tomaremos las mismas precauciones que antes.

O sea, que ahora mismo estoy a salvo o, cuando menos, todo lo a salvo que se puede estar. A lo mejor no soy invencible, pero tengo que preocuparme menos que cualquier otra persona. El paciente más enfermo del hospital podría estornudarme en la cara y no me pasaría nada.

Tengo que considerar el haber sobrevivido como un don, merecido o no. Y pienso aprovecharlo al máximo. Hoy ha estado bien, pero no ha sido más que un principio.

13 de noviembre

¡Soy libre!

Hoy papá ha decidido que ya estoy lo bastante bien como para salir del hospital. Gav ha pasado a verme justo después de recibir la noticia y se ha ofrecido a acompañarme a casa de Tessa.

No me había dado cuenta de hasta qué punto me había acostumbrado al silencio casi absoluto de mi habitación. Los pasillos del hospital están llenos de gente sentada en mantas, almohadas o cualquier otra cosa que los voluntarios hayan encontrado, tosiendo y estornudando, con las mascarillas puestas. Cuando he pasado ante ellos, con Gav pegado a mí como si fuera mi sombra, me han seguido con la mirada. Mi mascarilla solo filtraba en parte el olor agrio que flotaba en el aire, un ambiente denso y húmedo que me llenaba los pulmones. Al salir al exterior me la he quitado y he inspirado profundamente.

En la calle volvía a reinar el silencio. Los coches del aparcamiento, que ya nadie va a reclamar, estaban cubiertos de hojas muertas. Casi todos los árboles están desnudos; la basura se arremolinaba por la calle y las ventanas del otro lado de la calle estaban a oscuras.

He notado un escalofrío y me he cerrado la chaqueta. Es imposible echar un vistazo a la ciudad y creer que algún día nuestras vidas volverán a ser lo que eran hace dos meses.

Gav también se ha quitado la mascarilla.

—¿Estás bien? —ha preguntado.

«Las cosas mejorarán —me he dicho—. Vamos a hacer que mejoren.»

—Sí —he contestado—. Es solo que..., en fin, llevaba varias semanas sin salir.

El coche de Gav (o, según me ha contado más tarde, el de sus padres) es un Ford con portón trasero que en su día fue blanco, pero que hoy es tirando a gris, con la estructura cubierta por el óxido, como si fueran líquenes. Dentro apestaba a humo de cigarrillo. He fruncido la nariz instintivamente y Gav se ha dado cuenta.

—Es culpa de mi madre —ha dicho—. He intentado ventilarlo, pero imagino que no es tan fácil cuando el olor ha tenido quince años para asentarse.

—¿Y no le importa que lo uses?

—No está en condiciones de protestar.

El día que vino a casa y nos enseñó técnicas de defensa personal a Meredith y a mí me contó que su madre estaba enferma. O sea, que, probablemente, cuando desperté en el hospital, ya estaba muerta. No me había comentado nada.

—¿Y tu padre? —le he preguntado.

—Igual que ella —ha contestado Gav en un tono de voz que daba a entender que prefería no hablar del tema. Ha accionado el contacto.

El motor ha arrancado con un sonido mucho más suave de lo que yo esperaba, sobre todo teniendo en cuenta el aspecto del coche. Sin embargo, mientras nos dirigíamos a casa de Tessa nos rodeaba un silencio tan profundo que parecía que el coche hacía un ruido espantoso. El único signo de vida que he visto ha sido un gato que ha salido de una gatera.

—No parece que necesitara escolta —he dicho, no porque me importara estar acompañada, sino porque he pensado que hablar haría que la situación fuera un poco más normal—. Todo parece muy tranquilo.

—Parece, sí —ha respondido Gav—, pero debes tener cuidado. Los de la banda de Quentin son bastante violentos. Se han apoderado de los dos últimos suministros que han enviado en helicóptero, he oído que incluso dispararon contra los voluntarios del hospital que habían ido a recoger las medicinas y...

Ha dudado un momento, pero al final ha cerrado la boca. Al parecer ha preferido no contármelo. ¿Habrán hecho algo aún peor?

De pronto he tenido la sensación de que hacía más frío que fuera, con el viento.

—¿Se quedan con toda la comida y los medicamentos? —he preguntado—. ¿Y cómo nos las apañamos?

—Tu padre dice que en el hospital aún les quedan medicamentos del último suministro que les llegó. En cuanto a la comida, tenemos la parte que logramos salvar de nuestras reservas. Además..., tampoco quedan demasiadas personas a las que alimentar.

Ha dicho esa última parte con voz muy tranquila, como si por ello fuera a ser menos verdad. Entonces me he acordado de la lista de Warren, con todas esas direcciones. ¿A cuántas seguirán yendo? ¿En cuántas quedará alguien en condiciones de abrir la puerta?

—Ya lo sé —ha añadido al ver que yo no contestaba—, debería haber prestado más atención. Debería haber detenido a Quentin y a los demás antes de que se llevaran nuestra parte. Entonces tendríamos por lo menos el doble de comida. Además, si no tuvieran la furgoneta a lo mejor no podrían llevarse todo lo que llega con los suministros.

—No es culpa tuya —le he contestado—. Tenías muchas cosas entre manos.

—Sí, sí lo es —ha dicho Gav—. Yo estaba al mando. Se suponía que debía controlar a todo el mundo. Y ya ves cómo ha terminado todo. Gestionábamos toda la operación nosotros solos y ahora, en cambio, tenemos que ir por ahí pidiendo ayuda porque metí la pata.

Ha girado bruscamente el volante y ha aparcado delante de la casa de Tessa. A continuación se ha quedado mirando a través del parabrisas, con las manos agarrotadas y la mirada sombría.

—No tiene sentido que pienses que has metido la pata... —he empezado a decir.

—Pues claro que la he metido —me ha cortado él—. Si no hubiera...

—¡Escúchame! —he gritado, tan fuerte que los dos nos hemos asustado. Gav ha cerrado la boca y finalmente me ha mirado—. Quentin es un capullo, lo ha sido desde de que lo conozco. Y me apuesto lo que quieras a que, por mucho que hubieras hecho, no habrías podido evitar que se uniera a esa banda. Además, si él no les hubiera dado la llave habrían asaltado el almacén de todos modos; y entonces, como nadie os habría puesto sobre aviso, se lo habrían llevado todo, no solo la mitad. Es que incluso si ignoramos por completo todas las cosas buenas que has hecho, incluso si fingimos que nada de eso cuenta porque no ha salido exactamente como tenías planeado, ¿en qué universo podrías haberte asegurado de que no robaban ni un poco de comida?

No tenía intención de soltarle un discurso, pero en cuanto he empezado ya no he podido parar hasta desembucharlo todo. Es que me parece ridículo que Gav, que no ha hecho más que ayudar, se mortifique por la única cosa que, de todos modos, no habría podido evitar. ¡Que se mortifique Quentin por ser tan capullo!

Cuando he terminado, Gav seguía mirándome como si aún no se le hubiera pasado el susto.

—No lo sé —ha admitido finalmente.

—Pues eso. No lo sabes porque no podrías haber hecho nada por detenerlos. O sea, que deja ya de echarte las culpas.

Gav ha soltado un suspiro, largo y lento, y entonces ha sonreído por primera vez desde que hemos subido al coche. Parecía que la conversación había terminado, así que me he inclinado para abrir la puerta.

—Kaelyn —ha dicho entonces, y, cuando me he girado hacia él, algo en su expresión ha hecho que el corazón empezara a latirme a cien por hora.

Me estaba mirando, pero eso no era nuevo: hacía ya un buen rato que me observaba. Era como si de pronto su mirada fuera mucho más concentrada, como si hasta entonces parte de su atención hubiera estado pendiente de otras cosas y ahora, en cambio, todos sus pensamientos se concentraran en mí. Entonces se ha inclinado hacia delante y ha apoyado la mano en el lateral del asiento del acompañante, a pocos centímetros de mi hombro. Tenía los labios entreabiertos, como si quisiera decir algo en cuanto encontrara las palabras.

No sé qué he pensado que iba a hacer.

No, eso no es cierto. He pensado que iba a besarme. Creo que en ese momento no me he dado cuenta y tampoco sé si quería que lo hiciera, pero me he preparado para ello, con el corazón aún desbocado.

Pero al final nada de eso ha importado, porque no lo ha hecho. Ha bajado la mano, ha mirado por la ventana y, cuando se ha vuelto de nuevo hacia mí, su expresión no era ni la mitad de intensa que hacía un momento.

—Gracias —ha dicho.

He tardado un par de segundos en acordarme de por qué me daba las gracias, y entonces me he encogido de hombros y he sonreído como si no acabáramos de vivir un momento potencialmente incómodo.

—¡No hay de qué! —le he contestado en un tono excesivamente jovial.

En ese momento uno de nosotros ha dicho «hasta luego», el otro ha contestado que sí, que claro, y al cabo de un momento estaba ante la puerta de Tessa y oía el rugido del motor del Ford de Gav mientras se alejaba.

Tessa es probablemente la única persona capaz de mantener la compostura mientras todo se desmorona a su alrededor. Cuando ha abierto la puerta llevaba el pelo recogido en una pulcra coleta y, aparte de unas ligeras manchas de tierra en las rodillas de los vaqueros, su ropa parecía limpia y planchada.

—Tu padre ha llamado antes para avisarme de que venías —ha dicho—. Estamos preparando la comida. ¿Tienes hambre? —ha preguntado, tranquilísima, como si desde la última vez que nos vimos yo no hubiera estado a punto de morir.

Me ha gustado bastante que no me tratara como si yo fuera un milagro.

La sensación ha durado unos cinco segundos, el tiempo que ha transcurrido hasta que se han oído unos pasos por el vestíbulo y Meredith se me ha echado encima.

—¡Es verdad, estás curada! —ha exclamado—. Estaba superpreocupada, Kaelyn. ¿Vas a quedarte aquí con nosotras? Tessa dice que puedes quedarte. Yo quería traer tus cosas para que pudieras instalarte ya, pero el tío Gordon no me ha dejado entrar en tu cuarto. Lo siento.

No la había oído pronunciar tantas frases seguidas desde que la tía Lillian se marchó. Se me ha hecho un nudo en la garganta y durante un minuto he sido incapaz de decir nada, de modo que la he abrazado y le he dado un beso en la frente.

—Me alegro de que tú también estés bien —le he dicho al cabo de un momento—. Mi padre tenía razón: debemos tener cuidado. Quiero que te mantengas sana.

Meredith ha asentido.

—Ya lo sé —ha respondido—. No salgo de casa, aquí estoy segura. ¡Y he estado cuidando de tus hurones!

Entonces me ha cogido de la mano y me ha llevado hasta el cuarto de los invitados, donde estaban amontonadas sus maletas, sus juguetes y la jaula de los hurones. Al verme, *Mowat* y *Fossey* han empezado a trepar por los barrotes y a frotarse el hocico en mis dedos. Su aspecto no ha empeorado nada durante mi ausencia. He abierto la puerta de la jaula y he dejado que treparan sobre mí.

—A Tessa no le gustan —ha susurrado Meredith. Superada la excitación inicial, volvía a estar tan callada como de costumbre.

—¿Por qué no? —le he preguntado.

Meredith ha bajado los ojos.

—Pensé que sería divertido soltarlos por el invernadero —ha explicado—. Pero *Fossey* intentó escarbar un agujero debajo de una de las plantas y *Mowat* rompió un tiesto.

—No te preocupes —le he dicho—. Estoy segura de que Tessa no está enfadada contigo.

Tessa nos ha llamado a comer; había preparado raviolis de lata. Meredith no ha dicho casi nada en toda la comida y Tessa se ha mostrado tan cortés que casi resultaba incómodo; hablaba con la niña tal como yo lo habría hecho con un amigo de mis padres a quien no conociera muy bien. Supongo que es solo que no está acostumbrada a tratar con críos. Pero que conste que lo intenta, no me malinterpretes.

Y, en fin, así están las cosas. Las tres formamos una especie de familia extraña. Casi me sentía feliz, pero entonces me he fijado en las tres sillas vacías y he pensado que Drew debería de haber estar sentado en una y mamá en otra. Un dolor familiar me ha llenado el pecho.

Tres semanas enferma y tengo la sensación de haberme perdido un siglo.

14 de noviembre

Ya me he enterado de lo que Gav no quiso contarme ayer.

Esta mañana, después de desayunar, Tessa dijo que me acompañaría a mi casa para recoger mis cosas. Habría preferido ir sola, pero no estoy segura de dónde ha dejado el coche papá, y, aunque ella hubiera querido dejarme el suyo, tiene cambio de marchas manual y no sé como funciona. Ir andando está descartado, pues a veces aún tengo mareos. Hemos discutido entre susurros sobre Meredith y al final hemos decidido que, teniendo en cuenta que no sabíamos con quién podíamos toparnos, lo más seguro para ella era quedarse en casa con la puerta cerrada. Dios, cómo me alegro de haber tomado esa decisión.

—¿Estás segura de que no te importa? —le he preguntado a Tessa ya en el coche, de camino a mi casa—. Que nos instalemos en tu casa, quiero decir… Meredith y yo podríamos quedarnos en mi casa, ahora que he salido del hospital.

—Tu padre dijo que no sabía si tu casa era segura —ha contestado Tessa—, porque tanto tú como tu madre os contagiasteis ahí. En mi casa nadie se ha puesto enfermo. Tiene sentido que Meredith se instale en mi casa y que tú estés con ella. Hay espacio de sobra.

—Pero es tu casa —he insistido—. No tienes por qué dejar que nos instalemos contigo solo porque «tiene sentido».

Tessa ha dudado un instante, pero al final ha dicho:

—En realidad me gusta tener a alguien cerca; en ocasiones en casa hay demasiado silencio.

Tessa se muestra siempre tan impasible que a veces se me

olvida que también puede sentirse sola. Pero, claro, hace semanas que las llamadas de larga distancia e Internet dejaron de funcionar, y desde entonces no ha podido hablar ni con sus padres ni contigo, Leo. Si yo fuera ella, ya me habría vuelto loca.

—Muy bien —he dicho, con una sonrisa—. Entonces es un buen plan para las dos.

Desde el coche he visto un par de casas que me han traído a la memoria la banda de la que me habló Gav; las puertas colgaban de las bisagras y las ventanas estaban rotas. Al entrar en nuestra calle, por un momento he temido que fuéramos a encontrar nuestra casa en el mismo estado. Pero no, estaba todo en su sitio.

Le he dicho a Tessa que prefería entrar sola, porque el virus podía estar en cualquier parte, pero también porque no sabía si me pondría sentimental. Al entrar he echado un vistazo por todas partes. Tessa me había contado que ya se habían llevado toda la comida a su casa, de modo que he ido directamente a mi habitación. Me he quedado un buen rato en el umbral, preguntándome si alguna de mis pertenencias me importaba tanto como para arriesgarme a llevarme el virus con ella.

Al final he cogido una bolsa de la basura, la he llenado con la ropa que me ha parecido más útil y la he cerrado bien para poder meterla directamente en la lavadora al llegar a casa de Tessa. He metido mi iPod en la mochila, junto con la libreta sobre los coyotes y un par de diarios más en los que he ido tomando notas, una guía de supervivencia en la naturaleza que me compré para preparar mis expediciones de investigación y la foto enmarcada de los cuatro, mamá, papá, Drew y yo, que la tía Lillian nos tomó en la playa hace unos años. Me he quedado mirando a mamá y a Drew durante más tiempo del debido y he tenido que contener las lágrimas mientras guardaba la foto. Entonces he encendido el ordenador y he terminado grabando un CD con casi todo lo que había en el disco duro.

Así pues, a eso se ha visto reducida mi vida: algo de ropa, unos pocos libros y un disco.

—Bueno —he dicho cuando he vuelto a entrar en el coche—, larguémonos de aquí.

Estábamos a medio bloque de casa de Tessa cuando una mujer ha cruzado la calle corriendo y se ha plantado delante de nuestro coche. Tessa ha pegado un frenazo y yo he quedado aplastada contra el cinturón de seguridad. El auto se ha detenido a pocos centímetros de la mujer, aunque no ha parecido que esta se diera cuenta.

—¡Qué bien ver a alguien! —ha exclamado—. ¿Adónde vais? ¿Puedo ir con vosotras? ¡No soporto estar sola ni un segundo más!

Tenía el rostro colorado y estornudaba mientras esperaba a que contestásemos. Era evidente que no iba a aceptar un no por respuesta. Tessa ha puesto la marcha atrás, pero la mujer nos ha seguido.

—No, no —ha exclamado—, ¡no os vayáis! Solo quiero hablar con alguien.

De pronto ha empezado a llorar, a sollozar y a toser, todo al mismo tiempo.

Entonces me he dado cuenta de que podía hacer algo: podía salir y hablar con ella. Para mí el riesgo sería prácticamente el mismo que si hubiera estado sana.

—Debería llevarla al hospital —he dicho—. Creo que puedo convencerla para que me acompañe a pie. Te veré más tarde en tu casa.

Tessa ha negado con la cabeza. En un primer momento he pensado que iba a intentar convencerme de que no valía la pena, pero entonces ha comentado:

—Podemos llevarla en coche. Las dos tenemos mascarillas... No tendría por qué pasar nada, ¿no?

Para ser sincera, no me apetecía demasiado pasar una hora o más intentando convencer a aquella mujer de que me siguiera hasta el hospital. He decidido que la metería en el asiento trasero del coche, me sentaría junto a ella y le pondría la mascarilla para que el virus estuviera un poco más controlado.

Al salir del coche he oído el motor de otro automóvil y he pensado que sería alguien del grupo de Gav repartiendo comida. La mujer se ha vuelto hacia mí, rascándose encima de la oreja; se le han caído varios mechones de pelo al suelo.

—Hola, ¿cómo te llamas? —me ha preguntado, con una sonrisa radiante—. Yo soy...

En ese momento, una explosión me ha retumbado en los oídos. He dado un respingo y he agachado la cabeza. Al levantar de nuevo los ojos, la mujer estaba cayendo de espaldas. Tenía una mancha de sangre en la frente y se ha desplomado sobre la calzada.

Su cuerpo se ha estremecido durante unos segundos y finalmente ha quedado inmóvil.

Entonces he oído una puerta de coche que se cerraba. Me he dado la vuelta y he visto a un chico un poco mayor que Drew, que se acercaba hacia nosotros desde una furgoneta, con una pistola en la mano. Llevaba una mascarilla con las palabras «supervivencia» y «fuerza» escritas con rotulador, pero lo he reconocido por su pelo rubio claro. Era un chico que solía echar una mano en el huerto de MacCauley, donde cada otoño llenábamos una cesta de manzanas.

Entonces Tessa me ha llamado con un grito y se me ha ocurrido que lo mejor que podía hacer era volver a meterme en el coche.

—¿Qué coño hacéis? —ha preguntado el tío, que se ha quedado a unos tres metros de distancia y ha ladeado la cabeza, como si se asegurara de que la mujer estaba efectivamente muerta—. ¿No sabéis lo que está pasando? ¿O es que queréis poneros enfermas?

—¡Qué coño haces tú, tío! —le he contestado—. ¡Acabas de dispararle a una persona!

—Estaba infectada —ha contestado—. Estaba muerta de todos modos. Solo me he asegurado de que no se lo pegaba a nadie.

—¡No estaba muerta! —he replicado—. ¡Podría haberse recuperado! ¡Yo lo he hecho!

En cuanto esas palabras han salido de mis labios me he dado cuenta de que acababa de cometer un error. El chico me ha mirado entrecerrando los ojos y ha levantado la pistola.

—¿Tú has tenido el virus? —ha preguntado—. Entonces seguro que aún lo llevas dentro.

Me he lanzado hacia la puerta del coche, pero estoy segura de que si en aquel momento Tessa no se hubiera interpuesto entre nosotros, me habría disparado antes de que hubiera podido entrar.

El chico ha dudado un momento y Tessa ha empezado a gritar.

—¿En serio tienes tantas balas que puedes irlas malgastando así? —le ha preguntado con los brazos en jarras—. ¿Eso te han dicho tus amigos? ¿Que vayas por ahí disparando contra la gente sana?

El chico se la ha quedado mirando. Yo también.

—Sois peores que el virus —ha añadido Tessa—. Por lo menos este deja supervivientes. Vosotros, en cambio, queréis cargaros a todo el mundo.

—Ya veremos si sigues diciendo lo mismo cuando tu amiga te infecte —ha contestado el chico, que, sin embargo, ha bajado la pistola.

En cuanto ha sido evidente que daba media vuelta y se marchaba, me he metido en el coche. Tessa ha hecho lo mismo. Había dejado el motor en funcionamiento; entonces ha dado marcha atrás lo justo para poder esquivar el cuerpo de la mujer y ha pisado el acelerador de forma tan abrupta que me he golpeado el hombro contra la ventanilla.

—Lo siento —se ha disculpado Tessa, que volvía a ser la de siempre—, pero me ha parecido mejor no darle tiempo a cambiar de opinión.

—Pues sí, mejor —he contestado—. Dios mío, gracias.

—Bueno, no podía dejar que te disparara —ha respondido Tessa, como si se tratara de un hecho objetivo.

Pero no lo es: la verdad es que sí podría haber dejado que me disparara. Podría haberse largado de ahí pitando y no arriesgar la vida por una chica con la que hace un par de meses ni siquiera quería sentarse en clase.

De hecho, no sé qué habría hecho yo si los papeles hubieran estado cambiados. Quiero pensar que también habría salido en su defensa, pero no me cuesta nada imaginar que me habría quedado en blanco hasta que hubiera sido demasiado tarde. Pero quiero ser ese tipo de persona, el tipo de persona que salva a los demás.

He logrado vencer un virus que se ha cargado a casi todo aquel a quien ha contagiado. Debería sentirme más fuerte. Soy más fuerte. Tengo que recordarlo.

15 de noviembre

Esta mañana, cuando he ido a ducharme, el agua del grifo salía marrón, tanto que casi parecía fangosa dentro de la bañera impoluta de Tessa. He intentado llamar al hospital pero comunicaba, como casi siempre. Así pues, les he dicho a Tessa y a Meredith que no bebieran agua y he salido. Por suerte papá trajo el coche ayer por la noche.

Nada más entrar en el hospital he visto a Nell.

—El sistema de filtrado debe de haberse roto —ha anunciado—. Intentaremos encontrar a alguien que pueda arreglarlo, aunque en realidad creo que hemos tenido suerte de que no sucediera antes. Los sistemas mecánicos terminan estropeándose por falta de mantenimiento. Lo que me sorprende es que la electricidad haya aguantado tanto.

Así pues, ahora tenemos que hervir el agua antes de poder beberla. Me he pasado la mañana llenando las ollas más grandes que he encontrado en el hospital, colocándolas al fuego y luego vertiendo el agua (que sigue siendo marrón, pero que, por lo menos, es potable) en unas jarras que ha traído uno de los voluntarios. Cuanta más tengan disponible, mejor. Me ha parecido una forma sencilla de ayudar.

Después de llenar la última jarra he ido a buscar a Nell para preguntarle qué quería hacer con ellas. La he visto desde lejos, en el vestíbulo, y la he llamado, pero justo en aquel momento las puertas del ascensor se han abierto y de dentro ha salido un hombre con el pelo canoso y enmarañado, empujando una enorme camilla. Esta estaba cubierta con una sábana que, no obstante, no lograba ocultar los bultos y las protuberancias que había debajo: pies y codos, hombros y frentes. Una montaña de cuerpos. Ha pasado ante mí, con las ruedecitas chirriando, y se me ha revuelto el estómago. Los pacientes del pasillo se han callado de golpe. Cuando he logrado apartar la vista, me he dado cuenta de que tenía a Nell a mi lado.

—¿Adónde los lleva? —le he preguntado.

Ella me ha puesto una mano encima del hombro, que temblaba, y de pronto me he dado cuenta de que lo que le estaba preguntando realmente era: ¿dónde está mi madre?

—Ojalá pudiéramos enterrarlos con el debido respeto —ha contestado en voz baja—. Pero después de la primera oleada... No disponemos ni de los voluntarios ni del tiempo necesarios. Hemos tenido que utilizar la vieja cantera.

La cantera. Recuerdo explorarla de niña, resbalando y hundiendo las manos en la gravilla. Era como un inmenso lago vacío. Solo que ahora ya no está vacío.

He notado una opresión en el pecho y he tenido que resistir la tentación de marcharme del hospital y no parar de correr hasta llegar a la cantera y encontrar a mamá entre la montaña de cadáveres. Para verla por última vez. Sé que suena malsano, pero creo que hay una parte de la pena que no se puede superar tan solo mediante las palabras ajenas. Si no has podido ver el cuerpo, o por lo menos cómo enterraban el ataúd, con tus propios ojos, es muy difícil desprenderse de la sensación de que ha habido un terrible error, que se han equivocado y que en realidad no ha muerto nadie.

Incluso los animales rinden homenaje a sus muertos. Los elefantes velan a sus amigos y familiares fallecidos. Los gorilas rugen y se golpean el pecho. Mamá ni siquiera tuvo eso. La echaron en una fosa con un montón de gente más, como si fueran víctimas de un genocidio. Como si fuera basura. ¿Cómo hemos podido hacerle eso?

En el fondo, no es tan distinto de lo que vi ayer: basta un virus microscópico para que las personas que no están enfermas empiecen a actuar como asesinos de masas.

He cerrado los ojos, los he vuelto a abrir y me he tragado las lágrimas amargas y las duras palabras que habría podido decir. No es culpa de Nell, no lo es. Y hay cosas mucho peores por las que preocuparse. Por ejemplo, que Drew podría estar flotando en el estrecho, o desmoronado en la costa del continente, muerto y olvidado. En cuanto a mamá, por lo menos sé dónde está.

Me he quedado mirando al hombre de la camilla hasta que ha salido por la puerta del hospital.

—¿No le preocupa ponerse enfermo? —he preguntado al cabo de un rato, desesperada por encontrar otro tema de conversación.

El tipo llevaba una mascarilla y un traje protector, como todos, pero estar tan cerca de esa montaña de cuerpos debía de tener sus riesgos.

Nell ha esbozado una sonrisa triste.

—Howard es como tú, cariño —ha dicho—. Contrajo el virus al principio y fue el primero en sobrevivir. Por eso es él quien se encarga de este trabajo.

Papá me dijo que yo era la quinta superviviente y que seguramente la mujer de mi habitación sería la sexta, pero hasta aquel momento no me había hecho a la idea. Hay otras personas en la isla que han vencido el virus, que han demostrado que podemos conseguirlo.

Papá dijo también que habíamos tenido suerte, pero eso es eludir la responsabilidad. Cuando se trata de ciencia, hablar de suerte es lo mismo que decir que aún no has encontrado el motivo.

De pronto he experimentado una súbita excitación, como un fogonazo en la oscuridad.

—Nell, guardáis los historiales de todos los pacientes, ¿verdad?

—Sí, claro —ha contestado la doctora—. Aunque no los tenemos tan organizados como antes. El archivo está junto a la recepción, ¿por qué?

—¿Podrías anotarme los nombres de todas las personas que se han curado?

Nell ha fruncido el ceño.

—Kaelyn, tu padre ha repasado ya esos historiales una decena de veces y no ha encontrado nada.

—Ya lo sé —he contestado—, pero puede resultar útil que otra persona les eche un vistazo. No tenemos nada que perder.

Nell me ha proporcionado el código de la puerta y los nombres de los otros cinco supervivientes, y se ha marchado a trabajar. Tenía razón en lo de la falta de organización: los armarios están desbordados y hay expedientes amontonados por todas partes, almacenados donde no les corresponde. Pero al cabo de media hora había conseguido ya localizar los historiales de las seis personas que nos hemos recuperado. Me he sentado en el suelo y he empezado a leer, pero la letra es tan pequeña que pronto ha empezado a dolerme la cabeza. Entonces los he metido entre dos armarios, para que me resulte más fácil encontrarlos la próxima vez que venga.

Hoy no he hallado nada que los seis supervivientes compartamos y que permita explicar por qué precisamente nosotros hemos sobrevivido, cuando el resto de los afectados han muerto, pero pienso seguir buscando. Tiene que haber algo.

16 de noviembre

Hoy he ido a la ciudad y nadie me ha apuntado con una pistola. Algo es algo.

Ayer, al salir del hospital, me topé con Gav, que me contó que mi padre les había pedido a los voluntarios de su grupo que aprovechen la ronda de distribución de alimentos para informar a la población sobre el problema con el agua. Tiene sentido; la situación no hará más que empeorar si, de pronto, la gente que aún no ha contraído el virus pilla otra cosa por beber agua contaminada.

—¿Cuándo volvéis a salir? —le pregunté inmediatamente—. Si necesitáis gente, vendré con vosotros.

—Ahora tenemos a un montón de voluntarios —contestó él—, pero cuantos más seamos, antes terminaremos. Salimos mañana por la mañana; si quieres, te paso a buscar.

Su aspecto y su forma de hablar desprenden una confianza mucho mayor que la última vez que lo vi, cuando aún se estaba fustigando por lo de Quentin. Sin embargo, después de preguntarme eso me dirigió una mirada cautelosa, como si temiera que fuera a mandarlo a hacer gárgaras.

—Sería fantástico —contesté.

Esbocé una sonrisa y él me la devolvió. Aunque no había encontrado nada en los archivos, me dije que había sido un buen día.

Así pues, esta mañana ha pasado a buscarme en su Ford destartalado y hemos ido al hospital, donde iba a reunirse todo el mundo. Teniendo en cuenta que se trata de una operación en la que hasta hace una semana trabajaban tan solo tres chicos,

Gav y Warren lo han organizado todo con una celeridad increíble. Mientras íbamos en coche me ha puesto al corriente de los detalles.

—Warren ha dividido la ciudad en varios sectores —ha explicado—. Tenemos una lista correspondiente a cada sector. Hay otra para las casas de las afueras, las granjas y todo eso. Las listas especifican a qué casas no hace falta ir, para ahorrar tiempo. Se trata de llamar a la puerta y, si abren, darles una bolsa de comida. Hoy, además, también les diremos que tienen que hervir el agua del grifo. Y hay que preguntar si alguien en la casa presenta síntomas. Si es así, o si vemos a alguien enfermo, hacemos lo posible para convencer a la persona en cuestión de que nos acompañe al hospital. Una de las enfermeras está preparando un hogar para los niños que se han quedado huérfanos, en la iglesia que hay junto al hospital; si ves a alguno en esa situación, toma nota y con un poco de suerte pronto tendremos un lugar al que llevarlos.

—¡Caray! —he exclamado.

Gav se ha reído.

—Ya lo sé —ha dicho—, parece que son muchas cosas. Sin embargo, en cuanto empecemos verás que no es tan distinto de lo que hacíamos antes. Ojalá pudiera...

—Como vuelvas a decir que ojalá pudieras hacer más —lo he cortado—, te meto. Hablo en serio.

—¡Vale, vale! —ha respondido, agachando la cabeza, aunque sé que es justo lo que estaba pensando.

Al llegar al hospital ya había un montón de gente esperando. He reconocido a Warren y a otro chico que ya estaba en el primer grupo de Gav, a una mujer a la que he visto varias veces echando una mano en el hospital, a un chico mayor que antes trabajaba de camarero en el Seaview Restaurant, a uno de los camilleros y a otros adultos que me suenan.

Gav se ha puesto muy serio. Al salir del coche los ha saludado con la cabeza, aparentemente despreocupado, pero me he dado cuenta de que se encogía de hombros, como una tortuga que combatiera el impulso de esconderse en su caparazón. Entonces se ha acercado rápidamente a Warren, que estaba sentado cerca del grupo, detrás del volante de un coche, con la puerta abierta.

—Me alegro de verte, Kaelyn —ha dicho Warren, que a continuación ha mirado a Gav.

No he sabido interpretar aquella mirada entre los dos, pero un segundo más tarde Gav se ha puesto aún más colorado que antes, aunque se ha encogido de hombros y se ha apoyado en la puerta del coche.

—¿Cuál es el plan para hoy? —ha preguntado.

Warren ha rebuscado entre un montón de papeles que se parecían mucho a los que llevaba en la mano la primera vez que lo vi.

—Hoy tenemos cuatro coches —ha anunciado—. He dividido las listas en cinco partes. Cada grupo tiene ocho paradas, excepto el grupo de las afueras, aunque estos solo tienen que visitar una casa por viaje. Patrick y Terry ya han cargado los coches como pediste, o sea, que creo que estamos listos para salir.

Le ha pasado los papeles a Gav, que les ha echado un vistazo y ha vuelto la cabeza hacia el grupo de voluntarios.

—Un día de estos —le ha dicho a Warren— te voy a hacer salir a hablar a ti; lo sabes, ¿verdad?

—Y tú sabes que a mí no me prestarían tanta atención como a ti, ¿verdad? —ha contestado Warren—. Solo tienes que hablar, están todos ansiosos por salir.

Gav ha fingido que fruncía el ceño antes de subir de dos en dos los escalones de entrada al hospital. Ha dudado un instante y a continuación ha pedido la atención de todos. Warren se ha vuelto hacia mí y me ha sonreído.

—Le gustaba más cuando éramos solo los chicos. Pero sabe cómo lograr que todo el mundo colabore. Y por mucho que diga, no creas que se está colgando medallas que no le corresponden: todo esto fue idea suya. Yo solo lo ayudo para que salga mejor, porque me lo pidió.

—¿No crees que esto sea importante? —le he preguntado.

—Soy consciente de lo importante que es —ha puntualizado—. Pero ponme ahí arriba y me quedo petrificado. Él, en cambio, lo siente, y eso es lo que hace que la gente actúe.

Los dos nos hemos vuelto hacia Gav, que gesticulaba mientras insistía en que había que explicarle a todo el mundo que el agua que sale del grifo no es potable. Los nervios que pudiera haber sentido habían desaparecido por completo. Estaba muy erguido y miraba a todos con aquella mirada tan suya, tan intensa, como si se tratara de un asunto de vida o muerte. Y eso es ni más ni menos de lo que se trata.

—Da la sensación de que sois amigos desde siempre —le he dicho a Warren.

—Pues sí —ha contestado este—. Desde segundo. La profesora se burló de él porque aún no había aprendido a nadar. Gav quiso vengarse, y a mí se me ocurrió la broma perfecta. Hemos sido socios conspiradores desde entonces.

He arqueado mucho las cejas.

—¿Qué le hicisteis? —he preguntado.

La sonrisa de Warren se ha vuelto socarrona.

—No creo que a Gav le hiciera mucha gracia que te lo contara —ha contestado, y ha inclinado la cabeza señalando a su amigo, que se acercaba ya hacia nosotros.

Las otras parejas han entrado en los coches, con los mapas y las listas en las manos. Al parecer, Gav le había cedido las llaves de su coche al camillero.

Así pues, hemos subido los tres al automóvil, ellos dos delante y yo detrás, junto a una montaña de bolsas de comida.

En cierto modo no ha estado tan mal como me temía. Mientras conducíamos y hablábamos, casi he logrado convencerme de que éramos un grupo de amigos que habían salido a dar un paseo. Además, la mayoría de las personas que me han abierto la puerta parecían sanas y aliviadas de verme, incluso cuando les he explicado el problema con el agua.

Sin embargo, también ha habido una mujer que me ha arrancado la bolsa de comida de las manos y ha cerrado de un portazo, sin darme tiempo a decir nada. Entonces he oído la voz de un niño, que hablaba y estornudaba al mismo tiempo. Y luego nos hemos topado con un hombre que no paraba de toser y que hemos tenido que trasladar al hospital.

—Lo llevo yo —he dicho, pero Gav me ha lanzado una mirada horrorizada.

—De los enfermos me encargo yo —ha respondido—. Fui yo quien decidió empezar a llevarlos al hospital y soy yo quien debe seguir haciéndolo.

—Vale —le he contestado—, pero yo ya he estado enferma; tú aún puedes contagiarte. Es de sentido común.

Gav no podía negar los hechos, así que he terminado saliéndome con la mía. Eso sí, ha insistido en ayudarme a meter al hombre en el coche. Cuando me dirigía al asiento del conductor, me ha cogido por el brazo.

—Ten cuidado —me ha advertido—: si ves un coche que no forma parte de nuestro grupo…

—Sí, ya lo sé. Tendré cuidado, gracias.

He llegado al hospital sin mayores contratiempos, así que esa no ha sido la peor parte del día. Lo peor han sido todas las direcciones a las que no hemos llamado y todas las que hemos tenido que borrar de la lista porque nadie ha contestado después de tres intentos. Al final solo hemos encontrado gente en cuarenta y tres casas. Warren ha echado un vistazo a la hoja de papel que le he entregado al terminar el reparto, plagada de equis, y se ha masajeado el puente de la nariz.

—Reharé las listas antes de la próxima salida —le ha dicho a Gav.

Este ha asentido con la cabeza, como si no le diera más importancia, pero un minuto más tarde he visto cómo sacaba una lata de judías del maletero y la arrojaba con fuerza contra el suelo. La lata ha rebotado sobre el asfalto con un sonido sordo.

«Por lo menos lo estamos intentando», he pensado, pero no lo he dicho. Estoy casi segura de que no era eso lo que quería oír. Ojalá hubiera podido decirle algo mejor.

17 de noviembre

Han atacado el barrio del tío Emmet. Ha sido la banda a la que, según Gav, se ha unido Quentin. Esta mañana he ido a la casa a echar un último vistazo y he encontrado la puerta abierta de par en par. Se habían cargado el pomo con una palanca.

He tenido un breve ataque de pánico y me ha faltado poco para volver corriendo al coche, pero entonces me he dado cuenta de que posiblemente me encontraba en uno de los lugares más seguros de toda la ciudad. Ya se habían llevado de allí todo lo que querían, ¿para qué iban a volver? Las opciones de que saqueen la casa por segunda vez son las mismas, más o menos, que de que yo vuelva a coger el virus.

No creo que encontraran demasiadas cosas de interés. El mueble bar estaba vacío y parecía que habían revuelto los dormitorios en busca de objetos de valor. Pero estoy segura de que cuando la tía Lillian se marchó no dejó su joyero, así que debieron de llevarse una decepción.

Por un momento he temido que hubieran robado los prismáticos, que tenía intención de recuperar, pero al final los he encontrado entre las sábanas desordenadas de la cama de Meredith.

Las patrulleras siguen ancladas en el estrecho, montando guardia. Al fondo, el continente tenía el mismo aspecto de siempre. Me ha parecido atisbar movimientos y destellos de luz a través de la bruma.

Cuesta imaginar que la vida allí pueda seguir su curso habitual: que la gente vaya al colegio, compre comida en las tiendas y salga por ahí con los amigos sin mascarillas. Es como si en lugar de una ciudad situada al otro lado de una franja de agua se tratara de un planeta completamente distinto, separado por un espacio insondable.

Y sé que parecerá pesimista, pero, sinceramente, esa hipótesis es mucho mejor que la alternativa. Porque la alternativa es que la vida allí no siga su curso habitual, que también estén cayendo como moscas, como nosotros.

He intentado imaginar qué estarás haciendo en estos momentos, Leo. A veces te imagino en clase, girando y saltando mientras los profesores te observan asombrados. Es un pensamiento agradable, pero sé que no es cierto. Porque tienes que haberte enterado de cuál es la situación aquí y sé que te sería imposible actuar como si no pasara nada. Es posible que en este preciso instante estés al otro lado del canal, intentando negociar con quienquiera que esté al mando para que te dejen volver a casa.

Me pregunto si Drew estará contigo. A lo mejor logró llegar al otro lado, pero su equipo de submarinismo quedó dañado y, aunque hubiera encontrado algo que pudiera ayudarnos, no tendría forma de regresar. Pero un día, cuando la isla vuelva a ser un lugar seguro, volveréis con nosotros.

Ojalá esa posibilidad no me pareciera tan remota.

Al salir de casa de mi tío me he llevado los prismáticos. No quiero tener que volver. Mientras cruzaba el caminito de acceso, de vuelta al coche, me ha parecido ver movimiento en la calle y me he detenido en seco. Cuatro casas más abajo había un cuerpo en el suelo, mitad sobre la acera, mitad en la calzada. Era alguien que había muerto por culpa del virus, o del agua, o de un disparo. No estaba lo bastante cerca como para asegurarlo. Un coyote le estaba tirando del brazo. He mirado hacia el otro lado y me he metido en el coche.

En realidad no lo puedo juzgar, los coyotes también tienen que comer para vivir.

De vuelta a casa de Tessa he dado un pequeño rodeo por el puerto. No me he acercado demasiado, pues aún tengo muy presente lo que me contó papá sobre lo poco que les cuesta a los soldados disparar, pero sí lo suficiente para poder ver lo que pasaba con los prismáticos.

No he visto a nadie en los muelles. Entonces he mirado hacia los botes y me ha dado un escalofrío. Todos los que llenaban mi línea de visión estaban medio hundidos; las proas sobresalían del agua, aún atadas a los diques, y a algunas embarcaciones les faltaban fragmentos de cubierta, o tenían agujeros en el casco. Parecía como si un gigante se hubiera paseado por ahí blandiendo su maza. He seguido las líneas irregulares de los muelles intentando localizar el amarradero de la lancha del tío Emmett. La destrucción no me ha permitido distinguir los detalles, pero por lo que he podido ver no ha sobrevivido ni un solo barco.

La tormenta que mencionó papá no pudo provocar tantos daños; nunca he visto ningún viento del noreste que se cargue los barcos de esta forma. Así pues, tiene que haber sido una persona. O varias.

Ha empezado a darme vueltas la cabeza, hasta el punto de tener que apartar los prismáticos y cerrar los ojos. Cada vez que miro a mi alrededor descubro que hay otra cosa rota.

18 de noviembre

En el hospital hay cada día más jaleo. Papá y Nell no han dicho nada al respecto, pero sospecho que ya casi se les han terminado los sedantes. Es posible seguir el curso de la enfermedad desde los pasillos: toses y estornudos, cháchara exageradamente amistosa y gritos de pánico. Ayer tuve que llamar a una enfermera tres veces antes de que me prestara atención, aunque cuando se quitó los tapones que le protegían los oídos lo entendí todo.

El virus ha cobrado voz y no parece que esté muy contento.

Tenía previsto pasar la tarde en el archivo, pero tras una hora repasando todos los detalles de los tratamientos y comparando a los supervivientes con las víctimas, he vuelto a dejar los historiales donde estaban y me he marchado. Llevo días cotejándolo todo una y otra vez, y no hay nada. Ninguno de los seis tenemos nada especial que nos distinga del resto. No hay una solución milagrosa que estuviera esperando a que me tropezara con ella.

Al salir al frío exterior, he oído el zumbido de un helicóptero que ha pasado sobre mi cabeza, rumbo al continente de nuevo. ¿Periodistas grabando imágenes? ¿O tal vez otro envío del que la banda se habrá vuelto a apropiar? Los he imaginado tirando los medicamentos que el hospital necesita desesperadamente en la parte trasera de su furgoneta robada. De forma instintiva, he cerrado los puños de rabia.

He ido directamente a casa de Tessa. La he encontrado en el invernadero, podando uno de los arbustos, arrodillada en el suelo.

—Tenemos que volver a salir —le he dicho—. A rescatar medicamentos. La otra vez nos quedaron varias casas de verano.

—Fui yo sola —ha contestado Tessa.

—¿Y qué pasa con las casas normales? —he dicho—. Podemos empezar por nuestra calle.

—¿Quieres entrar a robar? —ha preguntado Tessa, enarcando una ceja.

«¿Por qué no?», he estado a punto de decir. La banda esa ya se dedica a saquear casas por motivos egoístas, ¿por qué no íbamos a hacerlo nosotras, que solo queremos ayudar al hospital? Pero al pensar en la banda me he acordado del día en que aquel tío de la furgoneta le disparó a una mujer delante de mí y se me ha revuelto el estómago. No quiero parecerme a ellos en nada.

—No —he dicho entonces—. No nos hace falta. Sé qué casas están vacías de cuando hice el reparto con Gav. Llamaremos a la puerta y solo entraremos si está abierta.

Así pues, ayer y esta tarde hemos dejado a Meredith viendo uno de sus DVD y hemos salido. Tessa me ha esperado fuera mientras yo echaba un vistazo rápido para asegurarme de que las casas en cuestión estaban vacías. Las dos primeras veces me han entrado sudores mientras cruzaba los pasillos y miraba en los dormitorios, pero aún no me he topado con nadie, ni sano ni enfermo, ni vivo ni muerto. Al cabo de un rato, el recuerdo de la mujer y el niño muertos de la casa de verano ha empezado a desvanecerse.

Aunque eso no significa que entrar en esas casas no sea horrible. Las casas de verano eran tan impolutas y asépticas que podía llegar a convencerme de que allí no había vivido nunca nadie. Las casas que estamos saqueando ahora, en cambio, pertenecían a personas a las que no hace tanto me cruzaba por la calle y saludaba en la cola del colmado, personas cuya presencia permanece aún en las fotos de las mesitas de noche, las notas de las cocinas, los juguetes esparcidos en las salas de estar y los pósteres que cuelgan en las paredes de los dormitorios. Pero ninguna de ellas va a volver.

He aprendido a concentrarme visual y mentalmente en el siguiente cajón, en el siguiente armario, y a desconectar del resto en la medida de lo posible.

No hemos encontrado gran cosa más allá de productos básicos como aspirinas y tiritas, pero algo es algo. Esta vez también nos llevamos la comida aprovechable. Es posible que por el momento baste con la que Gav tiene almacenada, pero nadie sabe cuánto tiempo pasará antes de que logremos hacernos con otro de los envíos procedentes del continente. Tessa y yo lo hemos llevado todo al hospital y hemos guardado la comida en la cocina.

Gav vino anoche para enseñarle movimientos de autodefensa a Tessa y para asegurarse de que Meredith y yo nos acordábamos de lo que nos había enseñado, y esta mañana lo he vuelto a ver durante el reparto, pero no le he contado lo que hacemos. No es que me preocupe que pudiera no aprobarlo; de hecho, estoy convencida de que lo aprobaría. Es más bien que se emocionaría y querría convertirlo en una parte más de su reparto de alimentos. Y entonces ya no sería algo mío.

A lo mejor debería involucrar a más personas, pero, por algún motivo, ahora mismo necesito tener algo que sea mío y de nadie más.

19 de noviembre

Te habrás dado cuenta de que últimamente no he hablado demasiado de papá, Leo. La verdad es que no lo veo casi nunca. La gente que queda en el hospital lo trata como si fuera el jefe. Es casi como si viviera allí.

En parte es lo más seguro para todos, ya que así no nos arriesgamos a que traiga el virus a casa y contagie a Meredith o a Tessa. Casi cada noche llama para ver cómo estamos, pero nunca puede hablar durante más de uno o dos minutos. Pero, desde luego, no es lo mismo que tenerlo aquí. A veces me despierto a media noche preguntándome dónde andará y tengo la sensación de que está tan lejos como mamá o Drew.

No entiendo de dónde saca la energía para seguir adelante. Cuando nos cruzamos en el hospital me sonríe, pero se le nota en la cara que está agotado. Seguramente en el centro de investigación hay menos jaleo, a lo mejor va allí a echar una cabezadita. Espero que así sea. Como siga por este camino se va a poner enfermo sin necesidad de pillar el virus. Y no puedo perderlo, no puedo.

Al final, esta tarde he tenido ocasión de hablar con él. Ha entrado en la cocina del hospital mientras estaba guardando la comida que Tessa y yo rescatamos ayer por la tarde. Ha empezado a prepararse un tazón de sopa instantánea. Por lo menos ahora sé que de vez en cuando come algo.

—¿Alguna noticia del continente? —le he preguntado—. ¿Habéis detectado algo con la radio?

Ha dudado un momento y finalmente ha soltado un suspiro.

—De momento no tenemos nada productivo —ha confesado—. Pero lo seguiremos intentando, desde luego.

—Hay algo que quería preguntarte. El otro día eché un vistazo al puerto y… está desierto. No solo eso, sino que las barcas…

Por cómo la mandíbula de papá se ha tensado me he dado cuenta de que ya lo sabía.

—Sé que quieres venir al hospital a echar una mano y creo que es bueno para ti —ha respondido—. Pero preferiría que no fueras a ninguna otra parte a solas, ni siquiera en coche, ¿de acuerdo? Estás más segura con otra gente.

—Ya —he contestado. No era una promesa, pero es que no tenía intención de prometerle nada; no puedo llevarme a Tessa y a Meredith a todas partes—. ¿Qué les ha pasado a los barcos? —he insistido.

—Los soldados —ha contestado, al tiempo que vertía el agua del hervidor y una nube de vapor se elevaba entre nosotros—, los que estaban estacionados en el puerto. Por lo que sabemos, les entró tal miedo a contagiarse del virus que desobedecieron las órdenes que tenían y se marcharon. Pero primero quisieron asegurarse de que nadie los podría seguir.

He tragado saliva.

—Entonces, ¿se han cargado todas las barcas? —he preguntado.

—No todas —ha dicho papá—. Como sabes, alguna gente guarda embarcaciones de pequeño calado en sus garajes privados. Si quisiéramos mandar a alguien a través del estrecho, podríamos hacerlo. Pero no creo que valga la pena arriesgarse a la recepción que, probablemente, nos dispensarían las patrulleras. Sospecho que los militares han adoptado una actitud respecto a los habitantes de la isla que consiste en primero disparar y luego preguntar.

¿Qué le habrían hecho a Drew si lo habían pillado? De repente me ha venido a la mente una imagen de las olas arrastrando su cuerpo hasta la costa y me he encogido. Papá me ha pasado un brazo por la espalda y yo he recostado la cabeza en su hombro.

—La situación ya solo puede mejorar, ¿verdad? —le he preguntado—. Esto no puede durar eternamente.

—Nada dura eternamente —ha contestado él, pero sus palabras no me han resultado tan reconfortantes como me habría gustado.

Pero es cierto. Esta epidemia tiene que terminar, antes o después. Debo concentrarme en eso, en el día en que el virus ya no existirá y todo esto no será más que la historia de algo malo que sucedió hace mucho tiempo.

20 de noviembre

Hoy Gav nos ha preparado la comida. Es muy buen cocinero. ¡Quién lo iba a decir!

Yo no lo había planeado, pero al terminar la ronda matutina y después de despedirnos de Warren, que está ayudando a instalar a los niños huérfanos en la iglesia, Gav ha dicho:

—Sé que sonará fatal, pero siempre que terminamos de repartir la comida estoy que me muero de hambre.

—¿Por qué no te vienes a casa de Tessa y comes con nosotras? —le he preguntado.

—Vale —ha contestado.

Me he sonrojado al momento. Para evitar que se diera cuenta le he pegado un empujoncito y he bromeado:

—A menos que creas que nuestra comida no es lo bastante buena para ti.

—Bueno, ya veremos —ha contestado él, enarcando una ceja.

En cuanto ha entrado en la cocina, Gav ha empezado a abrir armarios. Al cabo de cinco segundos había sacado un montón de latas y ya estaba rebuscando en el estante de las especias, mientras Tessa, Meredith y yo lo mirábamos, expectantes. Entonces ha cogido una cazuela, pero en ese momento se le ha ocurrido que no le había pedido la opinión a Tessa:

—¿Te importa? —le ha preguntado.

—Qué va, adelante —ha contestado ella.

Teniendo en cuenta que nuestra idea de cocina creativa consiste básicamente en mezclar guisantes congelados con arroz instantáneo, no estábamos en situación de protestar.

En comparación con lo que solemos comer, el estofado de Gav

nos ha parecido un milagro, aunque al terminar ha dicho que debería haber utilizado queso parmesano y salmón fresco en lugar de salmón en lata. Ha sido la primera vez desde hacía una eternidad que he disfrutado de la comida. He saboreado cada bocado antes de tragármelo, ignorando los rugidos de mi estómago, porque esta noche volveremos al menú básico.

Habría sido una comida perfecta si, en un momento dado, yo no hubiera golpeado sin querer el vaso de Meredith. El agua, previamente hervida, se ha derramado por encima de su falda y por el suelo; mientras fregábamos, Meredith no paraba de disculparse. Tras la vigésima disculpa no he podido aguantarme más.

—Meredith —le he espetado—, no ha sido culpa tuya; el vaso lo he tirado yo. ¡Deja ya de pedir perdón!

Y sí, ha dejado de pedir perdón, pero solo porque se ha puesto a llorar. He sentido que me iban a dar el premio a la peor prima del año.

En realidad no me había enfadado con ella, pero es que me tiene tan preocupada que a veces me saturo. Desde que salí del hospital tiene una actitud extremadamente sumisa y servil, y se disculpa por todo lo que sale mal, sea culpa suya o no.

A lo mejor cree que seremos más felices si ella carga con todas las culpas. Hace un par de años vi un documental sobre lobos en el que hablaban sobre los diferentes rangos que existen dentro de una manada, con los miembros omega en la parte más baja. Si uno de los lobos se enfada por algo, lo paga con el omega. A este no le importa, pues ha elegido ese papel: quiere ser el chivo expiatorio que permite que le apliquen un castigo por todo aquello que molesta a la manada, así que el resto de los miembros pueden calmarse. A lo mejor Meredith piensa también en esos términos.

O puede que esté tan afectada que ha empezado a creer que realmente tiene la culpa de todo. No lo sé. He intentado hablar con ella, pero se limita a esbozar una sonrisa forzada y a decir que no le pasa nada y que se alegra mucho de estar conmigo. Ojalá mamá estuviera aquí. Ella sabría qué hacer, o, por lo menos, lo sabría mejor que yo.

Al final mi solución ha resultado no ser una idea brillante, aunque en su momento me ha parecido que no estaba mal.

—Vamos a dar una vuelta —le he dicho—. Hace siglos que no sales de casa.

—¿Podemos ir a ver los coyotes? —ha preguntado Meredith, que seguía sollozando, pero que parecía más animada.

Me he acordado del coyote que vi comiéndose un cadáver delante de la casa del tío Emmett.

—Creo que no están en su momento más cordial —he contestado—. Pero podemos ir a la playa.

—Vale —ha contestado ella.

No obstante, hacía un día gris y ventoso, e ir a pasear por la playa no parecía la mejor idea.

Se ha terminado la comida de un mordisco y ha ido corriendo a buscar los zapatos y la chaqueta. Tessa ha dicho que prefería quedarse en casa, trabajando en el invernadero; aunque las plantas medicinales de papá hayan resultado un fiasco, ella sigue trabajando en sus propios cultivos. Gav se ha ofrecido a acompañarnos.

—Iremos en mi coche —ha propuesto—. De todos modos tengo que llenar el depósito.

Hace unos días le di las llaves de la gasolinera y le enseñé a utilizar los surtidores, pues es mucho más probable que los necesite él que no yo.

En cuanto hemos montado en su Ford, Meredith se ha quedado callada y poco a poco el silencio ha empezado a hacerse insoportable.

—El guiso estaba riquísimo —le he dicho—. ¿Te enseñó a cocinar tu madre?

Gav ha sonreído con los labios, pero no con los ojos.

—Supongo que se podría decir así —ha contestado—. En cuanto fui capaz de preparar un sándwich, nuestra cocina se convirtió en una especie de bufé libre en el que cada cual se preparaba lo que le apetecía. Al cabo de un tiempo me cansé de los sándwiches. En casa había muchos libros de cocina y creo que con el tiempo le cogí el gustillo a ver la cara que se le quedaba a mi madre cada vez que yo preparaba algo para cenar, para mí.

—Vaya —he contestado. La verdad es que me cuesta mucho imaginar a un niño que no sepa que la cena aparecerá en la mesa cada noche, como por arte de magia.

Gav se ha encogido de hombros:

—En cuanto me acostumbré a ello, no me importó. Se aprenden muchas cosas cuando sabes que nadie va a hacerlas por ti.

En aquel momento me he sentido como si acabara de darme una pieza de un rompecabezas que ni siquiera era consciente de estar intentando completar. De pronto he entendido cómo se ha convertido en el chico con el que hablé en el parque hace dos meses, que se burló de la idea de que el Gobierno fuera a ayudarnos y que a continuación vació tranquilamente un colmado para poder valerse por sí mismo.

Habría querido decirle algo profundo y sentido, transmitirle la sensación de que lo comprendía, pero justo entonces hemos pasado por delante de una serie de tiendas y de pronto he gritado:

—¡Espera, frena, frena!

Es evidente que la banda se ha aplicado a fondo en la calle principal. La mayoría de las tiendas tenían los escaparates rotos y las aceras estaban cubiertas de cristales. Habían entrado en la tienda de plantas, pero me he fijado en que había paquetes de semillas y bulbos en las estanterías, y me he dicho que en algún momento tengo que volver con Tessa y coger todo lo que le parezca útil.

Sin embargo, lo que de verdad ha llamado mi atención ha sido la Play Time.

Seguramente los de la banda se dijeron que no iban a encontrar nada útil en una tienda de juguetes. Y quizá sea cierto, por lo menos desde su punto de vista. El escaparate, con el dibujo de dos niños encima de una alfombra mágica, estaba intacto, aunque algo sucio. Detrás del cristal, una montaña de animales de peluche nos miraban desde un rincón; en el otro se había desplegado un ejército de Power Rangers.

Aquello era mejor que la playa, me he dicho. Era justo lo que Meredith necesitaba.

He empujado la puerta y esta se ha abierto. Quienquiera que hubiera entrado antes que nosotros no se había tomado la molestia de volver a cerrar. A lo mejor habían asumido que iban a regresar al día siguiente. He preferido no pensar en la razón por la que probablemente no lo hicieron.

Gav había ayudado a Meredith a salir del coche y esta se ha acercado a la tienda con paso indeciso.

—¿En serio que podemos entrar? —ha preguntado.

—Sí —he respondido—, claro que sí. Puedes elegir cinco cosas que quieras llevarte a casa. Y también cogeremos juguetes para los niños que se han quedado solos.

Gav ha mirado a un lado y a otro de la calle.

—Voy a acercarme un momento a la gasolinera. No creo que tarde más de cinco minutos.

Pero a continuación se ha quedado allí plantado.

—No nos pasará nada —le he dicho—. Es una tienda de juguetes. Vete tranquilo.

He abierto la puerta y he encendido las luces. Ha sido como cruzar un portal y entrar en Narnia.

Recuerdo que, de pequeña, la Play Time me encantaba, me parecía el vestíbulo del palacio de un cuento de hadas, con el suelo pintado de colores, la alfombra de piel de imitación donde cada tarde algún voluntario leía un cuento infantil en voz alta, delante de la chimenea de gas, y el olor dulzón a cedro que desprendían las estanterías cargadas de cajas y cubos llenos de tesoros. Aquí compré mi red de pescar pececillos y el grueso libro de historias de animales que leí hasta que se le despegaron las cubiertas, y los pájaros de madera con plumas de verdad. Pero no había vuelto a entrar desde que nos mudamos de nuevo a la isla.

La tienda parecía más pequeña y me recordaba más una acogedora casita de vacaciones que un palacio. Está claro que ha pasado el tiempo. Sin embargo, seguía teniendo algo mágico. Y estaba intacta, como un pedazo de la vida tal como era antes, oculto en el centro de la ciudad.

Meredith se ha quedado paralizada, observándolo todo. La reacción que esperaba no era esa: quería que se emocionara, que bailara, que se riera. Así pues, he cogido un bote de pompas de jabón del mostrador, he soplado hacia donde estaba ella y le he echado una nube de pompas encima. Solo entonces ha soltado una risita.

—¡Yo también quiero! —ha exclamado, y durante un par de minutos ha sido espectacular.

He abierto un segundo bote y hemos llenado la tienda de pompas; hemos empezado a correr de aquí para allá, dejando una estela de pompas que se arremolinaban a nuestro alrededor. En un perchero, al fondo de la tienda, he encontrado un montón de disfraces de princesas de Disney. He elegido el de Ariel y se lo he puesto a

Meredith encima del jersey. Ha empezado a dar vueltas delante del espejo, riendo como hacía meses que no la veía hacerlo. Hemos vuelto corriendo a la alfombra y nos hemos lanzado encima de los pufs. Meredith ha seguido echando pompas de jabón mientras yo intentaba averiguar cómo se encendía la chimenea.

Entonces he oído que la puerta se abría a mis espaldas. He supuesto que sería Gav, que ya había vuelto de la gasolinera. No me he girado hasta que Meredith ha soltado un chillido y entonces me he quedado helada.

Quentin estaba de pie ante la puerta de la tienda.

Tenía mala pinta. Llevaba el pelo sucio y mal cortado, como si hubiera utilizado una máquina de afeitar eléctrica sin espejo. Su piel tenía un aspecto amarillento, a excepción de la mejilla, donde tenía una costra enorme. No parece que la vida con la banda lo esté tratando muy bien, pero aun así ha logrado esbozar una sonrisa de desprecio.

—¿No fuiste tú quien me echó bronca por robar? —le ha preguntado a Meredith—. ¿Qué crees que estás haciendo ahora?

La niña ha vuelto a chillar y se ha levantado del puf de un brinco. Yo he dado un paso hacia ella, pero Quentin ha reaccionado más rápido. Se ha abalanzado sobre Meredith, la ha agarrado por el brazo y se lo ha doblado detrás de la espalda. Ella ha soltado un quejido y se ha quedado en silencio.

Quentin me ha mirado fijamente.

—He oído que tuviste el virus —ha dicho—. Y que te han curado.

Ni me he preguntado cómo lo sabía: tal vez el tío de la pistola le había contado que había hablado con una chica mulata, y eso reducía las opciones a una sola persona.

En la vida me he sentido incómoda y fuera de lugar muchas veces, pero esta ha sido la primera vez en la que habría preferido tener el mismo color de piel que casi todo el mundo en la isla.

—Sobreviví —he contestado—. No me curaron. Fue cuestión de suerte.

—Sí, claro —ha replicado él—. ¿Quién iba a tener suerte sino la hija del científico?

—Mi madre ha muerto —le he soltado—. ¿En serio crees que si supieran cómo tratar el virus no ayudarían a todo el mundo?

Quentin ha dudado un instante, pero no le ha soltado el brazo a Meredith. Sin embargo, y a juzgar por la cara de la pequeña, ya no debía de apretar tanto: parecía que ya no le estaba haciendo daño.

En cualquier caso, era evidente que no esperaba que una niña pudiera reaccionar. Si Meredith lograba soltarse, me he dicho, podríamos salir corriendo de la tienda.

Cuando he estado segura de que ella me estaba mirando, me he frotado los ojos, intentando que mi gesto resultara obvio sin parecer forzado. Meredith me ha mirado fijamente, con el miedo grabado en los ojos.

—¿Cuándo piensan hacer algo más que sobrevolar la isla, los del helicóptero del Gobierno? —ha preguntado Quentin, apoyándose primero en un pie, luego en el otro—. ¿Cuándo van a sacarnos de aquí?

—No lo sé —he contestado—. Están esperando a que la isla esté fuera de peligro, pero nadie sabe cuándo será eso.

—O sea, que van a dejarnos aquí hasta que nos muramos.

Entonces ha vuelto la cabeza hacia el escaparate. Yo no sabía si iba a tener otra oportunidad, de modo que he formado una uve con los dedos índice y corazón, y he fingido que me los metía en los ojos.

Finalmente, Meredith ha comprendido qué intentaba decirle. Su mirada ha ido de Quentin a mí, que al notar que la niña se movía se ha vuelto de nuevo.

—No pueden dejarnos aquí para siempre —he añadido, repitiendo unas palabras que durante los últimos días se han convertido casi en mi mantra—. Pero no hay forma de saber cuánto tardarán.

He sostenido la mirada de Meredith y le he hecho un gesto lo más sutil posible con la cabeza. Ella se ha mordido el labio.

—Pues más les vale venir de una puta vez —ha soltado Quentin, levantando la voz—. Tengo un amigo que está enfermo y ya ha...

En ese preciso instante, Meredith se ha girado y le ha metido los dedos en los ojos.

El resto ha sido muy confuso. Quentin ha pegado un grito, la ha soltado y se ha llevado las manos a la cara. He señalado la puerta y he echado a correr. Meredith ha salido disparada, delante de mí. Yo solo me he parado un momento para pegarle un puntapié en la espinilla a Quentin con todas mis fuerzas, con la esperanza de ralentizarlo un poco si decidía perseguirnos.

Ya en la acera, me he dado cuenta de que no sabía adónde ir. Gav aún no había vuelto con el coche. He cogido a Meredith de la mano y he tirado de ella en dirección a la gasolinera. Detrás de nosotros, Quentin ha abierto la puerta de la tienda de juguetes, mascullando algo.

Entonces he oído el rugido del motor de un coche doblando la esquina.

Creo que al principio Gav tan solo nos ha visto a nosotras, que corríamos despavoridas. Ha frenado en medio de la calzada y ha salido del coche con rapidez. Entonces ha reparado en Quentin.

Durante un momento se han mirado fijamente, a unos seis metros el uno del otro, mientras Quentin se masajeaba la pierna con ojos llorosos y enrojecidos. Gav tenía la mandíbula tensa y los puños cerrados. Ha dado un paso al frente.

Quentin ha dudado un instante, pero al final ha dado media vuelta y se ha marchado corriendo, avergonzado.

He sentido que me flaqueaban las rodillas y he tenido que sentarme en la acera. Me dolía tanto el pecho como si acabara de correr una maratón, aunque apenas habíamos recorrido medio bloque desde la tienda. Meredith se ha aferrado a mí. El tafetán de su vestido de princesa ha emitido un sonido áspero cuando la he rodeado con el brazo.

—¿Estáis bien? —ha preguntado Gav, que se ha acercado a nosotras al tiempo que seguía a Quentin con la mirada, abriendo y cerrando las manos como si no supiera qué hacer con ellas.

—Sí. Yo por lo menos estoy bien. ¿Qué tal tu brazo, Meredith?

—Me ha hecho un poco de daño —ha contestado.

—Pues tú a él le has hecho mucho. Has estado increíble.

—¿En serio? —ha preguntado ella, apartándose lo suficiente como para mirarme a los ojos.

—Ya lo creo —le he asegurado.

Meredith ha sonreído débilmente.

Entonces he inspirado con fuerza; no quería que nuestro día tuviera aquel final tan feo.

—Muy bien. Hemos derrotado al malo y ha llegado la hora

de cobrar la recompensa. ¿Qué me dices de esos cinco juguetes que tienes que elegir?

—¿Aún me los puedo llevar? —ha preguntado.

—Desde luego. ¿Y por qué no eliges también los de los niños que se han quedado solos? Seguro que encuentras los mejores.

—Vale.

Le he dado un empujoncito hacia la tienda y Meredith ha salido corriendo. En cuanto he visto que había entrado y que estaba sana y salva, he dejado caer la cabeza y me la he cogido con las dos manos. La brisa me mecía el pelo. En ese momento, el frío me ha resultado agradable.

Gav se ha sentado a mi lado, pero antes de que pudiera abrir la boca he dicho:

—Como se te ocurra decirme que ha sido culpa tuya por dejarnos solas dos segundos, te pegaré una patada como la que le he propinado a Quentin.

Gav ha cerrado la boca y ha ladeado la cabeza, como si estuviera planteándose sus opciones.

—¿Dónde le has dado, exactamente? —ha preguntado.

—En la espinilla —le he respondido—, como tú me enseñaste.

—Ajá —ha contestado Gav—. ¿Puedo decir que me gustaría que le hubieras roto la espinilla en mil pedazos? ¿Y el resto en mil más?

—Pse —he respondido, levantando la cabeza—. Supongo que eso es aceptable.

En ese momento nos hemos echado a reír al mismo tiempo. No sé si estábamos soltando la tensión acumulada, o el miedo y la histeria que aún nos quedaba en el organismo, o qué era, pero, en cualquier caso, me ha sentado bien reírme, aunque no hubiera nada gracioso en la situación.

Entonces Gav se ha inclinado, me ha acariciado la mejilla con los dedos y me ha dado un beso.

No ha sido un beso largo, apenas he tenido tiempo de reaccionar. Ha sido un beso al mismo tiempo decidido y delicado; sus labios sabían aún al té que había bebido en casa de Tessa y durante todo el rato no ha apartado la mano de mi cara.

El corazón ha empezado a latirme de una forma totalmente distinta. No quería que se terminara.

Pero se ha terminado. Gav ha deslizado la mano de mi mejilla a mi espalda y a continuación me ha abrazado con fuerza. He recostado la cabeza en su hombro. Lo tenía tan cerca que ya no notaba el frío.

—Siempre me estás amenazando —ha soltado Gav, y he notado su aliento cálido cerca de la oreja—. ¿De qué vas?

—El que me enseña a pegar eres tú.

—¿Estás diciendo que soy una mala influencia? —ha preguntado; he notado que se reía.

—Desde luego.

Meredith me ha llamado desde la tienda y me he levantado de un brinco.

—Creo que será mejor que empecemos a cargar el coche —ha dicho Gav.

Meredith ha querido quedarse con el vestido de princesa y ha encontrado un kit para hacer adornos con cuentas y un estuche de pintura que se ha negado a soltar. Hemos cogido varios animales de peluche y rompecabezas para los demás niños, y yo me he llevado un par de juegos de mesa por si nos aburrimos en casa de Tessa cuando ya hayamos visto los DVD diez veces. Al final hemos terminado llenando el maletero.

Después de pasar por la iglesia, Gav nos ha acompañado a casa de Tessa. Meredith ha entrado corriendo para empezar a jugar con las cuentas.

Gav ha salido del coche conmigo. No estaba segura de si lo que había pasado hacía un rato entre nosotros había tenido algo que ver con el momento de tensión que acabábamos de vivir, pero al final ha resultado que no. Me ha dado un beso de pie delante del coche y yo se lo he devuelto. Me he sentido feliz, eufórica, como hace tiempo.

Y ahora, mientras lo escribo, no puedo dejar de sonreír.

¿Es raro que me sienta culpable por ser feliz, Leo? Quiero decir, tú tienes a Tessa y entre nosotros nunca hubo nada así, por mucho que a mí me hubiera gustado. De hecho, hace tiempo que no somos ni amigos. Y necesitaba algo así.

Además, ahora tendré un motivo menos para estar nerviosa cuando finalmente vuelva a verte.

21 de noviembre

Hoy no hemos salido a repartir comida, de modo que me he pasado la mañana echando una mano en el hospital. Los pasillos empiezan a estar menos abarrotados. Quiero pensar que es así porque la gente ha aprendido cómo debe actuar para no asumir riesgos y no porque cada vez queden menos personas que se puedan poner enfermas.

He llevado el desayuno a los pacientes que se encuentran en la llamada «segunda fase»: disminución de las inhibiciones y aumento de los impulsos sociales. En realidad no está tan mal. Una de las enfermeras abre la puerta con llave, yo entro empujando un carrito con lo que sea que les toque desayunar aquel día y los pacientes se arremolinan de inmediato a mí alrededor, parloteando y cogiendo comida si tienen hambre. Siempre están muy emocionados de verme, como si fuera una invitada especial en su fiesta. Y como se hacen compañía mutuamente, no se ponen demasiado pesados cuando me tengo que marchar. Lo único que debo hacer es concentrarme en no pensar en lo que les pasará durante los próximos días.

Hoy estaba un poco desconcentrada. No podía dejar de pensar en lo de ayer y en Gav, y de preguntarme qué hay exactamente entre nosotros, y si volveré a verlo hoy, y si habrá más besos. No me había fijado en que Shauna estaba en la sala hasta que alguien me ha tirado de la manga. Me he vuelto y ahí estaba.

Tenía la nariz y parte de la frente rojas, y se rascaba sin parar; también tenía los labios agrietados, pero, de algún modo, aún conserva el pelo brillante y ondulado de siempre, y lucía su bata de hospital como si llevara el último grito en moda. El virus no tiene nada que hacer contra su elegancia natural. Durante un segundo, mientras parpadeaba, he tenido la sensación de que estábamos otra vez en la cafetería del instituto, hace dos meses y medio.

—¡Oh, Dios mío! —ha exclamado—. ¡Kaelyn, ¿qué haces aquí?! ¿Trabajas como voluntaria o algo así? ¡Qué guay verte! Te has dejado crecer el flequillo, te queda muy bien. ¿Cómo está todo el mundo? ¡No he visto a nadie del instituto desde hace siglos!

Antes de que lograra sobreponerme a la sorpresa inicial, un anciano ha pasado junto a nosotras y le ha acariciado el pelo a Shauna como si fuera un animal doméstico. Recordaba a aquel hombre de hacía un par de días, cuando pasó media hora contándome historias inconexas de la época en que había trabajado de guardacostas.

—¡Esta chica logró recuperarse! —ha exclamado entonces, señalándome—. ¡Es una inspiración para todos nosotros! ¡Vamos a curarnos! Me alegro de verte, me alegro mucho.

Shauna me ha mirado con la boca abierta.

—¿Te pusiste enferma y ahora estás bien? —ha preguntado—. ¿En serio?

Nell me recomendó no hablar del virus con los pacientes que se encuentran en esta fase, pues tienen reacciones impredecibles. Al parecer, si no se lo recuerdas, a la mayoría se les olvida que tienen algo peor que un simple resfriado. Pero no he visto por qué iba a mentirle si me lo había planteado directamente. Me he preguntando cómo se habría enterado el anciano; debe de haber oído comentarios entre el personal del hospital.

—Sí. Y también hay otras personas que se han recuperado —he añadido, intentando sonar optimista.

—¡Pero qué coño! —ha gritado. Había olvidado lo estridente que puede ser su voz cuando se cabrea—. ¿Precisamente tú has superado el virus? Pues ya me contarás qué tienes de especial…

He abierto la boca, pero no me ha salido nada. ¿Qué iba a decirle? ¿Que no soy especial? ¿Que solo tuve suerte? Dudo que eso la hubiera hecho más feliz.

Shauna ha seguido a lo suyo, mirándome con los ojos entrecerrados.

—Tú te crees muy guay porque viviste cinco años en Toronto —ha dicho, y he retrocedido un paso—. Pero en realidad eres una perdedora. Casi no hablas con nadie, te pasas el día con la nariz metida en tus libros, o mirando las ardillas del parque. ¿Por qué has tenido que ser tú quien se cure?

Sus palabras me han sentado como un tiro. Se me ha encendido la piel y se me ha tensado la mandíbula con una rabia que ni siquiera sabía que poseía. Me ha faltado poco para gritarle: «¿Y por qué no iba a ser yo quien se curara?».

Al darse cuenta de la agitación de Shauna, el resto de los pacientes de la habitación nos han rodeado y han intentado aplacarla con palabras tranquilizadoras y dándole golpecitos en la espalda. He tragado saliva y me he dirigido hacia la puerta. Estaba enferma, me he dicho; no podía evitarlo. Lo mejor que podía hacer era marcharme y dejar que se calmara; ya volvería más tarde a por el carrito.

—¡Sí, eso! —ha gritado Shauna—. ¡Huye, vete corriendo! ¡No sé qué pintas aquí! Mamá, papá, Abby, ¡deberían haberse salvado ellos!

Cuando he cerrado la puerta a mis espaldas, Shauna seguía gritando. La enfermera me ha dirigido una mirada extraña, pero yo solo he podido agitar la cabeza. Me he alejado de allí y no he parado hasta llegar al archivo. Allí siempre hay mucho silencio.

Me he sentado en el suelo y me he abrazado las rodillas. Un escalofrío me ha recorrido la espalda. Parte de mí estaba en estado de *shock*; la voz de Shauna resonaba aún en mis oídos. No podía dejar de preguntarme si era posible que tuviera razón, si podía ser que al salvarme hubiera privado a otras personas de hacerlo: a los padres de Shauna, a su hermana, a todos los médicos y enfermeras que han muerto. A mamá.

Sin embargo, otra parte de mí aún estaba cabreada. Poco a poco, esa parte se ha ido comiendo a la otra.

¿Qué importa quién fuera yo antes de todo esto? ¿Qué importa que Shauna estuviera en lo alto de la cadena trófica social y yo en lo más bajo? He sobrevivido. Eso es un hecho. Estoy aquí y ellos no, y hago todo lo que puedo para que eso sirva de algo.

Es mucho más de lo que Shauna podrá decir jamás.

Me he quedado en el archivo unos diez minutos, hasta recuperar la calma. Entonces he vuelto a entrar en la habitación y me he llevado el carrito sin ni siquiera mirar a Shauna. Al salir, la enfermera me ha tocado el brazo y me ha preguntado si estaba bien.

—Sí —he contestado—. Estoy bien.

¿Y sabes qué? Es verdad.

22 de noviembre

Hoy, antes de ver a Gav, estaba muy nerviosa. A lo mejor no debería haberme sentido así (al fin y al cabo fue él quien me besó), pero es que no tengo demasiada experiencia con chicos. No quiero asumir que somos una «pareja» y pegarme a él en exceso. A lo mejor ha estado con muchas chicas; a lo mejor para él un par de besos no son nada.

Pero casi todos los nervios se han evaporado cuando, al llegar al hospital, he salido del coche y él me ha sonreído desde el otro lado de la calle. Después de la ronda matutina, me ha parecido lo más natural preguntarle:

—¿Te vienes a comer otra vez a casa de Tessa?

Gav ha dejado su coche en el hospital y hemos ido en el mío. Al aparcar delante de la casa he dudado un instante, consciente de que seguramente aquel era el último momento en que estaríamos a solas durante un buen rato.

—Eh —ha dicho él, volviéndose hacia mí en el asiento del acompañante—, ¿pasa algo?

Cuando lo tengo tan cerca no paro de descubrir cosas nuevas, como, por ejemplo, las pequitas que tiene debajo del bronceado, que aún le dura desde el verano, o cómo cuando sonríe solo se le forma un hoyuelo en una mejilla. Y me gusta. Todo.

—No, nada —he dicho.

Entonces la gravedad ha hecho el resto. Sin pensarlo, me he inclinado hacia él, él se ha inclinado hacia mí y nos hemos vuelto a besar.

He tenido la sensación de que llevaba toda la mañana esperando aquel momento. Un cálido hormigueo me ha recorrido el cuerpo, de la cabeza hasta los dedos de los pies, y el corazón ha empezado a latirme tan rápido que al cabo de unos minutos he tenido que apartarme un momento para respirar. Gav me ha reseguido el contorno de la cara con los dedos y me ha dado un beso en la frente.

Finalmente hemos salido del coche, pues sabía que no podía pasar mucho tiempo antes de que Tessa o Meredith echaran un vistazo por la ventana. Gav se ha llevado consigo una de las bolsas de comida que nos había sobrado de la ronda. Entonces hemos ido a la cocina y me ha enseñado algunos de sus secretos de cocina mientras preparaba la comida. A ver si puedo empezar a preparar cosas más sabrosas también cuando él no esté.

Después de que se marchara he seguido notando aquel cálido cosquilleo en el estómago. Luego Tessa y yo hemos salido a buscar provisiones, pero la sensación no ha desaparecido ni siquiera al ver todas esas casas vacías. Tessa debe de haber notado mi buen humor, porque mientras regresábamos a su casa me ha mirado, ha esbozado una sonrisa de medio lado:

—¿Desde cuándo dura lo de Gav?

Me he puesto colorada.

—Un par de días —he contestado.

—Parece un buen chico —ha comentado Tessa—. Te prepara la comida. Y cocina muy bien. Anímalo a que lo siga haciendo.

—Lo haré, descuida —he dicho, y las dos hemos sonreído.

Ha sido la primera vez que he tenido la sensación de que Tessa y yo éramos amigas de verdad, y no conocidas unidas tan solo por las circunstancias. Me ha gustado.

Sin embargo, la verdad es que, dada nuestra situación, el buen humor nunca dura demasiado; antes o después tienes que volver a enfrentarte a los hechos.

En el fondo no ha pasado nada. Simplemente estaba ayudando a Meredith a lavarse el pelo después de la cena. Ducharse con el agua del grifo es igual de peligroso que bebérsela (las bacterias se te pueden meter en los ojos y en la nariz, y eso es aún peor que tragárselas), de modo que la higiene personal se ha convertido en un asunto delicado. Tessa dejó un cubo con agua hervida en la cocina, junto con una pastilla de jabón que utilizamos para la cara y las manos. Y cada noche hiervo el cazo más grande, me lo llevo al baño para darme una ducha de cuerpo entero y luego vuelvo a llenarlo para Meredith.

Dejamos el pelo para el final; lo remojamos en el agua que queda. El mío no está tan mal: lo llevo por los hombros, pero si no me paso con el jabón, lo tengo listo al cabo de unos minutos. Me alegro de no haber cedido cuando mamá comentó lo bien que me quedaría si por una vez me lo dejaba crecer de verdad.

Meredith no lo lleva mucho más largo, pero el suyo es mucho más grueso, por lo que es más difícil aplicar el champú y aclararlo. Así, ella se concentra en la parte de delante mientras yo le froto la de atrás. Eso acelera el proceso.

Apenas se lo había aclarado cuando ha dicho:

—Kaelyn, ¿qué se siente al estar enferma?

—Al principio es como un resfriado fuerte —he respondido—. Y como tener un montón de picaduras de mosquito al mismo tiempo. Y luego ya no me acuerdo; el virus te impide pensar como es debido.

Se ha quedado muy quieta mientras le secaba el pelo con la toalla.

—¿Y pasaste miedo? —ha preguntado con un hilo de voz.

Mi primer instinto ha sido no contestar, pero ¿de qué servía mentir?

—Sí —he contestado—. No sabía qué iba a pasar.

Sin embargo, de repente he notado un escalofrío: ¿por qué me estaba preguntando todo eso?

—¿Te encuentras bien?

—Sí, creo que sí —ha respondido—. A veces me entra un picorcito, pero se me pasa enseguida. ¿Eso quiere decir que me estoy poniendo enferma?

Me he sentido tan aliviada que la he abrazado hasta que la humedad de la toalla me ha empapado la parte superior del pijama.

—No, seguro que no. Los picorcitos que se te pasan son normales. No tienes por qué preocuparte, Mere. No voy a dejar que el virus se acerque a ti.

La niña ha asentido con la cabeza, pero aún tenía la preocupación grabada en los ojos.

Hago todo lo que puedo por mantenerla fuera de peligro, pero tengo la sensación de que nunca es suficiente. A veces me pregunto dónde está el punto de no retorno, el momento en el que habrá tenido que pasar por tantas cosas que, aunque logremos superar la epidemia, Meredith nunca volverá a ser la misma.

Espero que no tengamos que averiguarlo.

23 de noviembre

Esta mañana me he despertado por el olor a quemado.

Al principio, aún envuelta en la bruma que precede al verdadero despertar, no me ha parecido tan extraño. A veces la gente quema hojas en otoño. Y de vez en cuando hay familias que encienden hogueras en el jardín y dejan que sus hijos tuesten sus nubes de algodón en las llamas. Sin embargo, poco a poco me he ido dando cuenta de que no olía a hojas, sino a madera; además, ¿quién se dedicaría a tostar nubes a las seis de la mañana mientras un virus mortal anda suelto?

Se me ha secado la boca y he salido de la cama de un salto. Los hurones olisqueaban por entre los barrotes de la jaula, con la espalda arqueada. El olor a quemado era más intenso en el pasillo.

Desde la puerta, mirando hacia el sur, he visto una columna de humo que ascendía por encima de los tejados, más oscuro que el cielo nublado. El olor acre me ha llenado la boca y la nariz. He despertado a Tessa y le he pedido que vigilara a Meredith. Entonces he cogido el coche y he ido al hospital, con la esperanza de que alguien allí supiera qué estaba pasando. Todo está tan húmedo que no creo que el incendio pueda propagarse demasiado, aunque de hecho tampoco habría creído posible que se produjera un incendio y se ha producido.

Cuando ya casi había llegado, he empezado a oír una sirena, la que utilizan para avisar al cuerpo de bomberos voluntarios. Se me ha escapado una carcajada que he logrado dominar enseguida. Pero es que, en serio, ¿queda alguien que pueda responder al aviso?

En el hospital, papá estaba hablando por el teléfono del mostrador de recepción. En un rincón había una enfermera que sacaba muestras de sangre de un montón de gente. Me he sentado en una silla y he intentado relajarme, pero me estaba clavando las uñas en las palmas de las manos sin darme cuenta.

En cuanto ha colgado, papá ha venido hacia mí. Ni siquiera ha tenido que preguntarme por qué estaba allí.

—Nadie sabe aún qué ha pasado —ha dicho—. Han ido a echar un vistazo.

—¿Crees que el incendio ha sido provocado? —le he preguntado; a lo mejor alguien le había pegado fuego a su casa en plena alucinación.

—Aún no lo sabemos —ha contestado papá, que me ha puesto una mano encima del hombro y me ha dado un apretón. Pero a continuación ha tenido que seguir con su trabajo.

Me he dicho que, ya que estaba allí, iba a echar una mano. He pasado unas horas con la señora Hansen, lavando sábanas y batas, y preparando ollas y más ollas de papilla de trigo para el desayuno de los pacientes. Cuando ya estábamos llenando los últimos cuencos, Gav ha entrado en la cocina. Desprendía un fuerte olor a humo.

—Lo hemos apagado —ha anunciado—. Por fin.

—No sabía que hubieras ido a echar una mano —he respondido.

Aunque era evidente que estaba sano y salvo, he notado un ataque de pánico. Quería abrazarlo para asegurarme de que estaba bien, pero con la señora Hansen allí no me atrevía.

Entonces ella me ha dirigido una sonrisa de complicidad y se ha marchado de la cocina empujando uno de los carritos de comida; en cuanto ha salido, me he abalanzado sobre él. Gav me ha devuelto el abrazo.

—He oído la sirena y he ido a ver si podía hacer algo —me ha explicado—. Éramos varias personas, aunque solo había un hombre que tenía experiencia como bombero. La verdad, no sé si ha sido mérito nuestro o si el fuego ha quemado todo lo que había por quemar.

Ha apartado la cabeza para toser y aclararse la voz, ronca por culpa del humo. Entonces me ha acercado los labios a la frente.

—Por lo menos nadie ha resultado herido —ha añadido.

—El incendio parecía enorme.

—Seis casas contiguas —ha explicado Gav—. La manguera no lograba aplacar el fuego, pero solo hemos comprendido por qué cuando más tarde hemos encontrado un cubo que olía a gasolina.

—¿De dónde habrán sacado un cubo de…? —he empezado a preguntar, pero de repente me he dado cuenta de que la respuesta era evidente. Se me han tensado las manos, que tenía apoyadas en el pecho de Gav. Este ha asentido con la cabeza.

—Después de encontrar el cubo hemos ido a echar un vistazo a la gasolinera —ha dicho—. Habían forzado la puerta y han cogido lo que necesitaban.

No ha hecho falta que dijera a quién se refería.

—Pero ¿qué sacan de quemar unas cuantas casas? —he preguntado.

—Ni idea —ha contestado Gav—. Yo tampoco le veo ningún sentido.

A lo mejor a los de la banda les ha parecido que sería divertido destruir todos esos edificios. Al fin y al cabo, se trata de la misma gente que mata a otras personas porque están enfermas. Aunque creo que ellos también están enfermos: enfermos de miedo, enfermos de egoísmo. ¿Cómo pueden hacer las cosas que hacen sin odiarse a sí mismos?

26 de noviembre

En los últimos días ha habido incendios en cuatro zonas distintas de la ciudad, todos ellos provocados con gasolina. Los voluntarios no han podido hacer mucho más que asegurarse de que no hubiera nadie en las casas y evitar que las llamas se propagaran más lejos.

Durante un tiempo albergué la esperanza de que el humo pudiera alertar a los del continente, hacerles ver que necesitábamos ayuda. Sin Internet ni teléfono, y viendo que tampoco logramos contactar con nadie por radio, lo único que nos queda son las señales de humo. Pero no han mandado ni un triste helicóptero.

Ayer por la mañana, Gav accedió a acompañar a uno de los voluntarios a la casa de verano donde la banda ha instalado su base de operaciones, para ver si estaban dispuestos a hablar.

—¿Por qué tienes que ir tú? —le pregunté, mientras el resto de los voluntarios terminaban de hablar con papá—. Creo que tu complejo de héroe se te está empezando a escapar de las manos…

Intenté que sonara a broma, pero la verdad es que estaba asustada. El tío de la furgoneta me habría disparado sin pestañear; no creía que esa gente se aviniera a razones.

—He tratado con ellos mucho más que el resto de los voluntarios —argumentó Gav.

—Pero hemos bloqueado los surtidores. No pueden haber robado tanta gasolina de una sola vez. Sea como sea, cuando se les acabe tendrán que parar.

—Y entonces empezarán con otra cosa —me espetó Gav.

Tenía razón. Lo observé con los brazos cruzados y con un nudo en el estómago mientras se dirigía hacia el coche. No me gusta que me cueste tanto verlo marcharse.

Apenas acabo de curarme tras dos años suspirando por ti, Leo; lo último que necesito ahora es colarme por otro tío hasta el punto de ser incapaz de pensar. Y dudo mucho que Gav quiera a una chica que se pasa el día esperándolo junto a la ventana en lugar de hacer lo que tiene que hacer.

Así pues, herví más cazos de agua, me dediqué a repartir comida e intenté no mirar el reloj cada dos minutos. Gav regresó exactamente una hora y catorce minutos más tarde. Cuando lo vi cruzar por la puerta, me quedé un instante inmóvil, mientras el alivio se apoderaba de mí. Entonces me obligué a devolver el carrito a la cocina antes de averiguar cómo les había ido.

—Nos han detenido a varias casa de distancia de su guarida —me contó Gav, mientras los otros voluntarios informaban a papá y a Nell—. Dos de ellos se han colocado delante del coche: eran Lester, que trabajaba en el *ferry*, y la hermana mayor de Vince, Andrea, que nos apuntaba con una escopeta. No nos han querido ni escuchar. No hacían más que repetir que provocan los incendios «por el bien de la isla», una y otra vez. «Estamos limpiando la ciudad. ¡Seguro que el virus no sobrevive a las llamas!», ha exclamado Lester. Le he respondido que las personas tampoco sobrevivirían, pero se ha reído. Entonces Andrea nos ha apuntado y nos ha dicho que teníamos diez segundos para largarnos de ahí.

O sea, que van a quemar su propia ciudad para destruir también el virus.

No logro quitarme de la cabeza la voz de Quentin en la tienda de juguetes. Estaba tan enfadado, tan desesperado... Le dije que el Gobierno no va a mandarnos ayuda hasta que la isla sea un lugar seguro y el virus haya desaparecido, y que aún no sabíamos cómo derrotarlo. Y ellos han decidido intentarlo a su manera.

¿Y sabes qué te digo? Que, por mí, mientras sus balas y sus incendios no se acerquen a la gente que me importa, pueden hacer lo que les dé la gana.

27 de noviembre

Hoy hemos decidido tomarnos un respiro y no pensar ni en virus, ni en bandas, ni en cómo la isla se va a la mierda. Hoy es el cumpleaños de mamá, o lo habría sido, y papá ha dicho que había llegado el momento de celebrar el día de Acción de Gracias que no tuvimos y honrar su recuerdo.

Tessa y yo hemos cocinado las últimas pechugas de pollo de su congelador y hemos preparado una ensalada de verdad, con lechuga y tomates del invernadero. Ha sido muy extraño tener a papá en la mesa, con nosotras. Era la primera vez que comíamos todos juntos desde que nos instalamos en casa de Tessa, pero en cuanto hemos empezado a hablar y a comer, todos nos hemos relajado.

Papá nos ha contado cómo conoció a mamá en la universidad y ha rememorado el día en que logró reunir el valor necesario para pedirle que saliera con él, y he recordado el día en que me enseñó a ir en bici y cómo no dejó de animarme ni un momento, aunque al final ella terminó con más moratones que yo. Y entonces nos hemos quedado en silencio, lo que también ha parecido apropiado. Me he preguntado dónde estaría Drew en ese momento y si estaría pensando en mamá. Era como si, sin él, nuestras palabras no bastaran. El pecho ha empezado a dolerme más y aún no se me ha pasado.

Después de fregar los platos, papá se ha ido con Meredith para que esta pudiera enseñarle los collares y las pulseras que ha hecho con sus cuentas nuevas, y Tessa y yo nos hemos hundido en el sofá. Ella se ha quedado mirando la repisa de la chimenea, donde hay varias fotos de sus padres: en un bosque, sentados encima de un tronco; o ante un paisaje campestre mirando a cámara con los ojos entrecerrados por el sol. De pronto me han entrado ganas de abrazarla, aunque Tessa es seguramente la persona menos dada a los abrazos que conozco. Echo de menos a mamá y a Drew cada hora del día, pero, por lo menos, tengo a papá. Tessa, en cambio, lleva sola desde hace un montón de tiempo.

—¿Cómo lo haces? —le he preguntado.

—¿Cómo hago qué? —ha contestado ella.

—¿Cómo logras mantenerte tan tranquila y centrada a pesar de no tener a nadie? Yo no podría.

—Sí tengo a alguien —ha contestado—. Os tengo a ti y a Meredith.

—Pero casi no nos conocías antes de que empezara la epidemia. No es lo mismo.

Tessa se ha encogido de hombros.

—Ahora sí os conozco. Me concentro en lo que sí tengo e intento no pensar en lo que no tengo. La verdad, no sé si estaría mucho menos preocupada por mi madre y mi padre si estuvieran aquí conmigo. Probablemente sería aún peor. Por lo menos, por lo que sabemos, el virus no llegó a propagarse en el continente.

Seguramente, en comparación con Tessa, parezco una pánfila. Pero ella tiene su casa, su invernadero y nuestras salidas en busca de comida, y supongo que ha reducido su vida a esas tres cosas. Imagino que así es más fácil no perder la cordura. De hecho, yo tampoco puedo imaginarme renunciando al trabajo que hago en el hospital o a las rondas de comida. Aunque me cueste hacerme a la idea de muchas de las cosas que veo, por lo menos sé que estoy ayudando. No creo que lograra salir adelante sin eso.

No tenía intención de sacar el tema, nunca, pero se me ha escapado.

—Un día —he dicho, mientras reseguía con un dedo el estampado del brazo del sofá—, cuando aún íbamos al instituto, llegaste tarde a clase y no quisiste sentarte a mi lado.

Tessa ha fruncido el ceño.

—¿Qué clase era? —ha preguntado—. ¿Dónde estabas sentada?

—Era la clase de Biología. Estaba sentada en primera fila. Pero da igual, no importa.

—No —ha contestado ella—, ya me acuerdo. Es que siempre me siento al fondo del aula. Me gusta empezar a hacer los deberes de otras asignaturas mientras repasamos lo que hemos dado en las clases anteriores, pero a muchos profesores no les gusta y se enfadan si te pillan. Por eso no me resulta conveniente sentarme en la primera fila.

Así de fácil: no le resultaba conveniente sentarse a mi lado.

En realidad, si hubiera conocido a Tessa en su momento, me habría dado cuenta de que no tenía intención de hacerme un feo. No es una persona que pierda el tiempo guardando rencor, ni encasillando a los demás según categorías. Simplemente, quiere poder hacer lo que quiere hacer en función de sus propias prioridades.

En su día su actitud me pareció arrogante, pero hoy la admiro. A su manera, reflexiva y constante, Tessa también brilla. Y es posible que nunca ilumine una sala como lo hace Shauna, pero es que tampoco querría. Imagino que tú te diste cuenta de ello hace tiempo, Leo. Y tal vez yo también me habría dado cuenta si no hubiera estado tan ocupada envidiándola por tenerte a ti.

—Gracias —le he dicho—. Por dejarnos quedar aquí y por todo lo demás.

«Por no haberte dado cuenta o, por lo menos, por haber obviado el hecho de que hace un par de meses me habría gustado robarte el novio» es la parte que no he dicho.

Creía que ya no me importaba, ahora que Gav y yo somos..., bueno, lo que sea, y ahora que Tessa y yo nos hemos hecho más o menos amigas. Pero tengo la sensación de que no había logrado librarme de todo ello de verdad hasta ese momento. Me he sentido como si hubiera llevado una espina clavada en el costado durante meses y de pronto esta se hubiera soltado.

No sé qué habría hecho sin Tessa. Pero en cambio sí sé que te merece, Leo.

28 de noviembre

¿Sabes qué? Que por mucho que se hable de la «Madre Naturaleza» y de la armonía en el mundo natural, la verdad es que a ella le importamos un pimiento todos y todo.

Todos los científicos lo saben. La naturaleza no tiene ni sentimientos ni moral. Se trata de un conjunto de circunstancias aleatorias que unas veces favorecen a una manada o a un rebaño, y que otras lo exterminan. El azar ha querido que este virus tenga la capacidad de infectarnos el cerebro y de propagarse haciendo que sus víctimas busquen la compañía de otras personas. Y a la naturaleza le da lo mismo que ganemos nosotros o que lo haga el virus; la naturaleza no va a pararse a pensar en el número o la gravedad de las víctimas.

Sin embargo, aun así, de vez en cuando me gustaría tener a alguien cerca para poder agarrarlo, zarandearlo y gritarle: «¡¿Cómo te atreves?!»

La naturaleza nunca va a responder a esa pregunta.

Esta tarde he ido al hospital. Tessa y yo hemos decidido que, con la banda de pirómanos campando a sus anchas, es mejor que no dejemos a Meredith sola en casa para salir a buscar comida. Hace un rato he encontrado un ejemplar de *Nunca grites que viene el lobo* y he empezado a leérselo a los pacientes que están enfermos, pero aún no de gravedad, los que se aburren y se deprimen mientras esperan a que el virus se apodere de sus cerebros.

Cuando estaba en mi parte preferida, donde Farley Mowat persigue a una jauría de lobos ataviado tan solo con sus zapatos, he oído un grito. De hecho, últimamente, los gritos son bastante frecuentes en el hospital, pero en esta ocasión la voz procedía de la recepción y no del primer piso, donde han trasladado a los pacientes más enfermos. Además, la voz me resultaba familiar.

—Vuelvo enseguida —he dicho, y he salido a ver qué sucedía.

En cuanto he abierto la puerta, he oído más claramente las palabras.

—¿Cuánto tardará la prueba? ¿Cuándo sabrán el resultado?

Gav estaba al fondo del vestíbulo, apoyado en la pared con una mano y agarrándose la mascarilla con la otra. Tenía la cara colorada y le temblaban los hombros.

El alma, más que caérseme, se me ha desplomado a los pies.

—Tienes que calmarte —le ha contestado Nell—. Estamos haciendo lo que podemos. Y vuelve a ponerte la mascarilla, por favor.

«¿Qué más da? ¿De qué le va a servir la mascarilla si ya está enfermo?», he pensado.

Entonces Gav ha respirado hondo y, bajando la voz, ha preguntado:

—Pero ¿pensáis hacer algo por él? ¿Podéis hacer algo por él o no?

Y entonces me he dado cuenta de que tenía la cara colorada por la emoción, no por la fiebre. No se trataba de él. Eso significaba que solo podía ser una persona.

—Estamos haciendo lo que podemos —ha repetido Nell.

—¡Cojonudo! —ha gritado Gav—. O sea, que lo he traído aquí para que lo encerréis en una habitación y dejéis que se muera. ¡Menuda mierda!

Se ha tambaleado ligeramente, como si quisiera añadir algo más, pero como si la rabia le impidiera encontrar las palabras. Entonces, al ver que estas no acudían, ha dado media vuelta y se ha dirigido hacia la puerta con paso airado.

Durante un momento me he quedado paralizada, pero entonces mis piernas han pasado a la acción y he salido tras él, al tiempo que me quitaba la bata protectora.

Ya había cruzado la puerta de entrada y solo he logrado dar con él en las escaleras. No ha reaccionado al oír mis pasos, de modo que le he gritado:

—¡Gav, espera!

Ha sido como si lo derribara de un golpe. Se ha parado en seco y se ha desmoronado sobre las escaleras, entre los charcos que ha dejado la lluvia de esta mañana, con la cabeza entre las manos. Lleva una chaqueta que le va algo grande (un día mencionó que era de su padre); de repente me ha parecido muy pequeño.

Me he sentado a su lado y le he pasado el brazo por la espalda. No me ha parecido apropiado ser la primera en hablar.

—Me he esforzado tanto por asegurarme de que no le pasaba nada —ha dicho al cabo de un rato. Tenía la voz ronca y me ha parecido que intentaba no llorar.

—¿Es Warren? —le he preguntado, aunque no se me ocurría nadie más que pudiera haberlo dejado tan afectado.

—Lo convencí de que lo más útil que podía hacer era ayudar con los niños de la iglesia, porque sabía que les habían hecho análisis, o sea, que era un lugar seguro —ha añadido, sin responder—. ¡Me he asegurado de que llevara la puñetera mascarilla cada minuto de cada día, joder!

—¿Se saben los resultados del análisis de sangre? —he preguntado.

—Se lo están haciendo ahora, pero… estoy seguro de que lo ha pillado. Le ha dado muy fuerte. Ha estado bien todo el día y, de pronto, hace una hora o así, ha empezado a toser sin parar. Y a rascarse el cuello. He tenido que meterlo en el coche casi a la fuerza. Quería ir sin mí, como si pudiera conducir en ese estado. Estaba preocupado por mí.

Ha meneado la cabeza, como si aquella fuera la idea más ridícula de la historia.

Nos hemos quedado unos minutos ahí sentados, sin decir nada. Me sentía como si tuviera un montón de nudos en mi interior. Finalmente Gav ha levantado los ojos y me ha mirado. La expresión de su rostro ha hecho que todos esos nudos se tensaran aún más, hasta que casi me impedían respirar. Estaba hecho polvo.

—¿De qué sirve todo esto, Kaelyn? —ha preguntado—. Si nada de lo que hacemos sirve de nada, si vamos a morir todos…, ¿qué sentido tiene todo?

No lo sé. Si ni siquiera Gav es capaz de encontrarle el sentido a las cosas… ¿Y si realmente no tienen sentido?

Pero no podía decirle eso, y aún menos mientras me miraba con esa cara. Y entonces una idea ha empezado a tomar forma en mi cabeza, un pensamiento tan delicado que me ha dado miedo tocarlo.

A lo mejor no tengo que preocuparme por lo que siento por él, Leo. A lo mejor con él es distinto que contigo. A lo mejor me necesita.

Así pues, he hecho lo único que se me ha ocurrido: lo he besado. Él ha hundido los dedos en mi pelo y me ha devuelto el beso, con fuerza.

Por el momento ha sido una respuesta apropiada. Espero poder encontrar una mejor, para él y también para mí.

29 de noviembre

Anoche volví al archivo. A lo mejor había algo que se nos había pasado por alto tanto a papá como a mí. Saqué los historiales de los seis supervivientes, incluido el mío, y cogí diez más para compararlos. Mientras sacaba el último me fijé en los nombres de los que venían a continuación: ahí estaban tu historial, el de tu madre y el de tu padre.

No había visto a tus padres mientras hacía la ronda, repartiendo comida. Esperaba que estuvieran bien, pero no podía estar segura. Podría haberle preguntado a Tessa si había hablado con ellos, habría podido pasarme por su casa, habría podido echar un vistazo a sus historiales antes... Pero en realidad prefería no saberlo, pues mientras no lo supiera aún había lugar para las buenas noticias. Sin embargo, ayer, sin pensar demasiado, dejé el historial que había cogido y saqué el suyo.

Lo siento mucho, Leo.

Existe un motivo por el que no los he visto desde que empecé a trabajar de voluntaria. Tu madre ingresó con los primeros síntomas una semana después de que se declarase la cuarentena; tu padre la siguió unos días más tarde. Los dos murieron antes incluso de que yo enfermara.

En el archivo hay una carpeta correspondiente a cada habitante de la isla. Mirándolos, me he dado cuenta de que podía saber cuántos de nuestros vecinos se ha llevado el virus, cuántos de nuestros profesores no han logrado sobrevivir, cuántos alumnos del instituto ingresaron en el hospital antes que Shauna y ya nunca volvieron a salir.

No sé por qué, pero en aquel momento tomé conciencia de la gravedad de la situación como aún no lo había hecho. Cinco segundos más tarde crucé el pasillo y me arrodillé en el baño, al tiempo que intentaba retener la cena en el estómago. Aunque al final este dejó de revolverse, no logré desembarazarme de un desagradable sabor ácido que me cubría el paladar.

La cantera debe de estar atestada de cadáveres. Tanta y tanta gente, personas con quienes hemos pasado la mayor parte de nuestras vidas. Esto se tiene que terminar.

Cuando pude levantarme, regresé al archivo, cerré el archivador y me obligué a ponerme manos a la obra.

Resultaría mucho más sencillo organizar toda la información en un ordenador. Drew podría haber creado un programa para ello, como hizo cuando tuve que llamar a la gente... ¿Es posible que hayan pasado menos de dos meses?

Si Drew estuviera aquí...

Pero, por otro lado, si se cortara la electricidad, como ha pasado con casi todo, perdería toda la información. Así pues, empecé a elaborar tablas en una libreta de hojas cuadriculadas que encontré en una estantería y me puse a comparar fechas y medicaciones: cuánto tardó cada persona en llegar a cada fase de la enfermedad; cuántos y qué medicamentos les administraron y a qué hora del día. Tiene que haber alguna pauta, alguna coincidencia, aunque la respuesta sea tan recóndita que resulte imposible encontrarla sin un estudio realmente pormenorizado.

Hay tantos datos, tantos factores que tener en cuenta... Llené seis hojas de papel en tres horas y no hallé nada que pareciera ni siquiera remotamente relevante. Entonces Nell me encontró.

—Pero ¿qué haces aquí, Kaelyn? —preguntó—. Es casi medianoche.

Me la quedé mirando, aturdida. Tenía la cabeza inundada de conceptos médicos que apenas comprendo.

Al ver que no respondía se le suavizó la mirada al tiempo que su voz se volvía más firme.

—Ya vale —dijo entonces—. Vamos. Como doctora, te ordeno que te vayas a casa y descanses.

Como si me sintiera mucho mejor aquí, en la misma habitación que Meredith, consciente de que si ahora mismo se despertara estornudando no podría hacer nada por ella.

Hoy pienso volver al hospital. Y mañana, y al día siguiente, hasta que haya estudiado todos los detalles. Tiene que haber una conexión y no pienso parar hasta encontrarla.

30 de noviembre

Ha llovido casi cada día desde el cumpleaños de mamá. Se trata de la lluvia fría y torrencial que cada año marca el final del otoño. No es precisamente agradable, pero, como de todos modos vamos en coche a todas partes, no he tenido oportunidad de preocuparme por el clima.

Lo bueno es que la lluvia y el fuego no combinan nada bien, y los amigos de Quentin son conscientes de ello. Hasta donde sé, no han intentado quemar más casas. A lo mejor se están reservando la gasolina que robaron para cuando puedan optimizar los daños. O a lo mejor finalmente han comprendido que quemar unos cuantos edificios aquí y allá no va a solucionar nuestros problemas. A menos, claro está, que nos hagan un favor a todos y se quemen a sí mismos también.

Sea como sea, y como los incendios han cesado desde que empezó a llover, me ha parecido que si dejaba a Meredith sola un rato no correría peligro (o, por lo menos, no correría más peligro del que corre habitualmente). Así pues, esta tarde Tessa y yo hemos salido a buscar provisiones.

Hemos echado un vistazo a unas cuantas casas cerca de Main Street, pero la banda ya había entrado en la mitad de ellas. Sin embargo, al parecer se han concentrado en la comida y los aparatos eléctricos, así que a menudo hemos encontrado pastillas y cremas en los armarios de los medicamentos.

Al llegar a la tercera casa y encontrarnos con una mesita de televisión vacía, Tessa ha meneado la cabeza.

—No entiendo por qué creen que un puñado de televisores y reproductores de DVD los van a ayudar a mantenerse con vida —ha dicho.

—A lo mejor piensan llevárselo todo al continente y venderlo —he contestado—, cuando encuentren una forma de hacerlo sin que les disparen.

Entonces me he acordado de que el otro día pasamos por delante de la tienda de jardinería. Hemos ido hasta allí. Tessa ha pasado un buen rato estudiando las estanterías. Ha cogido varios paquetes y cajas, y luego ha vuelto a dejarlos, con el ceño fruncido.

—Antes venía aquí casi cada semana —ha dicho—. La dueña hacía pedidos especiales para mí; me encanta esta tienda.

—Lo más probable es que los de la banda regresen y se lleven todo lo que no aproveches tú —he señalado—. O que acaben por quemar el local.

Lo más probable, de hecho, es que la dueña esté muerta.

—Tienes razón —ha contestado Tessa—. Además, siempre puedo devolver lo que no utilice y pagarle lo que sí cuando vuelva a abrir.

Se ha llevado todas las semillas y todos los bulbos, tantas bolsas de fertilizante como han cabido en el coche y un montón de tiestos y semilleros. Entonces ha cerrado el maletero y se ha quedado un momento inmóvil debajo del toldo de la tienda.

—¿Estás bien? —le he preguntado.

—Sí —ha contestado, con una leve sonrisa—. Es que estaba pensando que... Leo solía acompañarme aquí y me ayudaba a cargar el coche. Yo no hacía otra cosa que hablar de mis planes, y él asentía y sonreía sin parar, para que no se notara que generalmente no tenía ni idea de qué le hablaba. No le interesaba ni la jardinería, ni la agricultura, ni nada de eso; pero, aun así, siempre prestaba atención, por mí. Él era así.

Entonces ha bajado los ojos y ha vuelto la cabeza. Hasta aquel momento no me había dado cuenta de lo mucho que te echa de menos. De repente una incómoda mezcla de añoranza y de culpabilidad (por todas las veces en que he pensado que no se preocupaba lo suficiente por ti) me ha llenado el pecho.

—Es un gran tío —he afirmado.

—Sí —ha contestado ella—. El mejor.

Y dicho eso se ha metido en el coche. Punto final, asunto cerrado.

—¿Y Gav? ¿Está bien? —ha preguntado de camino al hospital—. Llevo varios días sin verlo.

—Está bien —he contestado—. Es que... su mejor amigo se ha puesto enfermo. Pasa la mayor parte del tiempo haciéndole compañía.

Aunque resulta doloroso hablar de Warren, sobre todo sabiendo lo preocupado que Gav está por él, y a pesar de que he notado otro pinchazo de culpabilidad al pensar en lo duro que debe de ser para Tessa vernos juntos cuando su novio está a cientos de kilómetros de distancia, la verdad es que cada vez que me acuerdo de él siento ese cálido cosquilleo. Mientras volvíamos a casa de Tessa, me he dejado mecer por esa sensación, al tiempo que me preguntaba cómo es posible que me sienta tan feliz por eso cuando hay tantas otras cosas que van mal.

Ha dejado el coche en el aparcamiento. Todo parecía normal. Pero de golpe se ha abierto la ventana del primer piso y la voz de Meredith me ha devuelto a la Tierra.

—¡Kaelyn! —ha gritado. Entonces ha sollozado un par de veces, tragando mucho aire, como cuando alguien ha estado llorando e intenta calmarse—. ¡Ten cuidado! —ha dicho—. Creo que ya se han ido todos, pero no estoy segura.

He sentido como si se me parara el corazón.

—¿De quién hablas? —he preguntado—. ¿Qué ha pasado?

Pero la niña ha empezado a sollozar de nuevo y no ha podido responder.

Tessa ha ido hasta la puerta y la ha abierto de golpe; se ha quedado con el pomo en la mano. Dentro, el suelo estaba lleno de pisadas y de barro, y me he dado cuenta de que todos los armarios de la cocina estaban abiertos. Tessa ha entrado corriendo en la cocina y yo he subido al primer piso.

La puerta del dormitorio estaba cerrada con pestillo. He llamado.

—Meredith —he dicho—, ya puedes salir; se han ido. ¿Estás bien?

He oído que se sorbía la nariz y entonces ha descorrido el pestillo. En cuanto ha abierto la puerta, me he arrodillado y la he cogido entre mis brazos. Ha hundido la cara en mi hombro.

—Era ese chico malo que entró en la tienda de juguetes

—ha respondido ella—. Y también había otros, pero a los demás no los conocía. El chico me ha cogido y me ha preguntado dónde guardábamos las cosas que tú y Tessa habéis encontrado en las casas. Cuando les he dicho que siempre lo lleváis todo al hospital se ha puesto como una fiera. Pero entonces han empezado a rebuscar en la cocina y yo he aprovechado que no prestaban atención para subir y encerrarme aquí. Eso ha estado bien, ¿verdad?

—Superbien —he respondido. Estaba tan cabreada que me temblaba la voz. Creo que, si hubiera tenido una pistola y Quentin se me hubiera puesto delante en ese momento, le hubiera disparado.

He soltado a Meredith y la he mirado de pies a cabeza. Ya habían empezado a salirle moratones en las muñecas, unas marcas de dedos sobre su piel café oscuro. La he abrazado de nuevo y le he dado un beso en la coronilla.

Entonces un agudo alarido ha partido el aire, tan afligido que se me han puesto los pelos de punta.

Lo primero que he pensado es que me había equivocado, que aún quedaba alguien en la casa y que le había hecho daño a Tessa.

—Quédate aquí —le he dicho a Meredith—. Cierra la puerta y no abras hasta que vuelva.

Ella ha asentido con gesto muy serio. He bajado por las escaleras, mirando por encima de la barandilla.

Se me ha ocurrido que si sorprendía a nuestro enemigo por sorpresa tendría más posibilidades de hacer algo, pero al llegar al vestíbulo no he visto nada, aparte de la cocina saqueada y la puerta trasera oscilando por el viento.

He ido hasta allí y he encontrado a Tessa inmóvil en medio del patio, las manos pálidas encima del pecho. La lluvia había empezado ya a empaparle la ropa y el pelo.

El grito debía de haberlo soltado ella, pero en aquel momento estaba muy callada, con la mirada fija en el invernadero. Al verlo me he detenido en seco.

Se habían cargado toda la pared frontal y también parte del lado sur. Las piedras del patio estaban cubiertas de relucientes fragmentos de cristal. Había un montón de huellas de bota en el suelo, y hojas y tallos aplastados. Habían arrancado varias plantas (las que eran claramente comestibles, imagino) y en su lugar quedaban tan solo hoyos y agujeros; otras estaban partidas e inservibles.

La lluvia ha empezado a gotearme cuello abajo, a colárseme por el cuello de la chaqueta. Me ha dado un escalofrío, pero no quería moverme hasta que lo hiciera Tessa. Estaba esperando a que decidiera pasar a la acción, a que empezara a recoger las piezas y a volver a juntarlas de la mejor forma posible; a que me dijera que lo que había pasado era horrible, pero que podría haber sido peor. Siempre puede ser peor.

Sin embargo, Tessa se ha vuelto y me ha mirado fijamente, con las pestañas cubiertas de gotitas.

—Sabían que habíamos salido. Nos estaban espiando.

—Meredith me ha dicho que buscaban la comida que hemos encontrado en las casas. Supongo que debieron de vernos...

He callado en seco, pues de pronto he comprendido por qué nos habían visto. Nos habían estado espiando porque sabían que yo había logrado sobrevivir al virus y Quentin estaba convencido de que yo sabía algo sobre el remedio; o sea, que, en realidad, me habían estado espiando a mí. Seguramente desde que aquel tío me apuntó con la escopeta. ¿De qué otra forma habría sabido Quentin que había ido a la tienda de juguetes?

Desde aquel día debía de haber estado planeando su venganza por cómo lo habíamos ridiculizado. La banda no necesitaba la poca comida que habíamos logrado reunir; ellos tienen toneladas.

Tessa se había enterado de lo de la tienda de juguetes porque Meredith se lo había contado y sacó las mismas conclusiones que yo, solo que más rápido.

—Todo esto ha sido por ti —ha dicho.

Así de fácil y objetivo. Entonces ha pasado junto a mí y se ha metido en casa. La he seguido, pero Tessa se ha encerrado en el dormitorio. Y ya no ha vuelto a salir.

Si no nos hubiera invitado a instalarnos en su casa, nada de esto habría pasado.

No sé qué hacer. ¿Cómo puedo compensarla por algo así? Ni siquiera sé por dónde empezar.

1 de diciembre

Primer temporal de nieve del invierno. En realidad solo ha sido aguanieve, una lluvia grisácea y medio derretida que golpea las ventanas desde esta mañana.

Después de cenar, Meredith y yo estábamos viendo *La sirenita* por octava vez cuando las luces y el televisor han parpadeado un momento y se han apagado.

No sé si el apagón es temporal o definitivo. Espero que sea temporal. No tener electricidad significa que nos hemos quedado sin nevera, sin horno y sin microondas. Y a lo mejor también sin calefacción.

Gav ha llamado poco después de que se fuera la luz. Me he dado cuenta de que estaba en el hospital por el barullo de voces que se oían de fondo.

—El hospital entero se ha quedado a oscuras mientras estaba con Warren —ha anunciado—. Ahora funcionan solo con el generador. He oído que toda la ciudad se ha quedado sin luz. ¿Estás bien?

Había tenido que buscar el teléfono a tientas. Meredith estaba en el sofá, respirando entrecortadamente. Me he acurrucado pegada a la pared y he cerrado los ojos.

—Sí —he contestado—. Tessa está buscando las velas que sus padres guardan para casos de emergencia. Da un poco de miedo, pero sobreviviré.

—Pasaré a veros dentro de un rato —ha dicho Gav—. Tengo que despedirme de Warren.

Quería verle, tenía tantas ganas de estar con él que me dolía el estómago solo de pensar que no estaba aquí. He pasado ratos con él y con Warren en el hospital, pero me siento incómoda, como si me estuviera entrometiendo en su amistad, de modo que no lo he visto demasiado durante los últimos días. Sin embargo, cuando ya iba a abrir la boca, la ventana ha traqueteado por el viento y el aguanieve, y he imaginado las calles resbaladizas que atraviesan la oscuridad que nos separa. El recuerdo de los cristales rotos del invernadero ha acudido a mi mente y se ha transformado en el parabrisas del Ford, hecho pedazos; he oído mi voz antes incluso de saber qué iba a decir:

—No, quédate en el hospital —le he pedido.

—No me necesitan —ha dicho Gav—. Dentro de media hora van a apagar las luces de todos modos. Solo…

—Gav —lo he cortado, intentando que mi voz sonara severa, aunque el dolor del estómago se había convertido en un nudo—. No vengas. No quiero que vengas. Estamos bien.

Ha habido una pausa. Entonces Gav ha respirado hondo:

—Vale. Como quieras. No pasa nada. —Aunque sí pasaba—. Pues ya nos veremos —ha añadido.

—Hasta luego —me he limitado a decir, aunque en realidad quería explicarle lo que pasaba.

—¿Kaelyn? —ha dicho Meredith, mientras el tono del teléfono resonaba aún en mis oídos.

Cuando he vuelto al sofá, Tessa ya había encontrado las velas y nos hemos ido a los dormitorios.

Meredith se ha dormido hace unos minutos. Los hurones están en la plataforma superior de la jaula y sus cabecitas oscilan mientras contemplan el parpadeo de la luz de la vela. Probablemente no debería gastarla escribiendo; en la caja que Tessa ha encontrado quedaban tan solo unas pocas.

Además, parece un momento de lo más apropiado para andar a la deriva, en la oscuridad.

3 de diciembre

Pues bueno, vuelvo a estar en la sala de estar de la casa del tío Emmett, donde nos sentamos todos juntos hace un millón de años, mientras papá nos contaba que el virus había matado a una persona y que podía ser peligroso. Se me hace rarísimo volver a estar aquí.

Esta tarde he echado una siesta en el sofá. Al despertar he oído a alguien en la cocina y, por un segundo, he creído que era mamá.

«No hace falta que te esfuerces tanto, Grace», solía decirle el tío Emmett. «Solo quiero asegurarme de que comes bien, por lo menos de vez en cuando», le contestaba mamá. Entonces mi tío mascullaba algo y se sentaba en el sillón a ver la tele. A mí me ponía de los nervios que se quejara tanto porque mi madre preparaba la cena, pero que nunca se ofreciera a echarle una mano.

Daría mi brazo derecho por tenerlos otra vez aquí, discutiendo.

Nos instalamos en la casa ayer por la mañana (Meredith, Tessa, los hurones y yo), porque al parecer la electricidad se ha terminado para siempre y, a diferencia de lo que sucede en casa de Tessa y en la mía, en la del tío Emmett hay un generador. Papá me ayudó a arreglar la puerta y, entre nuestro coche y el de Tessa, logramos traer todas las cosas importantes de un solo viaje. Los de la banda se llevaron el ordenador y la tele cuando saquearon la casa, pero se trata de lujos que no utilizaríamos de todos modos: no queremos arriesgarnos a sobrecargar el generador. Tenemos la cocina para hervir agua y para prepararnos comida, y si hace falta también podemos encender las luces. Últimamente no necesitamos mucho más.

No sé qué tal le irá al resto de la ciudad. En el hospital están bien, desde luego: disponen del generador más grande de toda la isla. Y hay otras casas con generadores privados, o sea, que imagino que la gente puede ir tirando. Papá nos contó que hay varias casas vacías con generador cerca del hospital, para la gente que necesita un lugar donde instalarse. En la iglesia también tienen uno, así que imagino que los niños estarán bien.

Meredith y yo compartimos su antiguo dormitorio. Estamos un poco apretadas, pero he traído los prismáticos y, en cuanto tenemos un momento, nos dedicamos a mirar el continente a través de la ventana, aunque por ahora no he logrado ver más que lucecitas a través de la neblina que flota sobre el estrecho. Teniendo en cuenta que ahora somos las anfitrionas, me pareció que debíamos ofrecerle el dormitorio de matrimonio a Tessa.

No sé cómo se siente, aunque la verdad es que nunca me ha sido nada fácil saberlo. Antes de marcharnos de su casa salió al jardín, pero volvió con las manos vacías; supongo que no quedaba gran cosa que se pudiera rescatar. Me he fijado en que últimamente se mueve y habla con cierto agarrotamiento que no le recuerdo de antes. Es como si se hubiera roto y como si, al volver a ensamblar las partes, estas no terminaran de encajar.

Así las cosas, me dedico a preparar todas las comidas y dejo que decida cuándo quiere hablar. Qué menos, ¿no? Si se me ocurriera algo mejor, lo haría.

No supe nada de Gav en todo el día de ayer. Esta mañana, mientras fregaba los platos del desayuno, alguien ha llamado débilmente a la puerta. Al abrir lo he encontrado de pie en la escalera, con los hombros hundidos y el pelo revuelto; parecía tan receloso como cuando vino a mi casa por primera vez; durante un segundo he tenido la sensación de que nada de lo que había sucedido entre nosotros había sido real.

—Hola —ha dicho.

—Hola —he contestado, y he alargado instintivamente la mano.

Él me la ha cogido, ha entrelazado sus dedos con los míos y ha entrado en casa. No me quitaba el ojo de encima, como si buscara algo en mi mirada. Al cabo de nada se ha inclinado para besarme. Y entonces he estado segura de que lo nuestro había sido real.

Le he pasado un brazo por la cintura y él se ha relajado un poco.

—Siento no haber venido antes —ha dicho—. Ayer por la tarde pasé por casa de Tessa, pero ya os habíais ido y no sabía dónde buscar.

—No pasa nada —he respondido; no me ha parecido necesario mencionar la embarazosa conversación telefónica de la noche en que se fue la luz—. Pensé que si no coincidíamos antes, te vería hoy cuando fuera al hospital ¿Cómo está Warren?

Gav se ha encogido de hombros.

—Está todo lo bien que puede estar. Le dan aspirinas para la fiebre, y té y caramelos de menta para la garganta, pero imagino que eso es lo único que pueden hacer.

—No tienen la culpa. —Sospecho que papá sería capaz de cruzar el estrecho a nado durante una tormenta si supiera que al llegar al otro lado le darían los medicamentos que necesitamos.

—Ya lo sé —ha contestado Gav—. Tampoco es que antes los medicamentos más específicos tuvieran mucho efecto. A lo mejor la menta era el remedio que estábamos buscando y no lo sabíamos.

Ha intentado sonreír, pero los labios no le han hecho caso.

—Creo que todo esto está siendo muy duro para él —ha añadido—. Su padre se llevó a su hermana pequeña a casa de sus abuelos, que viven en Dartmouth, y no logró regresar a la isla antes de que impusieran la cuarentena. Y a su madre le da miedo ir al hospital, así que Warren ha tenido que conformarse con mi compañía.

—¿Crees que le gustaría que fuera otra vez a visitarlo? —he preguntado—. A mí me gustaría; es solo que… no sé si a él le apetece, porque no nos conocemos mucho.

—Creo que le encantaría —ha dicho Gav, que ahora sí sonreía—. Pensaba ir a verlo después de pasar por aquí. ¿Por qué no me acompañas?

Y eso es lo que he hecho.

Han puesto a Warren en una habitación pequeña, que antes, cuando el hospital funcionaba normalmente, se utilizaba como sala de exploración. Había una anciana tendida en una mesa de reconocimiento, estornudando sin parar, y un chaval que no tendría más de diez años sentado en el suelo, con la espalda apoyada en la pared, que le daba una y otra vez a la pausa del videojuego con el que se entretenía, para poder rascarse el empeine del pie izquierdo. Warren estaba tendido encima de una manta doblada en el suelo, la espalda apoyada en una almohada y un libro abierto sobre las rodillas.

—¡Kaelyn! —ha exclamado en cuanto me ha visto, y entonces ha mirado a Gav con las cejas arqueadas—. Te has cansado de venir solo, ¿eh?

A pesar de que Gav llevaba mascarilla, me he dado cuenta de que esbozaba una mueca.

—No hago más que repetirle que se quede en casa —ha añadido Warren, hablando conmigo—. Si quieres pillar el virus, este es el sitio apropiado. Pero me ignora, como siempre.

—Yo solo te ignoro cuando dices cosas a las que no merece la pena prestar atención —ha replicado Gav.

Warren se ha reído un momento, antes de que le diera un ataque de tos. Ha cogido la taza que tenía junto a él y ha bebido hasta que se le ha pasado la tos.

He intentado encontrar algo que decir que no tuviera ninguna relación ni con el virus, ni con el hospital, ni con nada deprimente.

—¿Qué lees? —le he preguntado al final.

—Un *thriller* político que alguien se dejó por aquí —ha respondido—. No es mi género preferido, pero tampoco hay demasiadas alternativas.

—Hay una biblioteca en el segundo piso —he contestado—. No es muy grande, en realidad se trata de un armario, pero intentan tener siempre un poco de todo. ¿Qué te apetece?

Se le ha iluminado la mirada.

—Veamos, ¿por dónde podría empezar?

Ha mantenido el mismo tono jovial mientras sugería autores y temas.

—Algo de política, o por lo menos de no ficción… Pero que no sea una biografía, las biografías políticas son aún peor que esto.

Ha estado un rato diciendo cosas por el estilo, como si su presencia allí fuera una anécdota, como si hubiera pillado una enfermedad tonta de la que puede recuperarse descansando un poco. Pero la verdad es que lleva enfermo cinco días enteros, y eso significa que es muy probable que mañana ya no sea él mismo. Además, se notaba que también era consciente de ello. Cada vez que cogía la taza de té le temblaba la mano, y cada vez que se reía apartaba la mirada. No solo eso, sino que en cuanto mencionaba el hospital, o aludía a la enfermedad, se le ensanchaba la sonrisa.

Gav y yo no éramos los únicos que llevábamos mascarilla. Me he fijado en que Warren se colocaba bien la suya, con bromas y chistes, y se me ha caído el alma a los pies.

Está asustado, como lo estaría cualquiera. No sé si el objetivo principal de su jovialidad fingida es levantar su estado de ánimo o el de Gav, pero en el fondo no importa. Sea como sea, no he podido hacer más que estar a su lado, fijándome en todas esas cosas, y luego ir al segundo piso a buscarle un libro.

Más tarde he venido aquí y me he puesto a escribir todo esto, del mismo modo que antes tomaba nota de los hábitos de los coyotes y apuntaba mis observaciones sobre las gaviotas.

Qué inútil. Qué increíble y absoluta pérdida de tiempo.

5 de diciembre

¡La he encontrado! ¡Oh, Dios mío, Leo, la he encontrado de verdad! La respuesta estuvo todo el tiempo ahí, pero me faltaba cierta perspectiva.

Seguramente nunca habría descubierto la conexión de no ser por Howard, el superviviente que se encarga de llevarse los cuerpos del hospital.

Creo que vive aquí desde que se fue la luz. Esta mañana he ido a la cocina del hospital a hervir algo de agua (se nos estaba acabando otra vez) y lo he encontrado allí, preparando una papilla con un vaso de leche en polvo.

No lo había visto nunca sin su camilla; es más alto de lo que recordaba, supongo que porque antes siempre lo había visto encorvado. Y aunque tiene el pelo canoso, al verlo de cerca me he dado cuenta de que no es tan mayor. Es más joven que papá, calculo que tendrá treinta y tantos.

Le he dicho «hola» y él ha contestado «qué tal», pero a continuación la situación se ha vuelto un poco incómoda, porque no sé nada sobre él aparte de que colabora con el hospital, lo que no es una gran forma de iniciar una conversación. He llenado un cazo de agua y lo he colocado encima de un fogón; él ha cogido su cuenco y se ha dirigido hacia la puerta de la cocina, pero justo entonces me he dado cuenta de que caminaba raro.

—¿Estás bien? —le he preguntado—. Cojeas…

—Ah —ha contestado él—. Sí, no es nada nuevo. Hace un año o así estaba trabajando en el muelle y me cayó un ancla encima del pie.

—Ostras —he dicho, dando un respingo.

—Sí, se me chafaron los dedos de mala manera —ha añadido—. Dos de ellos no cicatrizaron bien y por eso ahora ando así. Además me dio una fiebre que ni te cuento.

—¿Fiebre? —he preguntado.

Entonces me he acordado de nuestro viaje del año pasado a la isla. Pasé los dos últimos días antes de regresar a Toronto en el hospital, con la sensación de que me ardía todo.

Justo antes había estado cerca del agua, lo mismo que Howard. Me hice un corte en el talón con la concha de un mejillón intentando subir a las rocas después de nadar. Nunca se me había ocurrido que pudiera haber una conexión entre el corte y la fiebre; papá había dicho que seguramente era por algo que había comido.

He apagado el fogón y he salido corriendo de la cocina sin decir nada más. Howard debe de haber pensado que estoy chiflada.

Pero la verdad está ahí, en los historiales médicos. Cinco de los que hemos sobrevivido al virus ingresamos en el hospital con fiebre alta entre abril y octubre del año pasado. Estoy segura de que el sexto también tuvo fiebre, pero a lo mejor no estuvo tan grave y no necesitó tratamiento.

Haber pasado esa fiebre nos ha protegido, nos ha mantenido con vida. Eso significa que si logramos descubrir el porqué, hallaremos la forma de mantener a los demás también a salvo.

A papá debió de pasársele por alto la conexión por lo mismo que a mí: estaba tan concentrado en el virus que ni siquiera se le ocurrió considerar qué pasó antes del inicio de la epidemia.

Tengo que hablar con él. Me he pasado la mañana buscándolo, pero no lo he encontrado. Nell me ha dicho que a lo mejor había ido al centro de investigaciones, pero cuando me he acercado a echar un vistazo las puertas estaban cerradas. Iré otra vez en cuanto Meredith se haya terminado la comida. Cuanto antes lo sepa, antes podremos hacer algo.

¡Por fin! ¡No me puedo creer que lo haya encontrado!

6 de diciembre

He tenido que esperar hasta esta mañana para escribir esto, porque anoche lo único que quería hacer era gritar. No creo que hubiera podido sujetar el bolígrafo sin partirlo en dos.

La conexión, la fiebre, no significa nada.

Bueno, eso no es cierto. Significa mucho, pero no nos va a servir de nada.

Papá no volvió al hospital hasta por la noche. Estaba tan emocionada que ni siquiera le pregunté dónde se había metido. Me lo llevé al archivo y saqué los historiales. Me tropezaba con las palabras; era como si temiera que si no se lo contaba todo lo más rápido posible, dejaría de escucharme. Creo que en el fondo lo que pensaba era que a lo mejor, si se lo contaba lo bastante rápido, aún podría salvar a Warren. Casi podía ver cómo a Gav se le iluminaba el rostro en cuanto se enteraba.

Sin embargo, al cabo de un minuto, papá me puso una mano encima del hombro.

—Kae —dijo—. ¡Kae! —Debió de repetir mi nombre tres o cuatro veces antes de que yo lo oyera y dejara de hablar—. Ya lo sé —añadió entonces—. Lo he sabido desde que se recuperó el primer paciente.

Me lo he quedado mirando. Me sentía como si acabara de chocar contra un muro, como un pájaro que atravesara lo que parecía cielo abierto y, de pronto, se estampara contra un cristal.

—¿Y por qué no has hecho nada? —le he preguntado—. ¡Todas las personas que tuvieron fiebre han sobrevivido al virus! ¿No podríamos utilizar eso de alguna forma?

Sabía que si ese fuera el caso, papá ya lo habría hecho. ¡Pero es que había estado tan convencida, me había sentido tan aliviada! No podía renunciar a la idea así como así.

—Al principio no estábamos seguros de la conexión —explicó papá—. Nuestro segundo superviviente aseguró que no había estado enfermo en todo el año pasado. Y cuando el tercer paciente se recuperó, yo ya había tenido tiempo de revisar todos los historiales. La fiebre no es un indicador definitivo, Kaelyn. Ni mucho menos. Si lo fuera, no me habría preocupado tanto por ti. Existen personas que tuvieron fiebre el año pasado y que luego se contagiaron del virus y murieron. Según la información de que disponemos, diría que el contagio previo hace que las probabilidades de supervivencia aumenten en un cuarenta por ciento.

—Un cuarenta por ciento es mucho más que el cero por ciento que parece tener todo el mundo —le espeté—. ¿Se sabe siquiera qué provocó la fiebre?

—Sí —contestó papá—. En su momento no lo identificamos, pero los médicos tomaron muestras que volvimos a analizar después de la epidemia. Se trata de un virus. Un virus anterior al que nos ocupa ahora.

Lo entendí al momento.

—Claro, por eso haber pasado la fiebre marca la diferencia —dije—. Nuestros organismos eran ya un poco inmunes al virus. —Entonces procesé el resto de lo que me había dicho—. Pero si teníais muestras del otro virus, el del verano pasado, podríais habérselo inoculado en las personas que aún no han estado enfermas, ¿no? —pregunté—. A lo mejor no les habría servido de nada a quienes ya se habían contagiado del nuevo virus, pero los que aún no lo estaban, como Meredith, Gav o Tessa, habrían tenido más posibilidades...

—Me habría encantado hacerlo, Kae —respondió papá—. A lo mejor habría sido una opción viable si lo hubiéramos sabido desde buen principio. Pero tal como está el hospital actualmente, no disponemos de los recursos necesarios para garantizar que los pacientes sobrevivan ni siquiera a la versión anterior del virus. Sin la medicación necesaria, la fiebre podría resultar fatal por sí sola. Y en el mejor de los casos, el contagio debilitaría el organismo y lo volvería más vulnerable a la nueva mutación del virus. Howard, tú y los demás dispusisteis de un año para recuperaros antes de que vuestro sistema inmunológico tuviera que enfrentarse con el nuevo virus. Discutimos esta idea con los médicos del Departamento de Sanidad, pero al final coincidimos en que los hipotéticos beneficios no compensaban los riesgos.

—O sea, que no sirve de nada —dije, encogiéndome de hombros.

Papá negó con la cabeza.

—Nos resultó bastante útil durante las primeras fases del contagio —explicó—. Si el año pasado no hubiéramos estado al corriente de la enfermedad y no hubiéramos dispuesto de las muestras para comparar, no habríamos logrado aislar el virus tan rápido, ni habríamos podido realizar los análisis de sangre o empezar a trabajar en una vacuna.

Unos análisis de sangre que solo confirmaron lo que todo el mundo sabía; una vacuna que, de existir, nunca había llegado a la isla. Pero lo que me había llamado la atención era otra cosa.

—¿Qué significa «estar al corriente»? —pregunté—. ¿Ya sabías que no había sido la única en contraer la fiebre? ¿Y que esta no se debía a una intoxicación alimenticia?

—El año pasado, después de ingresarte, Nell me pidió mi opinión profesional —admitió papá—. Estaba preocupada porque los pacientes de los casos anteriores no habían respondido como esperaba a la medicación. Le aconsejé que estudiara la situación con cautela. Todos los pacientes se recuperaron, pero era evidente que podíamos encontrarnos ante algo desconocido, y no teníamos ni idea de cómo iba a evolucionar la enfermedad.

Me aparté de él.

—Te preocupaba que lo que me había provocado la fiebre pudiera ir a peor —le dije—. Por eso no parabas de preguntarme si me encontraba bien: porque no estabas seguro de que hubiera desaparecido del todo. ¡Sabías que todo esto podía pasar antes de que pasara!

Papá me miró como si acabara de clavarle un cuchillo.

—Nos encontrábamos ante una enfermedad que nunca antes habíamos visto. Cualquier científico responsable se habría preocupado. Pero no podíamos predecir el futuro. Hicimos todo lo que pudimos con lo que sabíamos, Kaelyn.

—No, no es verdad. Podrías haber pedido al hospital que se pusiera en contacto con el Departamento de Sanidad el verano pasado; a lo mejor habrían encontrado una forma de tratar el virus antes de que la situación fuera tan grave. Podrías haber insistido en que teníamos que quedarnos en Toronto la primavera pasada, en lugar de volver aquí. Y nada de todo esto habría pasado, mamá y Drew estarían bien... ¡No habría pasado nada!

Las últimas frases las dije gritando y entonces se me quebró la voz y estuve a punto de echarme a llorar. Papá dijo algo, pero yo ya no quería ni escucharlo. Y me marché. Salí de allí, me metí en el coche, cerré la puerta de golpe y apoyé la cabeza en el volante. Y entonces afloraron las lágrimas.

Sé que no fui del todo justa. Naturalmente que el hospital no podía llamar al Departamento de Sanidad porque una docena de personas habían cogido una fiebre. Nadie podía prever que la enfermedad iba a mutar de esta forma. Y aunque nos hubiéramos quedado en Toronto, al virus le habría dado lo mismo. El padre de Rachel habría enfermado igualmente, lo mismo que ella y todos los demás, con la única diferencia de que papá no habría estado aquí para ayudarlos, de modo que para la isla todo habría sido incluso peor.

Sin embargo, para nosotros sí habría sido diferente. Mamá seguiría viva, Drew aún estaría con nosotros, y nosotros no viviríamos así. En este momento, por ejemplo, podría salir al pasillo y oír a Drew tecleando en el ordenador, o ver a mamá en el baño, peinándose. No tendría que despertarme cada mañana y recordar que ya no están aquí, y notar cómo el dolor vuelve a apoderarse de mí.

No estoy segura de que vaya a poder perdonar a papá. Ahora mismo ni siquiera quiero hacerlo.

7 de diciembre

Hace justo tres meses creía sinceramente que si lograba cambiar mi forma de actuar, todo se arreglaría. Que bastaba con preguntarme «¿qué haría la nueva Kaelyn?» para que se terminaran todos mis problemas. ¿Te acuerdas? Solo de pensarlo me entra la risa.

¿Qué haría mi nuevo yo? La única amiga que me queda se ha cabreado conmigo y es posible que nunca llegue a perdonarme del todo, y no sé si mi novio es de verdad mi novio, porque no estamos en situación de hacer las cosas que suelen hacer los novios, como salir por ahí juntos y hablar de algo que no sean enfermedades, privaciones y todo lo demás: que mamá está muerta y Drew ha desaparecido; que la mayoría de gente de la isla también ha muerto; que aún no hemos encontrado la forma de combatir este maldito virus asesino, que, por lo tanto, va a seguir cargándose a todo el mundo; que los del continente nos han abandonado; que hay una banda cuyos miembros se dedican a disparar contra la gente, a incendiar casas y a robar todo lo que pueden, y que desde hoy solo queda un surtidor de gasolina operativo, por lo que pronto ni siquiera podremos utilizar los coches para protegernos.

En días como este, mi verdadero yo solo quiere acurrucarse en una esquina y esconder la cabeza entre los brazos. No hay una sola parte de mí que no esté muerta de miedo. No existe un yo que sepa qué hacer. Ya estoy haciendo todo lo que puedo, no doy para más.

8 de diciembre

Hoy Gav se ha presentado a comer con una caja de macarrones, un bote de salsa para pasta y un ojo morado.

—¿Qué ha pasado? —le he preguntado nada más abrir la puerta.

Gav se ha metido en la cocina sin decir nada, ha dejado la comida encima del mármol y ha sacado un cazo.

—Ha sido culpa mía —ha respondido—. Me han contado que Warren empezó a tener alucinaciones anoche, pero, de todos modos, he insistido en verlo. No me ha reconocido. Y no sé quién ha creído que era, pero no le caía nada bien.

—Lo siento —he contestado, a falta de algo mejor que decir.

Gav ha esbozado una sonrisa triste y a continuación ha empezado a rebuscar por los armarios. Le he señalado los botes de especias.

—Gracias —ha dicho, y me ha dado un beso tan fugaz que apenas lo he notado.

Entonces ha llenado el cazo y ha empezado a cocinar. Con cada gesto parecía estar diciendo que no le apetecía hablar, así que lo he dejado preparando la comida.

Cuando la pasta estaba a punto parecía haberse calmado un poco, aunque tampoco es que haya hablado mucho. Hemos comido sin pronunciar ni diez palabras entre los cuatro. Cuando hemos terminado, Tessa ha dicho que se encargaba de los platos y ha reclutado a Meredith como secadora. Gav ha mirado a su alrededor y de repente ha preguntado:

—Desde aquí se ve el continente, ¿verdad?

Hemos subido al cuarto de Meredith y le he pasado los prismáticos.

—Desde que nos instalamos aquí no ha habido día que no haya pasado por lo menos cinco minutos mirando —le he contado, intentando sonar optimista—. No se ve gran cosa, pero por las noches se encienden las luces, o sea, que aún debe de quedar gente.

—Las patrulleras siguen vigilando el estrecho —ha comentado Gav.

—Sí. Creo que están más cerca del continente que antes, seguramente por el clima. Pero no las he visto abandonar sus posiciones en toda la semana.

Gav ha estado un rato mirando. Entonces ha bajado los prismáticos y los ha dejado encima de la silla que hay junto a la ventana.

—Cuando hablamos por primera vez —ha recordado—, me dijiste que el Gobierno iba a cuidar de nosotros. ¿Aún lo crees?

—Algo tendrán que hacer, antes o después —he contestado—. Con el tiempo se preguntarán por qué hace tanto tiempo que no tienen noticias nuestras y vendrán a echar un vistazo.

—Sí, más tarde o más temprano —ha dicho Gav—. Aunque probablemente será más tarde que más temprano.

—Lo sé.

Me he acercado a él, lo he cogido del brazo y he mirado hacia el estrecho. A través de la niebla, los edificios de la otra orilla parecían fundirse con el gris del cielo.

—¿Qué estarías haciendo si las cosas fueran normales? —le he preguntado—. Si no estuviéramos en cuarentena, si el virus no existiera.

Gav se lo ha pensado un momento.

—Estaría esforzándome lo justo para aprobar las asignaturas —ha contestado—. Y trabajando de cualquier cosa por las tardes, para asegurarme de disponer del dinero necesario para largarme de aquí en cuanto terminara el instituto. Intentaría convencer a Warren de que me acompañara… —Entonces se ha quedado callado; su silencio ha sido más desgarrador que cualquier cosa que pudiera haber dicho. Al cabo de un momento me ha cogido por la cintura—. Seguramente también estaría cruzando los dedos para que cierta chica quisiera acompañarme —ha añadido.

He sonreído, pero se me ha hecho un nudo en la garganta.

—¿Crees que te habrías fijado en mí si no hubiera sido la chica con información de primera mano sobre la epidemia?

—Pues claro —ha contestado él sin pensarlo—. ¿Cómo no iba a fijarme?

Entonces se ha vuelto hacia mí, me ha acercado a él y me ha dado un beso.

Lo ha dicho con total naturalidad, como si no pudiera haber duda, pero no estoy tan segura. De hecho, no sé si yo me habría abierto tanto a él si no hubiera visto su reacción cuando la ciudad empezó a desmoronarse. Quiero creer que habríamos terminado juntos de todos modos, que nuestros sentimientos son más fuertes que las circunstancias que nos han unido, pero ni él ni yo podemos estar seguros de eso.

Pero a lo mejor no importa. Porque cuando me ha besado, y cuando le he devuelto el beso, no me ha importado. Durante unos instantes, me ha dado igual que la solución pueda llegar mucho más tarde que temprano.

10 de diciembre

Ayer por la noche tuvimos que salir de excursión.

Meredith me despertó después de medianoche con un chillido, como si la hubieran mordido. Una pesadilla. Tardé un minuto en despertarla, y entonces empezó a sollozar tan fuerte que tardé cinco minutos más en averiguar qué intentaba decirme.

Al mudarnos se le había olvidado uno de sus animales de peluche en casa de Tessa, un gato de felpa llamado Ronrón que la tía Lillian le regaló cuando tenía tres años. No soportaba pensar que había dejado a Ronrón solo en la casa oscura, donde los «chicos malos» podían volver y hacerle daño.

—Seguro que está bien —le he dicho—. Y esos no van a volver, ya se llevaron todo lo que querían.

—Pero él no lo sabe —ha contestado Meredith, meneando la cabeza—. Está muy asustado.

Le he dicho que iríamos a buscarlo por la mañana, pero no lograba calmarse y repetía una y otra vez que lo necesitaba ahora, mientras los lagrimones seguían cayéndole por las mejillas. Yo también empecé a flaquear; con la de cosas que ha perdido, ¿qué necesidad había de discutir con ella por eso? De hecho, era una de las pocas cosas que podía darle.

—Vale —dije finalmente—. Iré a buscarlo. Tardaré solo unos minutos.

—Pero no te conoce —contestó Meredith—. Y no quiero que vayas sola, está muy oscuro.

Entonces ya habíamos despertado a Tessa. Cuando esta asomó la cabeza por la puerta para ver qué sucedía, hubo más lágrimas y sollozos, y al final terminamos las tres en el coche, decididas a rescatar a un gato de peluche. En aquel momento nos pareció la solución más sencilla; es evidente que ninguna de las tres pensaba con claridad.

La ciudad tenía un aspecto sobrecogedor en plena noche. Bajo la luz de los faros, la única luz que había, todo tenía un tono gris espectral, sin colores. Más allá, todo era negro absoluto.

Meredith no quería estar sola en el asiento trasero, por lo que decidí pasar de la seguridad vial y sentármela en la falda. Ella se me abrazó al cuello y hundió la cara en mi pecho. Me gustó tener a alguien a quien abrazarme mientras Tessa conducía por la oscuridad.

Como no había electricidad no pudimos encender las luces de la casa de Tessa, pero en el coche llevábamos la linterna que utilizamos cuando vamos a vaciar casas. Seguimos el débil haz de luz hasta el dormitorio de invitados. Ronrón estaba debajo de la mesita de noche, medio escondido. Meredith lo cogió y lo estrujó entre sus brazos.

«Bueno, ya podemos ir a dormir», me dije. Aunque no estaba del todo segura de que todo aquello no fuera solo un sueño.

Ya casi habíamos llegado a la puerta cuando una figura cruzó el haz de luz de la linterna.

Di un respingo, Meredith soltó un grito y Tessa se quedó helada. La figura se acercó un poco más y la linterna iluminó la cara de Quentin, delgada y pálida. Su cuerpo desprendía un agrio olor a sudor, el olor de alguien que lleva tiempo sin ducharse. Sujetaba algo reluciente en la mano derecha: un cuchillo de trinchar.

—¡Pero ¿qué haces?! —exclamé.

La luz de la linterna tembló; yo estaba hecha un flan.

Quentin nos miró entrecerrando los ojos y estornudó tres veces en el dorso de la mano.

—Ah —dijo entonces, con voz ronca—. Sois vosotras.

—Estás enfermo —respondí, al tiempo que hacía que Meredith se colocara detrás de mí.

—¿Qué haces en mi casa? —preguntó Tessa.

—Me iban a disparar —contestó Quentin—. Quería hablar con Kaelyn. Pero aquí no había nadie, de modo que decidí esperar. De eso… hace un tiempo. —Me lanzó una mirada acusadora—. Te ha costado, ¿eh? —añadió.

No habíamos dejado nada de comida en casa. Me pregunté qué debía de haber comido o, mejor dicho, si debía de haber comido algo. ¿Se habría llevado agua embotellada o había estado bebiendo agua del grifo? Entonces se tambaleó y se me ocurrió que a lo mejor estaba enfermo de algo más que el virus. Incluso era posible que ni siquiera tuviera el virus.

—Deberías ir al hospital —le dije.

Quentin negó con la cabeza.

—Ni hablar —soltó entre toses—. Hay demasiados enfermos. A saber qué iba a pillar.

—Pero ya has cogido algo —observé—. Por lo menos allí te podrían ayudar.

—Tú me ayudarás —dijo Quentin—. Tu padre sabe cosas, logró que te curaras. Tú me dirás qué tengo que hacer.

—¡Yo no sé nada! —exclamé—. Ya te lo dije. No puedo hacer nada por ti.

—¡Tienes que hacer algo! —insistió Quentin—. ¡Estoy enfermo!

Se acercó hacia nosotras con paso tambaleante e intentó agarrarme con la mano en la que llevaba el cuchillo, pero en ese preciso instante Tessa alargó el brazo hacia él y saltaron chispas en la oscuridad. Quentin soltó un grito, cayó fulminado al suelo, con las piernas y los brazos crispados, y el cuchillo se le escurrió de entre los dedos. Tessa lo observó. Miré lo que tenía en la mano, que parecía una máquina de afeitar eléctrica.

—¿Qué es eso? —le pregunté cuando fui capaz de hablar—. ¿Qué le has hecho?

—Es una porra eléctrica —contestó—. O un táser, no estoy segura. La encontré en una de las casas de verano que inspeccioné a solas. Pensé que a lo mejor podía resultarme útil y me lo llevé, por si acaso.

Volvió a mirar a Quentin, que estaba intentando levantarse sin demasiado éxito.

—Pensé que me llenaría más hacer esto, la verdad —dijo entonces—. Bueno, vámonos.

Esquivó a Quentin y fue hacia la puerta. Meredith salió tras ella. El chico estaba diciendo algo, aunque arrastraba tanto las palabras que no entendí nada. Entonces se puso de rodillas y apoyó las manos en el suelo. Los brazos le temblaban por el esfuerzo. Al verlo se me revolvió el estómago. Independientemente de lo que hubiera hecho, de los errores que hubiera cometido, continuaba siendo un chico con el que había ido al colegio desde que éramos pequeños.

—¿Y lo vamos a dejar aquí? —pregunté.

Tessa se volvió hacia mí con rostro inexpresivo.

—¿Por qué no? —preguntó.

—Porque está enfermo —dije, aunque en el fondo no podía culparla porque no le importara su estado de salud. Me di cuenta de que necesitaba otra razón—. Si ahora lo dejamos —dije—, no se va a quedar aquí. Cuando se ponga enfermo de verdad, saldrá e intentará encontrar a otra gente, contagiarles el virus. En cambio, si lo llevamos al hospital, nos aseguraremos de que no se mueva de allí.

—Al hospital no —murmuró Quentin.

—Nadie te ha pedido tu opinión —le solté.

Le aguanté la mirada a Tessa, que, al cabo de un momento, se mordió el labio y asintió con la cabeza.

Metí a Meredith en el coche y cogí una mascarilla extra para Quentin. Entonces lo arrastramos hasta el asiento trasero. Por suerte, se había recuperado lo suficiente del *shock* para poder andar, pero estaba demasiado enfermo para plantar cara. Intentó soltarse cuando abrí la puerta, pero Tessa le enseñó la porra eléctrica.

—Entra, o te pego otro chispazo —le amenazó.

Entonces me pasó el arma, porque habíamos ido en su coche y, por lo tanto, tenía que conducir ella. Lo estuve apuntando hasta que llegamos al hospital. Quentin murmuró algo sobre sus derechos y sobre armas ilegales, aunque la mayor parte del tiempo se quedó allí tendido, temblando y tosiendo. Empezó a protestar de nuevo cuando aparcamos delante del hospital, pero uno de los voluntarios nos vio llegar por la ventana y salió a ayudarnos.

Entonces volvimos a casa y caímos desplomadas en la cama.

Esta mañana, al despertar, he tenido la sensación de que todo había sido una pesadilla. Pero aún llevaba los zapatos puestos y Meredith dormía abrazada a Ronrón. Al bajar a preparar el desayuno he visto la porra eléctrica encima de la mesa del comedor. En eso se ha convertido nuestra vida.

12 de diciembre

¡Mierda, mierda, mierda!

Meredith tiene fiebre y está llorando porque le pica mucho el interior del codo.

Cuando he ido a ponerme la chaqueta ha empezado a llorar aún más fuerte, por lo que me he quedado aquí. Tessa ha ido a contárselo a papá.

Si Dios existe, ahora mismo le pegaría un puñetazo diez veces más fuerte que la patada que le di a Quentin.

Maldito virus, ¿es que nunca va a darse por satisfecho? ¿Cuándo va a terminar todo esto?

¿Por qué no nos deja en paz de una vez?

14 de diciembre

Meredith no hace más que disculparse. Hace un rato le ha dado un ataque de tos tan fuerte que ha devuelto el té que había estado bebiendo; mientras yo lo limpiaba, ella no paraba de repetir «lo siento, lo siento». Me ha pedido perdón cuando he empezado a toser porque tenía la garganta seca después de leerle tres libros seguidos. Pide perdón cuando tengo que llevarle una caja nueva de pañuelos, pide perdón cuando le tomo la temperatura (incluso con el gelocatil salen dos grados más de los que debería tener), y vuelve a pedir perdón cuando no puede dejar de sollozar porque quiere a su mamá y a su papá.

Cada vez que dice «perdón» siento el horrible peso de todas las cosas que no estoy haciendo, que no puedo hacer. Pienso que preferiría que no lo dijera y entonces me siento aún peor por preocuparme por estas cosas mientras ella se está

Tengo la sensación de que si escribo «muriendo» la estaré condenando.

Porque es posible que no se muera, ¿no? Hay un hombre que se recuperó aunque el año pasado no tuvo fiebre. Meredith podría ser la segunda. Es posible.

No hay una sola parte de mí que confíe en ello, pero es posible.

Ayer Gav volvió del hospital con Tessa y con papá. Esta mañana ha vuelto a pasarse por casa. Si se me acumula el trabajo, se encarga de leerle algo a Meredith y de prepararle el té.

Cuando me ha abrazado en la cocina, he notado un picor en

los ojos, pero no he llorado. También siento que si lloro la estaré condenando.

Gav no ha contado nada sobre Warren, lo cual significa que no se está recuperando. De hecho, podría significar que su amigo tal vez esté muerto, aunque no me atrevo a preguntárselo.

He aquí lo que hacemos: preparar té, leer libros y ver morir a la gente.

15 de diciembre

En general, la gente cree que lo peor es saber que vas a morir. Pero no es así. Lo peor es pensar que es posible que veas cómo todas las personas a las que quieres (o que simplemente te caen bien) se van consumiendo mientras tú resistes.

Me digo una y otra vez que esto debe terminar algún día. Y es verdad: llegará un día en el que no quedará nadie más.

Y entonces dará lo mismo que yo haya sobrevivido, pues todas las personas a las que les habría importado estarán muertas.

17 de diciembre

Esta mañana tan solo he aguantado una hora con Meredith antes de perder los nervios. Ya ha entrado en la segunda fase y está todo el rato abrazándome, cogiéndome de las manos, hablando de lo bien que nos lo vamos a pasar y preguntando por qué no podemos invitar a Tessa y a Gav a jugar con nosotros. Aunque sé que no es prudente, últimamente me quito la mascarilla cuando estoy con ella, porque a Meredith no le gusta nada verme con la cara cubierta.

Creo que estaba logrando distraerla bastante. He soltado a *Mowat* y a *Fossey* y he dejado que corretearan por ahí un rato, y entonces hemos hecho un collar enorme con las cuentas que aún le quedaban. Meredith me lo ha colocado alrededor del cuello.

Aún lo llevo puesto; las cuentas repiquetean cada vez que me muevo.

Meredith ha mirado por la ventana y de pronto se ha puesto muy seria.

—¿Por qué no vuelve mamá, Kaelyn? —ha preguntado—. ¿No sabe que la echo mucho de menos? Siempre me decía que me quería. Si me quiere tanto, ¿por qué no está aquí?

—Estoy segura de que vendría si pudiera —he contestado, y he tragado saliva. Durante un momento he estado segura de que, si decía algo más, lo único que me saldría sería un gemido—. Iré a buscarte algo de comer —he logrado añadir, y he salido del cuarto.

Esta mañana papá ha puesto un candado en la puerta, tal como hizo con mamá, y seguramente conmigo. En ese momento lo he oído trastear con el grifo de la cocina: ha encontrado unos filtros que es posible que hagan que el agua sepa mejor, aunque aún tengamos que hervirla antes de consumirla.

He respirado hondo un par de veces, me he quitado el traje protector que llevo siempre que estoy con Meredith y lo he colgado del pomo de la puerta. Después de tomarme un poco más de tiempo del estrictamente necesario lavándome las manos a conciencia, me he dicho que era mejor que preparara algo de comer antes de que Meredith se inquietara demasiado.

Al llegar al pie de las escaleras, Gav me ha mirado desde el sofá.

—Kaelyn —ha dicho—, ¿qué es esto?

En la mano sujetaba un montón de papeles arrugados. He tardado un momento en reconocerlos: eran las tablas que había elaborado en el registro del hospital y que luego había guardado en el cajón de la mesa del café.

Me he sentado en el sofá, al lado de Gav, que se ha acercado a mí hasta que nuestras piernas se han tocado.

—Estaba comparando los historiales de los pacientes que nos curamos con algunos de los que no —le he respondido—. Quería averiguar dónde estaba la diferencia.

—Pero no encontraste nada, ¿no? —ha preguntado.

—No, la verdad es que sí encontré algo —he contestado—. Pero a los médicos no les sirve de nada.

Le he contado lo de las fiebres del año anterior y que las provocó un virus muy parecido.

—Cuando te pones enfermo, tu cuerpo genera anticuerpos, para combatir la enfermedad, ¿vale? —le he explicado—. Por eso yo ya disponía de unos anticuerpos extra, capaces de atacar la mutación del virus, por lo menos en parte. Más que una persona que no hubiera pasado la fiebre, en todo caso.

—Por eso los que os habéis recuperado estáis menos expuestos al virus que el resto —ha dicho Gav, asintiendo—, porque disponéis de los anticuerpos para derrotar al virus si os volvéis a contagiar. Ya me lo contaste cuando insististe en que debías ser tú quien trasladara a los afectados al hospital.

—Sí. Solo que la inmunidad solo se mantendrá mientras el virus siga siendo el mismo. Si vuelve a mutar, como el de la gripe hace constantemente…

Hemos pasado un minuto sopesando aquella espantosa posibilidad. Entonces Gav ha vuelto a mirar los papeles:

—Es una pena que no puedan coger algunos de tus anticuerpos y dárselos a alguien que los necesite.

He abierto la boca y la he vuelto a cerrar de golpe. De pronto se me ha acelerado el pulso. Hace muchos años, en un libro para niños, leí una historia sobre los usos de animales en el campo de la ciencia. Cuando Gav ha dicho esas palabras he vuelto a pensar en ella: la historia iba sobre unos médicos que le inoculaban un virus a un caballo para que su organismo produjera anticuerpos que a continuación podían utilizar para curar a personas que cogían ese virus.

Si podían llevar a cabo ese procedimiento con un caballo, me dije, ¿por qué no iban a poder hacerlo conmigo?

Sin embargo, al mismo tiempo he sabido que seguramente no serviría de nada: si la idea se me podía ocurrir a mí, seguro que en el hospital ya la habían probado hacía tiempo. ¿Significaba eso que no había funcionado? ¿Ya habían dejado de probarla cuando yo me curé? ¿Y por qué?

—Tengo que hablar con mi padre.

Gav me ha acompañado a la cocina. Papá estaba inclinado encima del fregadero, inspeccionando la pieza que acababa de instalar en el grifo. Cuando ha dado el agua, esta salía tal vez un poco menos marrón que antes. Por desgracia, sin embargo, por entre la pieza y el grifo salían varios chorros un tanto más pequeños.

Papá ha fruncido el ceño y ha apagado el agua.

—Estas cosas siempre se le dieron mucho mejor a tu madre que a mí.

—Creo que ya sé exactamente dónde está el problema —ha comentado Gav.

Papá se ha apartado para dejar que intentara ajustar la pieza.

—Papá —le he dicho mientras se secaba las manos con un trapo—, Gav me ha hecho pensar en algo.

Le he repetido nuestra conversación sobre los anticuerpos y también la historia del caballo.

—Lo habéis intentado, ¿verdad? —le he preguntado. Él ha asentido—. ¿Y qué pasó?

Se le ha ensombrecido el rostro.

—El procedimiento ha dado cierto resultado con otros virus desconocidos —dijo—. Cuando nos pareció que el primer enfermo que había logrado curarse se había recuperado lo suficiente, intentamos darles un empujón a los pacientes que aún se encontraban en la primera fase, con suero. Retrasó la evolución de la enfermedad, pero nada más.

—Pero en ese caso usasteis una sola muestra para un montón de pacientes; imagino que le daríais una cantidad reducida a cada uno, ¿no? ¿Habéis intentado una dosis mayor?

—Utilizamos una dosis razonable, Kaelyn —ha contestado papá, que parecía estarse justificando—. Además, después de donar sangre el paciente empezó a sentirse débil y tuvimos que volver a ingresarlo al día siguiente. Solo sois seis, a lo mejor pronto seréis siete. Por no hablar de…

—Vale —lo he cortado antes de que pudiera seguir esgrimiendo argumentos—. Ya entiendo que no podáis hacerlo con todos los pacientes. Pero a lo mejor podríais encontrar suficiente para una sola persona. Yo soy del grupo sanguíneo O negativo, puedo donar a todo el mundo; nos lo enseñaron el año pasado en el colegio. ¿Por qué no lo aprovechas? Donaré toda la sangre que puedas sacarme para Meredith.

He extendido el brazo. Mi padre se ha quedado mirándolo y entonces me ha cogido la mano con las suyas.

—No podemos. Esto es más complicado que una simple transfusión de sangre, Kae. Meredith ya está muy enferma. Si le inyectamos un exceso de una sustancia extraña, tiene muchas más probabilidades de experimentar una reacción alérgica. Es casi seguro que le subirá la fiebre y es posible que su cuerpo rechace de plano las células ajenas. Y aunque no fuera así, el resultado más probable es un incremento de su sufrimiento. Además, no sabemos cómo te afectaría a ti la donación de sangre.

He apartado la mano.

—O sea, que no se trata de que no puedas —le he dicho—. Es solo que te da miedo.

Estaba tan enfadada con él por haberse negado, por haber rechazado otra de mis ideas, que se me ha agarrotado todo el cuerpo.

—No es una cuestión de miedo —ha asegurado papá.

Pero, ¿sabes qué, Leo?, sí lo es. Nunca lo había pensado así, pero la verdad es que papá tiene miedo de muchas cosas. Le daba miedo que Drew besara a otros chicos; le daba miedo que los coyotes pudieran comerse a Meredith; le daba miedo que saliéramos de casa cuando ni siquiera sabía que el virus era peligroso; le da miedo que vaya sola por la ciudad, aunque lo he hecho ya varias veces y solo se han producido situaciones peligrosas cuando había otra gente conmigo…

El problema es que eso no significa que esté equivocado. Esta es su especialidad y estoy segura de que sabe mejor que nadie cómo lidiar con un virus.

—¡Kaelyn! —ha exclamado Meredith desde su cuarto, rompiendo el silencio que había surgido entre nosotros—. ¿Dónde estás, Kaelyn? ¿Tío Gordon?

Su voz sonaba malhumorada y asustada al mismo tiempo. Se me ha revuelto el estómago: no es que me asuste imaginarla aún más enferma, es que me da pánico.

—Ya lo sé —le he dicho a mi padre—. Lo siento.

Entonces Gav ha abierto el grifo y ha soltado un pequeño grito de victoria.

No puedo hacer nada para ayudar a Meredith, pero el agua sale un poco menos sucia. Hurra.

18 de diciembre

Hoy le he dicho a Gav que no vuelva.

Yo acababa de comer con Meredith en su cuarto y bajaba a la cocina con los platos. Él había estado rebuscando en el sótano para ver si el tío Emmett guardaba algo ahí que pueda resultarnos útil. He entrado en la cocina y en ese preciso instante Gav ha soltado un estornudo tan fuerte que se debe de haber oído desde el jardín.

Me he quedado petrificada. Los platos me han temblado en las manos y el vaso de plástico de Meredith ha caído al suelo. Las escaleras del sótano han crujido.

—No pasa nada —ha dicho Gav, asomando la cabeza por la escotilla del suelo—. Es por el polvo, estoy bien.

Se ha abierto de brazos, como si eso demostrara algo. No ha vuelto a estornudar ni a toser, y tampoco me ha parecido que resistiera al impulso de hacerlo. Además, realmente en el sótano hay mucho polvo; Gav tenía la camiseta cubierta de manchas de color gris.

He recogido el vaso y he dejado los platos en el fregadero. No me he dado cuenta de que estaba llorando hasta que he empezado a verlo todo borroso.

Gav se me ha acercado.

—¡Para! —he exclamado.

Me he vuelto hacia él al tiempo que retrocedía y me he cruzado de brazos.

—Kaelyn… —ha empezado él, dando un paso hacia delante.

—¡He dicho que pares! —he gritado.

Esta vez me ha hecho caso y se me ha quedado mirando, confuso.

—Acabo de estar arriba, con Meredith. He tocado sus platos y ni siquiera me he lavado aún las manos.

De repente me he acordado de todas las veces que Gav se ha sentado a mi lado y me ha tocado desde que Meredith se puso enferma, y me han entrado ganas de vomitar. ¿Cómo he podido ser tan descuidada? ¿De qué sirve el traje protector? ¿De qué sirve que me lave las manos cuando podía tener el virus en los pies o en el pelo? Llevamos varias semanas sin poder lavarnos como es debido. He estado reutilizando la ropa que está menos sucia porque cada vez que ponemos una lavadora tengo miedo de que el generador tenga un cortocircuito. Y he estado tan obsesionada con esta horrible situación que no me he parado a pensar en lo peligrosa que puede resultar para otras personas. Lo único que pensaba era que me gustaba tener a Gav cerca. ¿Cómo he podido ser tan egoísta?

No debería haber dejado que entrara en casa después de que Meredith contrajera la enfermedad.

—Tienes que irte —le he soltado.

—Kaelyn —ha respondido con voz calmada, como si su vida no pendiera de un hilo—. Llevo meses hablando con personas enfermas durante el reparto, y entrando y saliendo del hospital. Meses. Si hubiera tenido que pillar el virus, ya lo habría hecho.

—Eso no puedes saberlo —he contestado—. Meredith también estuvo bien durante meses y ahora está enferma. Tú te has mantenido sano porque has sido precavido. No puedes bajar la guardia y pensar que ya no te va a pasar nada. En esta casa corres peligro. Y estando conmigo también.

—He decidido correr el riesgo.

—Pues yo no quiero que lo corras —le he soltado con voz temblorosa—. Quiero que te vayas. Ahora.

Gav ha abierto la boca para protestar, pero por mi expresión debe de haberse dado cuenta de que no pensaba cambiar de opinión.

—Vale, me iré —ha cedido finalmente—. Pero mañana volveré.

—No te abriré la puerta.

—Pues hablaré contigo a través de la puerta hasta que abras —ha contestado—. Así empezamos, ¿no?

Al verlo en el vestíbulo, calzándose las botas, he notado un intenso pinchazo en el pecho. Porque hablaba en serio. Iba a volver las veces que hiciera falta. Como si yo fuera... alguien por quien merezca la pena correr ese riesgo.

—Gav... —he empezado a decirle.

—Ya me voy, ya me voy —ha contestado, levantando las manos—. Te veo mañana.

—No —he insistido—. Cuando Meredith... Cuando todo esto haya terminado. Pero no antes. Y menos aquí. ¿De acuerdo?

No ha contestado. Se ha limitado a dirigirme una última mirada y se ha marchado.

He hecho lo correcto, lo sé. Precisamente por eso no entiendo por qué me siento tan tan mal.

Después de que Gav se hubiera marchado he dudado unos segundos y entonces he cerrado la puerta. Cuando me he vuelto, Tesssa estaba mirándome desde el umbral de la sala de estar.

—Yo no pienso irme —ha dicho en el mismo tono que empleó cuando amenazó a Quentin.

Ni me lo había planteado. No sé si debería haberlo hecho. Llevamos tanto tiempo viviendo con Tessa (demonios, ¡si prácticamente nos cedió su propia casa!) que no me imagino echándola. Además, ¿adónde iba a ir?

—Ya lo sé —he contestado—. Claro que no.

¿Soy una mala amiga por estar más dispuesta a proteger a Gav que a Tessa? ¿O soy buena amiga por dejarla decidir por sí misma?

19 de diciembre

Le he dicho a Nell que quería irme a casa y me ha traído aquí. Pero esto no es una casa. Esto es un camastro en una habitación en la que debería estar Meredith, pero ya no está. Yo ya no tengo casa. No me queda nada.

Meredith se puso a gritar. Eran las diez de la noche. Me la tuve que llevar al hospital. Desgarró el disfraz de Sirenita con sus propias manos y me arañó el brazo, pero me negué a pedir ayuda: quería encargarme de ella en persona. Le dije a Tessa que no se preocupara, que me apañaba sola. Me llevé a Meredith al coche y la até al asiento trasero, mientras ella se retorcía y gritaba, pero ni siquiera recordaba cómo se desabrocha el cinturón. Así pues, logramos llegar. Al ver el hospital empezó otra vez a gritar y me mordió la mano para que la soltara, pero la metí dentro, encontré a papá y él le dio una inyección, lo mismo que debió de hacer conmigo y con mamá.

Tiene una habitación para ella sola. Todo el mundo está muerto, de modo que ya no hay necesidad de amontonar a los pacientes. Tiene una cama pequeña en la segunda planta, en lo que en su día debió de ser un almacén.

Generalmente no voy donde están los pacientes de la segunda fase. Ahí hay muchos más gritos.

Cuando se le pase el efecto de la inyección, Meredith también va a gritar. Solo disponemos de una cantidad limitada de tranquilizantes para calmar a los pacientes cuando los ingresan. Le han atado los brazos y las piernas con correas para asegurarse de que en cuanto empiece a sufrir alucinaciones no se hace daño a sí misma ni a nadie.

Papá dijo que me acompañaría al coche y yo se lo permití. Debería haberle dicho que no hacía falta, pero no habría servido de nada. Tampoco habría importado que yo hubiera querido tener a mi padre conmigo unos minutos más si en aquel momento no hubiera visto por el rabillo del ojo algo que se movía en la oscuridad; si no me hubiera dado la vuelta para intentar ver de qué se trataba.

—¿Qué? —preguntó papá.

—Me ha parecido ver a alguien allí —contesté, e incluso señalé, porque no estaba pensando, no pensaba en nada.

Entonces se oyó como un chirrido junto al hospital. Papá se acercó corriendo a ver qué pasaba y yo lo seguí.

—¡Alto! —gritó mi padre—. ¡No te muevas!

Yo también debería haber corrido. No sé por qué no lo hice. Vi a la mujer con la lata de gasolina en la mano y esta se giró hacia mi padre de un salto. Y me quedé petrificada. Con la de cosas que me había enseñado Gav y fui incapaz de reaccionar. Papá alargó el brazo hacia ella; al mismo tiempo, la mujer levantó la lata y la dejó caer sobre la cabeza de él. No había nadie lo bastante cerca como para detenerla.

Solté un grito. Papá se tambaleó y cayó al suelo. La mujer dejó caer la lata y echó a correr. Y entonces, solo entonces, mis piernas reaccionaron.

Empezó a salir gente del hospital. Debían de haberme oído; había gritado tan fuerte que aún me dolía la garganta. Estaba arrodillada en el asfalto, junto a papá. Todo olía a gasolina. La sangre le empapó el pelo tan rápido... Intenté contenerla con la mano, pero no pude. Me convencí de que había notado que respiraba, pero en realidad tenía la mirada vacía, perdida, y no pestañeaba.

Nell dice que intentaron incendiar el hospital. Eran dos hombres y una mujer. Un grupo de voluntarios inspeccionó los alrededores del recinto después de ver a papá y echaron a esos tíos antes de que pudieran lograr su objetivo.

Nell dice que seguramente pensaban que lograrían librarse del virus si quemaban el edificio donde habían terminado todas las personas que lo habían contraído.

Dice que papá es un héroe porque los detuvo.

—Lo siento mucho, cariño —me dijo.

Pero soy yo quien debería disculparse; soy yo quien tiene las manos manchadas con la sangre de papá.

No sé adónde se lo llevaron. En medio del barullo, Nell me apartó de él y me abrazó, y luego ya no estaba.

Todos han desaparecido. Ya solo quedo yo.

20 de diciembre

Hace frío aquí en el acantilado. Las rocas están salpicadas de escarcha y la brisa marina me ha congelado la nariz en apenas cinco segundos. Quería respirar el aire del océano por última vez, pero ahora no huelo nada.

Me he llevado los mitones para poder escribir, pero los dedos me duelen, de modo que no sé si esta entrada va a ser muy larga. Es solo que siento que debo dar algún tipo de explicación antes de hacer esto. Demostrar que se trata de una decisión realmente meditada.

Cuando leo que alguien se ha tirado de un puente o de un tejado, tengo siempre la sensación de que solo es un acceso melodramático lo que ha empujado a esa persona a abalanzarse a la nada. Sin embargo, la realidad es otra. Mirando por el borde del acantilado, puedo imaginarme perfectamente dando el paso definitivo al otro lado, al vacío, sin dudar ni inmutarme. Como si dar ese paso no tuviera más significado que bajar el primer peldaño de una escalera.

Ni siquiera puedes decir que se me ha ido la cabeza: también los gorilas jóvenes se dejan morir después de perder a sus dos padres. Dejan de comer y de jugar, y con el tiempo enferman y mueren. La mía es una respuesta totalmente natural.

Solo que de este modo es más eficiente.

No soy una de esas personas que brillan, nadie va a echar de menos mi luz cuando desaparezca. Nunca lo he sido. Papá se ocupaba del hospital, Gav organizó el reparto de comida a toda la ciudad y Tessa va a producir mejores cultivos para todo el mundo. ¿Qué coño he hecho yo?

Para lo único que sirvo es para observar: a los pájaros en la playa, a los coyotes en el bosque y a un montón de personas mientras se mueren.

Y que conste que lo intenté. Intenté actuar, ayudar, y mira dónde hemos terminado. Le di ideas a Quentin e involucré a Tessa y a Meredith en un enfrentamiento con él. Hice que el grupo de Gav empezara a llevar a las personas enfermas al hospital y ahora su mejor amigo está muerto. No tomé las precauciones necesarias, contraje el virus y empujé a Drew a largarse, siguiendo un plan sin pies ni cabeza que probablemente ha acabado por matarle. A lo mejor incluso contagié a mamá. Alguien tuvo que hacerlo.

Y luego me limité a observar: cómo moría mamá y cómo Meredith iba enfermando progresivamente. Me quedé de brazos cruzados mientras una mujer le rompía la crisma a papá.

No me queda nada. Ya solo siento dolor. Quiero que esto se termine.

Gav lo va a superar. De hecho será mejor para él: una persona menos por la que cree que tiene que arriesgar la vida. Y Tessa sabe cuidarse de sí misma. Me siento un poco culpable por Meredith, pero ni siquiera sabrá que me he ido. Si decidiera continuar, habría tan solo dos salidas posibles: o bien ignoraría todo lo que papá me dijo e intentaría convencer a Nell para que probara una vez más el tratamiento de anticuerpos, con lo que los últimos días de Meredith se convertirían en una agonía, o bien me limitaría a ver cómo se consume y nunca llegaría a saber si habría podido hacer algo más por ella.

O sea, que voy a arreglar las cosas. Nunca debería haber sobrevivido. A lo mejor existe un poder superior que lo ve todo y que le traspasará mi buena suerte a Meredith. Se lo merece.

Cambiar mi vida por la suya; parece justo, ¿no?

Joder, qué frío. Ya casi ni noto el bolígrafo.

El corazón me late con fuerza. Mi cuerpo sabe lo que va a hacer. Me separan cuatro pasos del borde del abismo. Ahora dejaré el diario y enseguida todo habrá terminado. No miraré hacia abajo. Ni siquiera lloraré.

Allá voy.

Aún estoy aquí, Leo. He vuelto.

Siento que tengo que darle las gracias a alguien, como si acabara de recibir un regalo, aunque la decisión ha sido mía de principio a fin.

Debo darle las gracias a los cormoranes.

Me he acercado al borde del acantilado y, una vez allí, no he podido evitar mirar hacia abajo: hacia las afiladas rocas marrón rojizo que asoman entre el oleaje, y a los nidos de ramitas y algas que reposan encima de los salientes. Resulta difícil imaginar que cualquier cosa sea capaz de posarse allí, no digamos ya de criar a una familia. El viento me agitaba el pelo, me hinchaba la chaqueta y se llevaba ramitas y trozos de hierba de los nidos.

¿Cuánto tiempo debió de pasar?, me he preguntado. ¿Cuántos intentos fallidos debió de haber hasta que el primer cormorán descubrió cómo debía colocar las ramitas para que el viento no se las llevara volando? ¿Cuántos huevos cayeron y se rompieron en la roca, o se hundieron bajo las aguas?

Podrían haber ido a otra parte, a un lugar más apacible. Pero en los lugares más apacibles hay depredadores que ansían la carne y los huevos de las aves, otros pájaros que compiten por el espacio y la comida, y peligros de todo tipo. No es nada fácil, pues.

Si querían sobrevivir, tenían que aprender a vivir aquí. Seguramente no sabían cómo y cometieron errores. Tuvieron que cometerlos.

Construyeron nidos que se desmoronaron, perdieron huevos... Pero, poco a poco, un intento tras otro, encontraron una parte de la solución, y luego otra.

Una vez que te fijas es imposible no verlo. Si no lo hubieran seguido intentando incluso cuando cometían más errores que aciertos, hoy no habría cormoranes. Si se hubieran rendido, se habrían extinguido todos. No importa cuánto tiempo les costó encontrar la forma de hacerlo; lo importante es que no dejaron de intentarlo.

Todo eso es lo que me ha pasado por la cabeza mientras contemplaba los nidos y la larga, larguísima caída. Tenía el corazón en la garganta. Entonces me he dado cuenta de que si salto estaré renunciando justamente a eso: a la oportunidad de seguir intentándolo. No importa que no brille tanto como Shauna. Ella está muerta. Y no importa que no tenga tanta confianza como tú, Leo, o que no sea tan fuerte como Tessa. Todos nos encontramos delante de un acantilado y para sobrevivir no se trata de ser el mejor ni el más listo. Se trata de perseverar tanto tiempo como podamos, de intentarlo, equivocarnos y volverlo a intentar, hasta estar un centímetro más cerca de superar la situación.

Si regreso a la ciudad, tal vez vuelva a fastidiarla. Pero tal vez consiga ayudar, aunque sea solo un poco. Si me arrojo por el acantilado, todo se habrá terminado. Me habré rendido, habré dejado que el virus, la banda y la desesperanza ganen, para el resto de la eternidad. No puedo imaginar nada peor que eso. Por mucho que me duela intentarlo.

A lo mejor lo único que se me da bien es observar, pero, a veces, cuando te fijas en algo, ves cosas que de otro modo se te pasarían por alto. Cosas importantes. Como qué es lo que da miedo de esta situación y qué puedo hacer yo al respecto.

Quiero reír, llorar y abrazar a alguien, pero primero tengo que cuidar de Meredith.

Papá sabía de virus, pero no sabía de todo. Y a veces se dejaba asustar demasiado. Meredith morirá si nadie hace nada. Eso es un hecho.

Por ello, si puedo hacer algo para que aumenten sus probabilidades de supervivencia, por poco que sea, los riesgos no importan.

21 de diciembre

Ayer parece que fue hace un millón de años. Tengo la sensación de que al marcharme del acantilado emprendí una larga caminata, aunque en realidad fui directamente al hospital.

Al ver la puerta principal me quedé paralizada durante unos segundos. No podía dejar de pensar en que, la noche antes, había bajado por esas mismas escaleras con papá. El dolor me cortó desde el estómago hasta la garganta, como un cuchillo de destripar. Se me llenaron los ojos de lágrimas y se me revolvió el estómago.

Pero Meredith me necesitaba y yo lo sabía. Pensar en ella me empujó a entrar.

Crucé varios pasillos hasta que encontré a Nell en una de las habitaciones. En cuanto terminó de echar un vistazo a los pacientes, me la llevé a un lado y le hablé de la transfusión de anticuerpos.

—Ah, sí, ya me acuerdo —dijo—. Intentamos el procedimiento utilizando suero sanguíneo con cinco pacientes, pero al final no dio resultado.

—¿Sabes cómo preparar el suero? —le pregunté. Ella asintió con la cabeza—. Quiero que intentemos otra transfusión —añadí—. Con Meredith. Quiero que me saques tanta sangre como puedas y se la des a ella, toda.

—Kaelyn —dijo Nell—. Sé que quieres ayudar y también que debes de sentirte fatal, pero no creo que…

—¿Qué podemos perder por intentarlo? —la interrumpí—. Solo te pido que lo intentemos una vez, nada más. Necesito saber que hemos hecho todo lo que podíamos.

Nell me miró con tristeza durante unos segundos y finalmente soltó un suspiro.

—De acuerdo —accedió—. Dame diez minutos para que vaya a buscar el instrumental que necesito. Espérame en la recepción.

Doné sangre sentada en una de las sillas de la entrada. En dos ocasiones Nell dijo que ya había suficiente, pero yo no me sentía mareada ni nada, e insistí en que siguiéramos adelante. A la tercera vez me dio un vahído al levantar la cabeza.

—Vale —dije.

—Menos mal —contestó Nell—, porque pensaba obligarte a parar de todos modos.

Me hizo beber un par de zumos, me dio unas galletas rancias y dijo que me quedara en la recepción descansando un rato más.

—Si te sientes mal durante los próximos días —me advirtió—, ven enseguida al hospital. No esperes ni un segundo.

Entonces se marchó rápidamente a preparar el suero.

Soy consciente de que si llevó a cabo la transfusión fue solo porque creía que Meredith iba a morir de todos modos, pero me da igual. Me alegro de que accediera a ello.

El sol ya casi se había puesto cuando salí. Oí los pasos de Gav antes de lograr distinguir su figura, que se abría paso por entre los coches que bloquean las calles de alrededor del hospital. Me quedé un momento inmóvil en lo alto de las escaleras, dudando. Sus ojos parecían oscuros bajo la luz del atardecer.

—Kaelyn —dijo; parecía preocupado y aliviado al mismo tiempo—. Llevo toda la tarde buscándote.

Creí que iba a acercarse corriendo hasta mí, pero se contuvo en el último momento. Me acordé de nuestra última conversación y de cómo yo le había dicho que no se me acercara. De pronto me pareció una decisión tan ridícula como la de ir al acantilado.

Le tendí la mano y se acercó corriendo.

Me abrazó, me besó con ganas y luego me abrazó aún más fuerte; tenía la cabeza apoyada en su hombro y notaba su mejilla pegada a mi oreja.

—¿Dónde te habías metido? —preguntó—. He pasado por casa, te he buscado por todo el hospital y luego he ido en coche por la ciudad. Ya iba a empezar otra vez.

—He salido a caminar. Necesitaba pensar.

Pero tenía la sensación de que si no añadía nada más estaría mintiéndole. Callar tantas cosas, más que una simple omisión, era una falta de honestidad. ¿No era justamente de eso de lo que mamá me había acusado en su momento? ¿De dejarla de lado, de excluirla de mi vida? Y todo porque había querido quedarme para mí las cosas por las que estaba pasando.

Al recordarlo se me hizo un nudo en la garganta y tuve que tragar saliva.

—Ha sido duro —admití con un susurro—. Estoy muy asustada.

—Yo también —contestó Gav, con una risa entrecortada—. Tengo miedo todo el tiempo. Aunque, ahora que sé que tú estás bien, me siento un poco mejor. —Me apartó un poco, casi nada—. Me he enterado de lo de tu padre. Pienso ir a ver a los idiotas esos de la gasolina y las pistolas, les diré lo estúpidos que son y que si se creen que...

—Gav —lo corté, y lo agarré por la chaqueta. Toda la desesperación, de la que había logrado librarme al marcharme del acantilado, empezaba a apoderarse de nuevo de mí. Tenía que impedirlo—. No lo hagas. Ya sé que quieres ser un héroe. Si eso es lo que tienes que hacer por la ciudad, me parece bien; pero no quiero que lo hagas por mí.

—No se trata de ser un héroe —contestó—. Lo han matado. Te han hecho más daño del que son capaces de imaginar. No puedo dejarlo así.

—Sí, sí puedes —dije, apartándome más para poder mirarlo a los ojos—. ¿Sabes qué me dolería aún más? Que te arriesgaras porque creyeras que con ello ibas a ayudarme y que te pasara algo. Lo más importante para mí es que tú estés bien. ¿Lo entiendes? Pero si yo insisto en protegerte a ti y tú insistes en protegerme a mí, las dos cosas se van a contrarrestar mutuamente y ninguno de los dos estará bien.

—¿Y qué quieres que hagamos? —preguntó con voz tensa—. ¿Que no estemos juntos?

Contuvo el aliento un instante.

—No —contesté por fin—. Claro que no. Pero a lo mejor... ¿Te acuerdas del otro día, cuando dijiste que te habrías fijado en mí aunque no se hubiera producido la epidemia? ¿No podríamos actuar como si no viviéramos en un mundo en el que corremos un peligro constante y en el que pasan cosas horribles a cada minuto, y tener una relación normal? ¿Podemos dejar de preocuparnos por quién tiene que proteger a quién?

—Normal —dijo Gav—. ¿Te refieres a que nos regalemos chocolate y flores, que vayamos a bailes del colegio y tengamos que volver a casa a una hora concreta, y que discutamos sobre si salimos con tus amigos o con los míos?

—Bueno, a lo mejor no del todo normal —contesté—. Pero sí tirando a normal.

Gav se encogió de hombros y sus labios esbozaron una sonrisa.

—Vale —concedió—. Puedo intentarlo. De hecho, yo ya sé qué estaría haciendo ahora mismo en un mundo tirando a normal.

Me volvió a abrazar fuerte y me dio otro beso. En aquel momento, ya no estaba asustada; de pronto sentía que quizá todo se iba a arreglar.

Ahora entiendo mejor lo que quería decir Drew en septiembre, cuando afirmó que no tenía ningún sentido alejarnos del mundo para no correr peligro. Porque el resto del mundo es lo que hace que valga la pena vivir. Pero no quiero que Gav se sienta nunca como me sentí yo, tan cerca del filo, ni que se culpe a sí mismo por no haber podido salvar a todo el mundo. Porque a mí no habría podido salvarme. Si me tengo que salvar, lo haré yo misma. Creo que puedo hacerlo.

22 de diciembre

Ayer, cuando Gav vino a comer, empecé a sentirme débil, resbalé en las escaleras y estuve a punto de caerme, de modo que le pedí que me llevara al hospital. Al verme, Nell meneó la cabeza y me dijo que me tendiera en la recepción y que bebiera zumo y sopa en cantidad. Por la tarde ya me encontraba mejor, pero me obligó a pasar la noche ingresada.

Aparte del escaso personal del hospital y de los voluntarios, no vi a nadie más.

—Ya no hay tanta gente —le he comentado a Nell esta mañana.

—No —ha contestado ella, dándome un apretón en el hombro—. Ayer no tuvimos que ingresar a ningún otro paciente. El número de afectados lleva tiempo decreciendo, pero es la primera vez que pasa desde que empezó el brote.

Sé que no se trata de un gran logro: quedan muchas menos personas susceptibles de enfermar. Pero la ciudad no está vacía. Quienes han sobrevivido hasta ahora deben de haber tomado todas las precauciones, y estas deben de haberlos mantenido fuera de peligro. Y si el virus no encuentra nuevas víctimas, poco a poco se irá consumiendo.

Antes de marcharme he ido a ver a Meredith. Seguía delirando, aunque de vez en cuando pasaba un rato más calmada. Creo que, por lo menos, en ese sentido está un poco mejor.

Cuando he vuelto a casa, Tessa estaba llenando tiestos con tierra y colocándolos junto al ventanal de la sala.

—Creo que aquí hay luz suficiente para que crezca algo —ha dicho.

Me han entrado ganas de abrazarla, pero al final me he limitado a preparar una tetera. Nos hemos sentado a la mesa de la sala y hemos pasado un rato dando traguitos de nuestras tazas de té, sin decir nada. Entonces un par de ardillas han empezado a pelearse al otro lado de la ventana, seguramente se disputaban la propiedad de un puñado de bellotas; nos hemos mirado y hemos sonreído.

Ha sido un momento perfecto, de calma y armonía mutua y silenciosa.

Tessa dijo una vez que lograba salir adelante concentrándose en las personas que tiene a su alrededor y no en las que no tiene. El dolor por haber perdido a mamá y a Drew no ha desaparecido, y ahora encima se le ha añadido un dolor aún mayor por papá. Pero no estoy sola, tengo a personas por las que me preocupo y que se preocupan por mí. A lo mejor no son las personas que habría elegido de haber podido hacerlo hace cuatro meses, pero eso no significa que no sean justo las personas a las que necesito.

23 de diciembre

Otro día y Meredith sigue con nosotros. La fiebre se le ha pasado al mediodía y durante unos minutos ha parecido serenarse un poco. Me ha cogido de la mano, ha pronunciado mi nombre y cuando le he besado la mejilla ha esbozado una sonrisa radiante.

Nell dice que es demasiado pronto para decir si seguirá mejorando.

—Intenta no hacerte demasiadas ilusiones —me ha dicho cuando ya me iba, pero a mí me parece un muy mal consejo. ¿Por qué tiene que ser preferible esperar lo peor a tener esperanza? Esperar lo peor fue lo que me empujó hasta el borde del acantilado.

Tampoco es que espere lo mejor, pero sí tengo todas mis esperanzas puestas en Meredith.

Probablemente ese es el motivo por el que sigo haciendo esto, sentarme junto a la ventana y observar el continente. Las aguas del estrecho son más bravas en invierno. Creo que las patrulleras se han vuelto a mover.

He empezado a tomar nota de todo lo que veo en tierra firme, aunque generalmente se trata de apuntes como: «Tres luces encendidas en el extremo sur de la costa a las nueve». Me pregunto si

Algo se mueve en el puerto del continente. Casi parece el *ferry*. Espera.

¡Es el *ferry*! Las patrulleras lo dejan pasar. No veo quién lo conduce, ni siquiera con los prismáticos, pero desde luego es nuestro transbordador, que cruza el estrecho hacia la isla. Y eso no es todo.

También te veo a ti, Leo, de pie en la cubierta. Parece que estés preparado para saltar al agua si el barco no avanza lo bastante rápido.

Alguien viene a por nosotros. No sé qué significa, pero tiene que ser bueno. A lo mejor nos traen medicamentos, o piezas para arreglar los teléfonos y la electricidad. A lo mejor tienen la vacuna. A lo mejor Drew va a bordo del *ferry*.

Y tú vuelves a casa.

Tengo que contárselo a Tessa. No puedo dejar de sonreír, dentro de un momento lo verás tú mismo. Finalmente podré hablar contigo cara a cara, como te prometí. Y entonces estaremos un poco más cerca de recuperar el mundo tal como era antes.

Agradecimientos

No podría haber escrito esta novela sin la ayuda de cuatro libros excelentes sobre virus y enfermedades: *Virus X*, de Frank Ryan; *Deadly Companions*, de Dorothy H. Crawford; *How Pathogenic Virases Work*, de Lauren Sompayrac; y *The Hot Zone*, de Richard Preston. Todos ellos me ayudaron a concebir mi epidemia de ficción y sus consecuencias. También estoy en deuda con Jacqueline Houtman por compartir sus conocimientos sobre microbiología médica durante la primera etapa de la redacción. Cualquier error científico que contengan estas páginas no es suyo, sino mío.

Mi agradecimiento a Cyn Balog, Amanda Coppedge, Saundra Mitchell y Robin Prehn por sus valiosísimos comentarios sobre mi manuscrito. Gracias también a mi agente, Josh Adams, por encontrarle a la novela el hogar que necesitaba y por su entusiasmo constante y sus sabios consejos. Gracias a mi editora, Catherine Onder, por enamorarse de la historia que yo estaba escribiendo, al tiempo que encontraba formas de mejorarla. Gracias a todo el equipo de Hyperion por convertir este montón de palabras, puestas en una pantalla, en un libro de verdad, y por llevarlo hasta las manos de los lectores.

También quiero expresar todo mi cariño a Chris y a mi familia y amigos, tanto en la Red como fuera de esta, por su firme apoyo y por la confianza depositada en mí. Sin vosotros nunca habría llegado hasta aquí.

Megan Crewe

Megan Crewe vive en Toronto (Canadá) con su marido y tres gatos. Trabaja como terapeuta para niños y adolescentes. Lleva inventando historias sobre magia y espíritus desde antes de que supiera escribir.

Su primera novela fue publicada en 2009 y también ha publicado cuentos en diversas revistas. Actualmente, trabaja en la segunda parte de *Aislados*.

Este libro utiliza el tipo Aldus, que toma su nombre
del vanguardista impresor del Renacimiento
italiano, Aldus Manutius. Hermann Zapf
diseñó el tipo Aldus para la imprenta
Stempel en 1954, como una réplica
más ligera y elegante del
popular tipo
Palatino

Aislados se acabó de imprimir
en un día de otoño de 2012,
en los talleres gráficos de Liberdúplex
Crta. BV-2249, km 7,4, Pol. Ind. Torrentfondo
Sant Llorenç d'Hortons
(Barcelona)